Harder-Merkelbach · Der Medicus vom Bodensee

Marion Harder-Merkelbach

Der Medicus vom Bodensee

Roman

Isele

Meiner Familie gewidmet

Viertes Tausend

Umschlaggestaltung unter Verwendung
eines Stahlstichs (Überlingen) von G. M. Kurz
und eines Konstanz-Motivs von J. S. Dirr
ISBN 978-3-86142-457-4
www.edition-isele.de

Inhalt

1464

Ende August, Überlingen am Bodensee

Andreas Reichlin stand in seiner Aussichtsloggia, hoch oben, über der eigenen Kapelle und über der kostbaren Bibliothek. Ein Gefühl der Erhabenheit, ja, der Herrlichkeit umgab ihn. Der Ort erschien ihm göttlich. Der Medicus genoss den Ausblick in seinen paradiesischen Garten. Er erfreute sich an der Fruchtbarkeit des erwärmten Bodens, welcher das Obst aus den Bäumen und die schmackhaften Weintrauben aus den Reben trieb.

Überlingen und der im Abendlicht funkelnde Bodensee lagen friedlich und ruhig unterhalb seines neu errichteten Palastes. Ja, so konnte sich der Heilige Vater das paradiso terrestre, das irdische Paradies, vorgestellt haben. Ein leichter Luftzug umspielte die ergrauten Locken des berühmten Arztes und wehte das Haar in das von Sorgenfalten gezeichnete Gesicht. In Gedanken an Papst Pius strich Reichlin die Strähnen aus den Augen und ließ den Blick weiter über die Hügel am gegenüberliegenden Ufer in die Ferne bis zu den von der untergehenden Sonne angestrahlten Alpen schweifen. Dort, auf der anderen Seite der mächtigen Gebirgskette, mehrere Reisewochen entfernt, lag Italien, das Land der Tempel, der reich geschmückten Säulen, der gigantischen Kuppeln, der großartigen Paläste, der wunderbaren Villen – das Land der Römer, die Welt seiner hochgebildeten, mutigen Freunde, die ihm einst die Augen für ein sinnliches irdisches Leben öffneten. Ja, Enea Silvio Piccolomini, der als Pius II. den Papstthron bestieg, hatte danach gestrebt, sich die greifbare Vollkommenheit ins Diesseits zu holen.

Auch das Bild von Nikolaus Krebs, später Kardinal Nikolaus von Kues, dieses hochgebildeten, besonnenen und frommen Menschen, bemächtigte sich Reichlins Gedanken. Als eifrige Studenten verbrachten sie zusammen mehrere Jahre in Heidelberg und in Padua. Fern der Heimat schlossen sie eine Freundschaft fürs Leben.

Binnen drei Tagen, so hatte Andreas soeben erfahren, wurden

die beiden, ohne vom Sterben des anderen zu wissen, im Tod wieder vereint. Wenn das keine göttliche Fügung war! Enea und Nikolaus erschienen Andreas jetzt sehr nahe. Denn bei dem Anblick des über dem Wasser untergehenden Lichts, welches die glitzernde Luft über dem fruchtbaren Garten durchdrang, verschwammen die Grenzen zwischen Diesseits und Jenseits, zwischen Himmel und Erde.

»Die Natur selbst hört nicht auf, sich infolge der Freude an der Schönheit tagtäglich zu überbieten.« Die Worte von Leon Battista Alberti kamen dem Arzt in den Sinn.

Alberti war der Dritte im Bunde seiner hochgebildeten Freunde, die die Studia humanitatis, die Studien der griechischen und lateinischen Texte, intensiv betrieben und damit die Welt erneuern wollten. Der Florentiner vermaß und studierte die gigantischen Tempelruinen der römischen Kaiserzeit, befasste sich intensiv mit Harmonien und Proportionen. Er galt bei den Päpsten und reichen italienischen Patrizierfamilien als »Uomo universale«, als Universalgenie.

Was würde wohl Alberti zu seinem Palast sagen? Andreas trank einen kräftigen Schluck des eigenen Seeweins. Die Aussicht und der Wein beflügelten seine Stimmung. Er vergaß für diesen Augenblick die hinterhältigen Verleumdungen, welche ihn aufgrund des plötzlichen Todes seiner Tochter diffamiert hatten. Er ließ die Trauer um sein Kind und die mit Wehmut angereicherten Erinnerungen an seinen ebenfalls vor wenigen Wochen verstorbenen Bruder Heinrich weit hinter sich. Seine Gedanken begannen immer weiter zu kreisen. Sie gelangten zu den geselligen Runden im Beisein der gelehrten Freunde, zu den zahlreichen Gesprächen und den Ideen, die sich vor vielen Jahren bei Wein und Mahl in Italien entwickelt hatten. Unweigerlich breiteten sich die Bilder der Vergangenheit vor dem 62jährigen Arzt aus.

1416 – 1420

Septem artes liberales

»Andreas, pass auf Dich auf!«

Der Junge sah die Tränen in den müden Augen seiner Mutter. Vermutlich hatte sie in Gedanken an den Abschied ihres Sohnes die ganze Nacht wach gelegen.

»Mutter, ich bin 14 Jahre alt und ein Student, Ihr braucht Euch keine Sorgen um mich machen! Denkt an Vater. Er war auch nicht älter, als er seine Familie für das Medizinstudium verließ!«

»Ich weiß, Andreas, Dein Vater, Gott hab ihn selig, wäre stolz auf Dich. Noch auf dem Sterbebett wiederholte er, ich weiß nicht, wieviele Male: ›Der Junge wird ein berühmter Medicus! Lass ihm die beste Ausbildung zukommen. Das Erbe reicht für ein Studium all meiner Söhne.‹ Für Deinen Vater war es von Anfang an sicher, dass Du ihm als Arzt nachfolgst. Seit sieben Jahren bin ich Witwe«, seufzte sie aus tiefem Herzen, »wie schnell bist Du groß geworden!«

Ita Reichlin, geborene von Enslingen, versuchte ein Schluchzen zu unterdrücken. Andreas war der Jüngste ihrer vier Söhne, und auch er sollte nun das Haus und die Heimat verlassen, nachdem ihre älteren Söhne zum Studium der Theologie in die Welt hinausgezogen waren.

»Ihr werdet sehen, Mutter, ich werde ein guter Medicus. Aber jetzt wartet zuerst das Artes-Studium auf mich. Ich bin so gespannt auf Heidelberg. Und seid froh, es liegt näher an Konstanz als die anderen Universitäten im Heiligen Römischen Reich wie Prag, Wien oder Leipzig.« Die Augen in dem noch glatten, feinen Gesicht des sonst ernsthaften Jungen strahlten.

»Pass auf, Andreas!«, rief Ita plötzlich erschreckt. An diesem Tag beherrschten sie Angst und Schrecken. Andreas nahm den aufgeregten Ruf seiner Mutter mit Gelassenheit. Er sprang munter zur Straßenseite, als ein wohlhabend gekleideter Herr auf seinem stolzen Rappen mit seinem Gefolge am Reichlinschen Haus vorbeiritt.

»Was für ein Edelmann oder Fürst war das wohl?«, fragte er. Doch seine Mutter hatte in diesem Augenblick wenig Interesse an der Welt, welche nicht sie oder ihren Sohn betraf.

Andreas hingegen fand es spannend, dass Konstanz als Konzilsstadt schon seit zwei Jahren das Zentrum des Weltgeschehens war und Menschen aus vielen Ländern Europas hier zusammenkamen.

»Ich werde dieses wunderbare Treiben in unserer Stadt vermissen – all diese bedeutenden, gelehrten Herren in ihren prächtigen, farbenfrohen Mänteln: die Kardinäle, Patriarchen, Bischöfe, Äbte und Fürsten mit ihrem Gefolge und alles hier in Konstanz. Ist es nicht großartig, Mutter, viel zu wissen, gebildet zu sein, mit Gleichgesinnten zu diskutieren? Die lustigen Sprünge der Gaukler, das wunderschöne Flötenspiel der Musikanten und das Schauspiel über Johannes den Täufer, welches wir gestern auf dem Platz vor St. Stephan angesehen haben, machen das Leben in unserer Stadt so unterhaltsam und spannend. Ob es solche Volksfeste in Heidelberg auch gibt?«, fragte der Junge zweifelnd.

Seine Mutter hatte keinerlei Muße, über diese Dinge nachzudenken. Insgeheim war sie etwas enttäuscht darüber, dass ihrem Sohn der Abschied vom Treiben des Konzils in Konstanz schwerer fiel als von ihr. Andreas dagegen konnte es in seiner Abenteuerlust kaum erwarten, sich auf den spannenden Weg in die Welt der Wissenschaft zu begeben.

»Ihr seid der Richilus aus Konstanz?« Die strenge Stimme des Johannes von Frankfurt schreckte Andreas auf. Mit wehendem Mantel und energischem Schritt betrat der Direktor der Heidelberger Universität in Begleitung eines mit Buch und Federkiel bewaffneten Schreibers den schlichten Vorlesungsraum, in welchen Andreas geschickt worden war, um auf den Direktor zu warten. Reichlin hatte sich mit schmerzverzerrtem Gesicht auf der Holzbank gegenüber dem Katheder niedergelassen. Noch müde von der anstrengenden Reise, waren seine Gedanken zurück in die Heimat am See geschweift. Beim Eintreten des Rektors sprang Andreas auf, vergaß die schmerzenden Schwielen seines vom langen Reiten wunden Hinterteils, senkte zur Begrüßung ehrfurchtsvoll den Kopf und blickte dann dem Direktor mit einer Mischung aus Verlegenheit und Demut in die Augen. Der Ruf dieses gebildeten Mannes, der inzwischen hinter dem Katheder Platz genommen hatte, reichte bis an die Domschule nach Konstanz. Der junge Reichlin wusste, dass der Doktor in Paris studiert hatte und als Berater König Rupprechts durch zahlreiche Länder Europas gereist war.

»Ja!«, antwortete Andreas zaghaft auf die Frage seines Gegenüber.

»Da komme ich auch soeben her.«

Die Stimme des Rektors klang jetzt ruhig und freundlich.

»Ihr ward in Konstanz am Konzil?«

Spontan war die Frage aus Reichlin herausgesprudelt, und seine Augen begannen zu leuchten, als es um die Heimatstadt ging.

»Ja, mehrere Wochen habe ich dort zugebracht.«

Dem Leiter der Universität gefiel Andreas' offenes Wesen.

»Es ist eine wunderbare und wohlhabende Stadt. Der Bodensee hat durchaus seine Vorzüge. Und …«, der Direktor machte eine kurze Pause, um dann fortzufahren, »wir beide haben noch etwas gemeinsam.«

Andreas staunte über die Vertraulichkeit dieses ehrwürdigen Mannes.

»Heute, am 23. Juni des Jahres 1416«, fuhr Doktor Johannes von Frankfurt zwinkernd fort, »ist auch mein erster Tag an der Universität. Um es genauer zu sagen, heute ist mein erster Tag im Amt als Rektor.«

»Aber Ihr hattet dieses Amt schon einmal inne«, entgegnete Andreas, der im Tonfall sicherer und lauter wurde.

»Du bist gut informiert, junger Mann.«

Andreas schwoll die Brust. Um größer zu erscheinen, reckte er seinen schlaksigen Körper und fügte eifrig hinzu:

»Ja, es ist mir auch bekannt, dass der Rektor der Heidelberger Universität von den Studenten immer nur für ein halbes Jahr gewählt wird und nach einer Unterbrechung erneut zur Wahl antreten kann.« Während Andreas den Satz sprach, überraschte ihn seine Stimme, wie des öfteren in letzter Zeit, mit einem hohen Kieksen.

Beeindruckt von den Ereignissen in der Stadt am See, interessierte Johannes von Frankfurt die Meinung des jungen Reichlin zu verschiedenen Themen, die am Konzil diskutiert wurden. Selbstbewusst und in gewandter Sprache gab der Vierzehnjährige seine Ansichten kund. Johannes von Frankfurt, reich an Erfahrung im Umgang mit jungen Studenten, erkannte in Andreas den tugendhaften, intelligenten Jungen. Daher war ihm daran gelegen, dem angehenden Studiosus vor der Vereidigung mit sehr persönlichen Worten ins Gewissen zu reden:

»Höre, was ich Dir zu sagen habe, Richilus: Als junger Mensch war ich überheblich. Ich trieb einen sündhaften Lebenswandel und verleitete Jüngere dazu, es mir gleich zu tun. Dafür habe ich, ich sage es Dir in aller Deutlichkeit, Höllenstrafen verdient. Doch dank erfahrener Wohltaten«, welche er nicht weiter erläuterte, »durch meine gute Ausbildung und meinen Eintritt in den Priesterstand, bin ich bisher von äußeren Gefahren bewahrt geblieben.« Dann blickte er Andreas ernst in die Augen: »Lass es nie so weit kommen, dass Du soviel Reue zeigen und Buße tun musst, wie es mir oblag. Es ist Deine freie Willensentscheidung, diese Lehranstalt zu besuchen. Doch wenn Du Gutes tust, solang Du Zeit hast, dabei Deine Studien eifrig betreibst und diese Universität als Ehrenmann verlässt, wirst Du von Tugenden erleuchtet und mit Wissenschaften bewaffnet sein. Schreite dann vom Guten zum Besseren fort. Die Welt wird Dir offen stehen.«

Soviel Offenheit überwältige den jungen Reichlin. Noch ehe er sich besann, forderte Johannes von Frankfurt ihn auf, die rechte Hand zu heben. Im Beisein des Schreibers schwor der Konstanzer den Eid der Universität, in dem er die Worte des Johannes von Frankfurt nachsprach.

Anschließend bezahlte der Student 2 ½ Florene Einschreibegebühr. Auf Aufforderung des Rektors öffnete der Schreiber das Buch mit den eingelegten Pergamenten, nahm den Federkiel, tunkte ihn ins Tintenfass und schrieb in das Matrikelverzeichnis auf Folio 85 verso:

»*Andreas Richli, Constanc. Dyoc., dt.*«

Er streute zum Trocknen der Eisengallustinte etwas Sand über das Pergament und wischte diesen anschließend mit dem Federkiel weg. Nun war Andreas von der Heidelberger Universität als Student aus der Diözese Konstanz angenommen. Egal, ob Adliger, Bürger oder Bauer, die Universität hatte ihr eigenes Statutenrecht und eine eigene Gerichtsbarkeit, der Andreas von jetzt an unterstand.

Nach der Vereidigung begab sich der Junge auf den Weg zum nahe gelegenen Studentenwohnheim im Kollegium Artistarum in der Burse.

Auf sein Klopfen öffnete ein ungefähr 18 Jahre alter, dunkelhaariger Jüngling die Tür.

»Was willst Du?«, fragte er.

»Andreas Richilus ist mein Name, aus der Diözese Konstanz. Der Rektor Johannes von Frankfurt schickt mich zu Euch. Er sagt, ich kann bei Euch wohnen.«

»Johannes von Frankfurt schickt Dich? Dann bist Du ein neuer Artes-Student. Sei willkommen, trete ein mit Deinem Bündel. Ich bin Magister Petrus. Es ist meine Aufgabe, für Disziplin, Ordnung und Recht im Wohnheim zu sorgen«, stellte er sich vor. Als frischgebackener Magister und angehender Jurist nahm Petrus seine Aufgabe besonders ernst, wie Andreas noch erfahren sollte.

»Wir haben einen Schlafraum, den sich mehrere Studenten teilen. Bevor ich Dir Dein Bett zeige, erhältst Du die Universitätskleidung.«

Magister Petrus händigte Andreas die Tracht aus. Der Junge beäugte neugierig den langen, dunklen Mantel und die dunkle Studentenmütze, während der Magister ihm pflichtbewusst ans Herz legte:

»Diese Kleidung musst Du immer tragen, auch bei einem Gang durch Heidelberg, damit Du jederzeit als Student erkannt wirst.«

Abends trafen sich alle in die langen Mäntel gehüllten Schüler des Wohnheims zur gemeinsamen Mahlzeit in der Burse. Die neuen Kommilitonen wurden begrüßt und vorgestellt. Magister Petrus hielt eine kurze Ansprache. Darin betonte er die tadellose Lebensführung, die von den Studiosi erwartet werde. Allerhand Verbote standen auf der Tagesordnung, die der Jurist eifrig und gewissenhaft verkündete. Aufmerksam lauschte Andreas den Worten des Magisters:

»Das nächtliche Herumschwärmen, Geschrei, Maskeraden, nächtliche Ständchen, Jagd auf Schweine und Gänse der Einwohner, Diebstahl in Weinbergen und Obstgärten, Besuch von Kirchweihfesten in der Umgebung, vor allem in Handschuhsheim, Vogelfang, Übersteigen der Stadtmauern, Waffentragen, Besuch von Fechtschulen, unsittlicher Lebenswandel, gotteslästerliches Fluchen und Schwören sind strengstens verboten!« Dabei suchte der Magister die Augen eines herausfordernd in den Raum blickenden Jungen: Studiosus Theodericus. Andreas erfuhr später, dass sämtliche Ermahnungen an Theodericus ungehört verhallten und sein Lasterkatalog, vor allem den unsittlichen Lebenswandel betreffend, immer länger wurde. Seine Streitereien mit der Bürgerschaft arteten zuletzt sogar in eine blutige Auseinandersetzung aus. Es war nur noch eine Frage der Zeit, bis er den Studentenstatus aufgeben musste.

»Hört, hört, Ihr Bürger, der Turmuhr fünfter Schlag, wachet auf, denn es wird Tag!«

Andreas hörte den Nachtwächter vor dem Fenster des Schlafraumes vorbeiziehen. Das regelmäßige Aufsetzen der Hellebarde hallte durch die Gasse. Endlich war der 15. September, und damit der Morgen seines ersten Unterrichtstages, angebrochen. Draußen herrschte noch Dunkelheit, doch Andreas war hellwach. Während sich die Zimmergenossen noch räkelten, erhob er sich vorsichtig von der schlichten Lagerstatt, warf sich den bereitgelegten Studentenmantel über, tastete sich durch die Kammer, öffnete leise die Türe, schlich sich hinaus und begab sich auf den Weg zur Heiliggeistkirche unweit der Burse, wo bei Tagesanbruch die morgendliche Messe für die Lehrer und die Studenten abgehalten werden sollte.

Andreas hatte noch Zeit und beschloss, einen kleinen Umweg zum Ufer des Neckars zu machen. Er beobachtete, wie sich die dunklen Wassermassen das Flussbett hinabschoben. Mit Wehmut dachte er an die weite, wogende Fläche des Bodensees. Allmählich setzte die Dämmerung ein und damit auch das bunte Treiben der Kaufleute und Flussfahrer. Schiffe und Flöße wurden für den Tag gerichtet, das Leben in der Stadt unter dem herrschaftlichen Schloss erwachte. Oben am Berg erblickte Andreas im Dämmerlicht die Silhouette des neu errichteten Ruprechtsbaus. Dort residierte Kurfürst Ludwig III. von der Pfalz. Reichlin setzte seinen Weg zur Heiliggeistkirche fort. Diese lag nur wenige Schritte von dem Gebäude mit dem Vorlesungsraum der Artistenfakultät entfernt, in welchem ihn Johannes von Frankfurt vereidigt hatte. Der junge Konstanzer war es gewohnt, seinen Weg durch Steine, riesige Gerüste und Lastenaufzüge ins Kircheninnere zu bahnen, begleitet von lauten Wortgefechten der Werkmeister, Steinmetze, Lehrlinge und Tagelöhner, die mit Tagesanbruch ihre Arbeit aufnahmen. Denn die meisten Kirchen, wie die Heiliggeistkirche und auch das Konstanzer Münster, befanden sich seit Jahren im Neu- oder Umbau. Allein der Ostteil des Heidelberger Gotteshauses mit dem großen Chor war fertiggestellt und provisorisch für den Gottesdienst von der übrigen Baustelle mit einer Bretterwand abgetrennt.

Andreas war an diesem Morgen der erste Student, der die Kirche betrat. Der junge Reichlin war überrascht. Sein erstaunter Blick wanderte zu den Wänden, die kaum vorhanden waren. Denn das zunehmende Morgenlicht flutete den Raum durch Glaswände, zumindest erschienen ihm so die unendlich hohen, langen Fenster. Die ungewöhnliche, neuartige Bauweise faszinierte Andreas. Herrschten im Konstanzer Münster runde Formen vor, so erschien ihm hier alles lang, spitz und unsagbar hoch. Seine Augen schweiften der nach oben strebenden, schlanken Säulen entlang. Er musste den Kopf weit in den Nacken legen, damit er die daraus wachsenden Rippen, welche das Gewölbe in schwindelnder Höhe über ihm bildeten, verfolgen konnte. Der Allmächtige persönlich schien im aufgehenden Licht einen triumphalen Einzug in der Kirche zu halten. Unweigerlich fiel Andreas in ein Zwiegespräch mit Gott.

Da schaltete sich eine dritte Stimme neben ihm ein:

»Ist das auch Euer erster Vorlesungstag an der Uni?«

»Ja!«, antwortete Andreas, der zusammenzuckte, da er die Welt um sich herum vergessen hatte. Neben ihm stand ein ernsthaft aussehender Junge mittlerer Größe, ungefähr im selben Alter wie Andreas. Da auch er den Studentenmantel trug, erkannte Andreas in ihm einen Kommilitonen. Sein Gegenüber kratzte sich am kahlgeschorenen Kopf unter der weiten Kapuze. Die Tonsur verriet, dass er die niederen Weihen empfangen hatte und somit, wie die meisten Studenten, zu den Klerikern gehörte.

»Mein Name ist Nikolaus Krebs, ich stamme aus der Diözese Trier und Ihr, wo kommt Ihr her?«

»Ich bin Andreas Reichlin aus Konstanz«, antwortete Andreas.

»Ah, aus der Stadt, wo derzeit das Konzil tagt? – Bist Du Gott hier auch so nah wie ich?«, wechselte Nikolaus nach einer kurzen Pause das Thema und fuhr fort, ohne auf eine Antwort zu warten: »Weißt Du, dass der Kurfürst hier im Stift seine wertvolle Privatbibliothek beherbergt. Ich habe gehört, er hat überaus kostbare Handschriften, zum Teil mit wunderbaren farbigen und goldenen Bildern von großartigen Buchmalern aus zahlreichen Ländern. Es sind Bücher dabei über Gott, die Gesetze und die Medizin. Werke von und über die alten Griechen und Römer, von Platon und Aristoteles.« Der Junge sprühte plötzlich vor Begeisterung und Faszination. »Doch leider«, fügte er enttäuscht hinzu, »ist die Bibliothek nur für die Herrn Dozenten zugänglich.«

Andreas war zu aufgeregt, um interessiert zuzuhören, denn inzwischen hatten sich weitere Studenten, Magister und Professoren in der Kirche versammelt, und der Gottesdienst musste jeden Augenblick beginnen. Er sah Doktor Johannes von Frankfurt im Priestergewand vor den Altar treten. Als Kanoniker des Heiliggeiststifts lebte er wie die anderen Dozenten von den Kirchenpfründen und war damit auch als Pfarrer tätig. Seine Begrüßung im Namen Gottes und seine Aufforderung zum gemeinsamen Gebet brachte das Gemurmel der Studenten zum Schweigen.

Nach dem Gottesdienst schlugen Andreas und Nikolaus gemeinsam den kurzen Weg zum Studiengebäude für die Artisten ein, und damit begann für sie der Unterrichtsalltag. Das mehrjährige Studium der Artes Liberales, der Sieben Freien Künste, war die Vorraussetzung für ein Studium an den höheren Fakultäten, welche die Juristerei, die Theologie sowie auch die Medizin umfassten.

Die Frühvorlesung erhielten die Studiosi in lateinischer Grammatik. Magister Petrus übernahm die morgendliche Lesung, genannt Lectio, die mit kurzen Pausen etwas über fünf Stunden dauerte. Obwohl Andreas ein sehr guter Lateinschüler war, hatte er Mühe, den Erläuterungen des jungen Magisters in lateinischer Sprache zu folgen. Zumal er erstaunt feststellte, dass sich in dessen Ausführungen einige sprachliche Fehler einschlichen. Die anschließenden Grammatikfragen zum Text konnte Studiosus Richilus mühelos beantworten. Während manch andere Schüler Schwierigkeiten hatten, komplizierte Abschnitte zu übersetzen, glänzte auch Nikolaus mit seinen Antworten. Bescheiden, aber zielorientiert, ausgezeichnet formuliert, erfasste er den Inhalt des Textes und interpretierte ihn in logischen Ausführungen. Die schwierigen Fächer der Dialektik, wie Logik, Physik, Metaphysik und Ethik, unterrichteten die erfahrenen Magister, von denen die meisten selbst Jura oder Theologie an den oberen Fakultäten studierten. Während der Übungen zum Verfassen von Reden und zur Briefschreibkunst konnte Andreas einiges von dem außergewöhnlichen Talent seines Freundes Nikolaus lernen.

Als spannend erwiesen sich die Disputationes, die Streitgespräche, die nachmittags zwischen den Studenten und den Lehrern stattfanden. Dabei lernten die Schüler, nach strengen logischen Regeln zu argumentieren und zu diskutieren. Die Repetitio, die Wiederholungsstunden im Anschluss daran, erwiesen sich jedoch als äußerst langweilig, zumal sie meist von unerfahrenen Magistern gehalten wurden.

Abends verabredeten sich Andreas und Nikolaus regelmäßig mit einem kleinen Kreis von Studenten in einer Heidelberger Schenke zu einem Glas Dünnbier. Durch ihr Studium angeregt, diskutierten sie über verschiedene Themen. Daraus entwickelten sich zuweilen heftige Streitgespräche, in denen die unterschiedlichsten Meinungen der angehenden Akademiker zu Tage traten. Sie stritten darüber, ob man Dämonen beschwören könne, ob die Heiligen zu Recht verehrt würden und in den Nöten des Einzelnen angerufen werden könnten. Oder sie unterhielten sich darüber, was die Zukunft ihnen bringen sollte. Als Andreas sein Vorhaben äußerte, nach dem Artes-Studium an die medizinische Fakultät zu wechseln, kamen sie auf die Ursachen und die Behandlung von Krankheiten zu sprechen:

»Die Handlungen des Körpers und der Seele sind miteinander verbunden, und der Geist ist der Vermittler!«, brachte Nikolaus zu dem Thema in die abendliche Diskussion ein.

»Verzeih, Nikolaus, aber was meinst Du damit?« Andreas kratzte sich fragend an der Stirn und strich sich anschließend die schwarze Locke aus dem Gesicht.

»Ganz einfach: Ein Arzt sollte Körper, Geist und Seele behandeln – nicht den Körper allein«, versuchte Nikolaus Andreas zu erläutern. »Er muss den Menschen als Ganzes in seiner Welt betrachten.«

»Krankheiten werden von Gott gesandt«, meldete sich ein weiterer Kommilitone zu Wort, »schon in der Bibel heißt es: Nur wer vor seinem Schöpfer sündigt, wird in die Hände des Arztes überliefert. Gott höchst persönlich straft den Sünder mit der Krankheit. Wer ein gottgefälliges Leben führt, wird nicht krank.«

»Und was machte derjenige, der krank ist?«, warf Andreas in die Runde.

»Der Arzt versorgt die Wunden, und der Kranke oder sein Fürbitter soll im Gebet Kontakt zu dem Allmächtigen aufnehmen, ihn um Verzeihung flehen. Der Gestrafte soll Reue zeigen. Wenn Gott Gnade walten lässt, wird der Sünder wieder gesund.«

»Ist das nicht ein bisschen zu einfach?«, fragte Nikolaus. »Ich behaupte, der Mensch repräsentiert die göttlichen Sphären des Seins im Endlichen, also auf der Erde.«

»Wenn ich richtig verstehe, behandelt Andreas, wenn er später Medicus ist, Gott?«, vergewisserte sich der Kommilitone. »Sei vorsichtig, was Du sagst, Krebs! Es wird schnell als Ketzerei ausgelegt!«, warnte er weiter, und sein Ton wurde schärfer.

»Ich habe nicht gesagt, dass er Gott behandelt! Der Arzt soll die Seele und den Leib behandeln, dann behandelt er das göttliche Sein im Endlichen.«

Andreas war wieder mal verblüfft über die ungewöhnlichen Gedankengänge seines Freundes. Bisher war für ihn Gott im Himmel und der Mensch auf Erden. Nikolaus' Gedanke vom menschlichen Gott erschien ihm zwar ungewöhnlich, aber solange das Gegenteil nicht bewiesen war, durchaus möglich. Nikolaus beschäftigte sich gern mit der Philosophie und dem Sinn des Daseins. Als Kleriker plante er, sich im Anschluss an das Artes-Studium der Theologie und der Juristerei zu widmen. Trotz seiner noch jungen Jahre interessierte Krebs daher, was brandaktuell beim Konstanzer Konzil diskutiert wurde. Es kursierten Gerüchte, dass die höheren Kirchenämter nicht mehr nur dem Adel und der Ritterschaft vorbehalten bleiben sollten. Auch ein einfacher Bürgersohn, wie Nikolaus es war, sollte mit einem entsprechenden Universitätsabschluss die Möglichkeit haben, die hohen kirchlichen Weihen zu empfangen. Bisher war es in der Kirchenhierarchie kaum möglich, als Bürgersohn die Bischofs- oder gar Kardinalslaufbahn einzuschlagen. Der junge Krebs stammte aus Kues an der Mosel. Sein Vater Johann war dort ein angesehener Kaufmann und Schiffer. Er besaß ein stattliches Haus, in dem Nikolaus aufwuchs. Aber von Adel war die Familie nicht.

Nikolaus war ungewöhnlich aufgeschlossen gegenüber unbekanntem Gedankengut, sein Geist wissensdurstig, bereit für außergewöhnliche Wege. Andere Menschen, Länder und Sitten interessierten ihn brennend. Er liebte es, sich über Lebensweisheiten zu informieren und darüber zu philosophieren. Krebs merkte bald, wie klein die Heidelberger Universität war, dass er hier auf der Suche nach der Bedeutung des Menschen und dessen Beziehung zu Gott nicht weiterkam. Der Studienalltag langweilte ihn. Die Engstirnigkeit des Lehrkörpers brachte ihn zur Verzweiflung. Die Eintönigkeit des Unterrichts deprimierte ihn. So verkündete Nikolaus eines Tages, er wolle weg von Heidelberg, Padua sei sein Ziel:

»Die Universität ist dort viel größer. Studenten aus aller Welt treffen sich in der italienischen Stadt«, schwärmte er. »Die Professoren sind überaus gebildet, es sind ausgezeichnete Lehrmeister, und es wird meinem Fortkommen sehr zuträglich sein«, begründete er sein Vorhaben. Innerhalb weniger Wochen packte er seine Habe und machte sich auf den Weg in den Süden.

Andreas vermisste Nikolaus, und je mehr er diesen in seinen Briefen aus dem fernen Italien von der europaweit so bedeutenden Paduaner Universität schwärmen hörte, desto tiefer wuchs auch in ihm der Wunsch, nach dem Artes-Studium an die berühmte italienische Lehranstalt zu wechseln, um dort Medizin zu studieren.

Dieses Ziel vor Augen, sog Andreas die Unterrichtsstunden in sich auf. Aufmerksam hing er an den Lippen der Dozenten, welche aus den Handschriften des Cicero, Quintillian und Cassiodor auf ihren Pulten vorlasen. Er merkte kaum, wie seine Hand vom schnellen und vielen Schreiben schmerzte. Immer wieder bat der junge Reichlin nach dem Unterricht seine Dozenten, die Grammatik- und Wörterbücher konsultieren zu dürfen. Mit größter Sorgfalt übersetzte er schwierige Textpassagen in griechischer und lateinischer Sprache. Während der Diskussionsrunden brillierte er durch seine ausgezeichneten rhetorischen Formulierungen. Sein Interesse, sein Wissen, seine Ausdruckweise sprühte den Lehrern entgegen. Die Zeit verging dabei wie im Flug, und Andreas' Eifer zahlte sich aus. Eineinhalb Jahre nach seinem Studienbeginn, der Universtätsschreiber notierte den 18. Januar des Jahres 1418, stand der Konstanzer, gehüllt in seinen langen Universitätsmantel, vor dem Komitee für die Baccalaureatsprüfungen. Trotz seines jungen Alters und seiner Nervosität verliefen die Examen für Studiosus Richilus ausgezeichnet. Wie zu erwarten, bestand er seine Prüfungen und hatte damit den ersten akademischen Grad der Universität erreicht und das Trivium der sieben Freien Künste beendet.

Die meisten der ungefähr 30 Kommilitonen, die mit Andreas das Studium begonnen hatten, sollten die Examen erst ein bis zwei Jahre oder noch später ablegen. Als Kleriker hatten sie die niederen Weihen und verließen dann als Baccalaurei die Universität. Ihr Ziel war es, sich mit diesem Abschluss für die Stelle eines Pfarrers, Priesters, Lehrers oder Vikars einer Stadt zu empfehlen. Weniger wohlhabende Schüler mussten ihre Studien mehrfach unterbrechen, um die 20 Florene für das folgende Universitätsjahr zu verdienen. Dies blieb Andreas dank der finanziellen Unterstützung seiner Familie erspart.

Mit neuem Elan widmete sich der Konstanzer jetzt dem weiterführenden Studium des Quadriviums. Hatte er sich bisher mit den Fächern beschäftigt, die mit Wort und Schrift zu tun hatten, so folgte in den kommenden Studienjahren der Umgang mit den Zahlen. Die Universitätsgelehrten versuchten, mit ihren Studenten der harmonischen Ordnung von Gottes Schöpfung nachzuspüren. Denn die Sprache Gottes offenbarte sich in vollkommenen Zahlen, Maßen und Proportionen.

Die kommenden zwei Jahre waren mit Vorlesungen, Kirchgängen, Diskutieren und Disputieren ausgefüllt. Kaum, dass sich Andreas versah, hatte er, nach einer intensiven, gewissenhaften Vorbereitungsphase seine mündlichen Abschlussprüfungen in der Tasche. Am 28. März 1420 beendete er mit fünf weiteren Kommilitonen das Studium des Quadriviums als Lizenziat. Auch dieses Examen hatte er mit Bravour gemeistert. Während eines großen Festaktes wurden dem 18jährigen und seinen Kommilitonen die Diplome ausgehändigt. Johannes von Frankfurt nahm die feierliche Verleihung der Lizentiatenwürde vor, diesmal in der Funktion des Vizekanzlers der Universität. Andreas verfolgte die bildreiche Festansprache des Lehrmeisters mit großer Aufmerksamkeit:

»Schützt das Haus der Willenskraft gegen Versuchungen und Laster aller Art«, hörte er die eindringlichen Ermahnungen des Vizekanzlers, »schützt auch das zweite Haus der Verstandeskraft und mit ihm das dritte und vierte Haus, die Kirche und die Universität. Wissenschaft und Wahrheit vollenden und bewaffnen die Verstandeskraft. Nur gelehrt zu sein«, fuhr er fort, »hat wenig Wert. Ihr müsst danach leben und lehren. Manche studieren aus Neugier, manche aus Eitelkeit, manche des Profits wegen und manche, um erbaut zu werden und andere zu erbauen. Euer Wissen soll eure Waffe werden. Denn die sieben Säulen der Artes liberales schärfen den Verstand und helfen, die Geheimnisse der höchsten himmlischen Weisheit zu ergründen. Verteidigt die Kirche mit der Erleuchtung eures Wissens gegen Ketzer und Heuchler!«

Im Anschluss an den Festakt beteiligte sich Andreas an den ausgiebigen Feierlichkeiten, während derer die Studenten, Magister, Doktoren und sogar die Geistlichen mit umtriebigen Umzügen durch Heidelbergs Straßen zogen. Am darauffolgenden Tag packte der Lizentiat seine Habe, reiste nach Konstanz, um seine Familie zu sehen und um die Reisevorbereitungen für Padua zu treffen.

Mit dem Artes-Studium in der Tasche gehörte Andreas schon mit 18 Jahren einer hoch gebildeten deutschen Elite an.

1420 – 1423

Menschsein in Padua

»Hast Du Dich verletzt?«, fragte Andreas das kleine Mädchen, welches mit schmerzverzerrtem Gesicht am Boden lag. Reichlin war über den Konstanzer Markt geeilt, um die letzten Einkäufe für die lange Reise nach Italien zu erledigen. Ein mächtiges, schwarzes Pferd war, angetrieben von seinem Reiter, über den belebten Platz gesprengt und hatte das umherspringende Kind rücksichtslos umgerissen. Andreas kniete neben dem zarten Wesen und sah sich die tiefe, klaffende Wunde am Knie und an den Ellenbogen an. Das Mädchen mit den dunkelblonden Locken und den großen, jetzt mit Tränen gefüllten, blaugrünen Augen versuchte zu lächeln.

»Geht schon«, antwortete die Kleine schüchtern.

»Na warte, wenn ich den erwische«, drohte Andreas, zerriss sein Halstuch in zwei Streifen und hielt es gemeinsam mit dem Mädchen auf die blutenden Schrammen. Er blickte sich suchend um. Auf dem Konstanzer Wochenmarkt herrschte reges, buntes Treiben. Lauthals priesen die Händler ihre Nahrungsmittel, Stoffe und zahlreichen Waren aller Art an. Es roch gewaltig nach Fisch und Kräutern. Den Vorfall hatte in dem Getümmel kaum jemand bemerkt. Ohne sich um das verletzte Kind zu kümmern, war der Reiter zwischen den Fuhrwerken, Wagen, Rössern und Menschen verschwunden.

»Anna, was ist denn mit Dir passiert?«, fragte plötzlich eine Stimme neben ihnen. Zu seiner Überraschung erkannte Andreas Hans von Ulm, mit dem er einst die Konstanzer Domschule besucht hatte.

»Ich weiß es nicht«, schluchzte Anna.

»Ein Verrückter hat sie umgeritten. Leider hab ich ihn nur noch von hinten gesehen und weiß nicht, wer es war.«

»Das war Clas!«, sagte Hans ohne Verwunderung oder Zweifel. Andreas stellte das Kind auf die vom Schreck zitternden Beine und klopfte fürsorglich sein staubiges Kleid ab.

»Der reitet immer so verrückt über den Markt. – Das sind zwar keine schönen Umstände, aber es freut mich, Dich wieder zu sehen, Andreas. Wie geht es Dir? Bist Du nicht mehr in Heidelberg beim Studieren?«

»Du kennst die Kleine? Sie muss zu ihrer Mutter!« Andreas sorgte sich noch immer um das Wohl des Mädchens.

»Klar, das ist meine jüngere Schwester. Die ist hart im Nehmen. – Schau Anna, da ist die Mutter, lauf zu ihr, das Blut wird schon trocknen!«

Hans zeigte auf eine vornehm gekleidete Dame an einem der Tuchstände, deren Augen konzentriert auf einem Stoff hafteten und deren feine Hände sanft über das Leinen glitten. In sich versunken und gleichzeitig begeistert über die schönen Farben und die edle Fertigung des Materials, schien sie das laute Schubsen und Stoßen um sich herum vergessen und das Verschwinden der Tochter nicht bemerkt zu haben. Das Mädchen sah seine Mutter und humpelte zu ihr.

»Also, wie sieht's aus, Du bist nicht mehr in Heidelberg?«

Hans von Ulm war ungefähr 18 Jahre alt. Er war groß, hatte dunkles, schulterlanges Haar und wie seine Schwester blaugrüne, aufmerksame Augen. Die roten Beinlinge aus kostbarem Stoff, der prächtige, schwarze Mantel und die edlen Schnabelschuhe sprachen für einen mit vielen Goldmünzen gefüllten Beutel an seinem Gürtel. Andreas wusste, dass die Familie von Ulm seit einigen Jahren im Besitz der stolzen Burg Marbach war, welche direkt am See in der Nähe von Stein am Rhein lag. Selbstverständlich hatten sie auch mehrere Häuser in Konstanz, in der Nähe von Sankt Stephan. Hier wohnte man als wohlhabender Patrizier. Der berühmte Heinrich von Ulm, Hans' Vater, hatte während des Konzils den königlichen Hof mit Wein versorgt und damit das Geschäft seines Lebens getätigt. Als Sigmund den Wert des Weins nicht mehr begleichen konnte und der majestätische Schuldenberg auf über 1000 Gulden angewachsen war, verpfändete der König die Reichssteuer der Stadt Wangen an die Patrizierfamilie. Das waren jährlich stattliche 100 Pfund.

Andreas bemerkte erst jetzt, dass Hans in Begleitung von einigen Freunden war, die er ebenfalls noch aus der Schule kannte.

»Das Studium in Heidelberg habe ich beendet. Morgen mache ich mich auf den Weg nach Italien, um dort Medizin zu studieren.«

Dies klang unfassbar für die ehemaligen Mitschüler.

»Du machst in Gottes Namen eine Pilgerreise nach Rom, oder?«, war die erste Frage.

»Nein«, antwortete Andreas, »keine Pilgerreise. Ich möchte in Padua Medizin studieren.«

Es war für die jungen Konstanzer nicht einfach, Verständnis für Reichlins Vorhaben aufzubringen. War es doch ungewöhnlich, Medizin an einer Universität zu studieren und dafür eine so weite Reise anzutreten, deren Ziel es nicht war, Geschäfte zu machen oder Gott um Ablass zu bitten, sondern welche allein der eigenen Ausbildung diente.

»Warum gehst Du nicht zu unserem Barbier und machst eine Ausbildung als Wundarzt, wenn Du kranken Menschen helfen möchtest?«, fragte ein anderer.

»Er hält das Lernen, die Wissenschaft, die Bildung für wichtiger als den Herrn und stellt damit Gottes Allmacht in Frage. Mein Vater war aus geschäftlichen Gründen in Italien. Er erzählte, dass es dort an den Universitäten Professoren gibt, die sich mit heidnischer Literatur beschäftigen. Und dies nicht, um zu zeigen, welch gotteslästerliche Auffassungen darin verbreitet werden. Nein, sie lesen die Schriften, weil sie die Heiden, die Griechen und Römer und deren liederliche Lebensweisen zum Vorbild nehmen. Das ist ein Skandal!«, empörte sich eine provozierende Stimme. Sie gehörte Clas Flar. Er hatte sich, sein dunkles Pferd im Schlepptau, im Marktgetümmel unbemerkt zu der Gruppe gesellt.

Als Andreas das Gesicht sah, stiegen ungute Erinnerungen in ihm auf. Schon zu Schulzeiten hatte Clas versucht, ihn vor den Lehrern als Ungläubigen zu verleumden. Andreas hatte viel schneller als seine Mitschüler die Lateinvokabeln gelernt und konnte die Grammatikregeln im Handumdrehen anwenden. Reichlins Interesse an den antiken Schriftstellern, an Sokrates, Aristoteles und Cicero, hatte Flar immer wieder zu bösartigen Bemerkungen veranlasst. Clas selbst war ebenfalls ein guter Schüler gewesen, konnte es aber nicht ertragen, dass Gott Andreas mit einer noch schnelleren Auffassungsgabe ausgestattet hatte. Andreas hatte auch zum Erstaunen der Erwachsenen durch sein außergewöhnliches Gedächtnis brilliert. Aus seinem Mund waren lateinische Gebete, Liedverse oder Bibelsprüche gesprudelt. Inbrünstig hatte er die Lieder, die beim nächsten Kirchgang gekonnt werden mussten, geübt. Jedes Mal, wenn Clas die Rute der Lehrer spürte und gedemütigt und krumm vor Schmerzen das Schulhaus verlassen hatte, waren Jähzorn, Wut, ja, Hass, in ihm gewachsen. Denn Andreas war immer der Gute gewesen, der Wissbegierige, den die Lehrer als Vorbild vor die Klasse gestellt hatten. Neid und Missgunst waren schon damals geschürt worden. Aus dem Hinterhalt hatte Clas zuweilen den Mitschüler überfallen und ihn mit einem Messer bedroht.

»Außerdem«, fuhr Clas jetzt fort, »hat mein Vater erzählt, dass sie in Italien an den Universitäten heimlich Menschenleiber aufschneiden. Man stelle sich vor, ein menschliches Wesen mit einem Messer ins Fleisch schneiden. Das ist ein Verbrechen an Körper und Seele! Der Mensch ist ein Geschöpf Gottes, von dem Allmächtigen erschaffen. Gottes Werk darf man nicht massakrieren. Das ist Gotteslästerung. Ich warne Dich, begib Dich nicht auf den Weg eines Ketzers! Nur als Diener des Herrn erreichst Du das Heil im Jenseits.«

Andreas fühlte sich auf dem Marktplatz zunehmend unwohl, zumal die Stimme des Clas Flar lauter und aggressiver wurde und das Streitgespräch allmählich Aufmerksamkeit bei den Marktbesuchern erregte. Bei soviel Argwohn und Misstrauen gegen sein Vorhaben war keine vernünftige Diskussion möglich, die vielleicht zu einer Aufklärung oder gar Einsicht hätte führen können. Andreas versuchte sich somit erst gar nicht zu rechtfertigen.

»Hast Du gerade das kleine Mädchen umgeritten?«, stellte er stattdessen Clas zur Rede. »Sie hätte unter die Hufe kommen und tot sein können.«

Dieser wurde rot, überging Andreas' Frage, hatte es plötzlich eilig und zog mit einem unverständlichen Abschiedsgruß von dannen.

»Der war schon immer eigenartig«, äußerte sich Hans.

»Ja, zuweilen macht er mir Angst. – Sei mir nicht böse, Hans, ich muss nach Hause. In ein paar Jahren werde ich, so Gott will, wieder hier sein. Dann können wir weiterreden.«

Beide mussten bei dieser Aussage schmunzeln.

Selbstverständlich plagten Andreas Zweifel über sein Tun und Vorhaben, wenn er in solche Gespräche verwickelt wurde. Aber er lebte jetzt und heute. In seinen Gebeten bat er Gott um Nachsicht und um Verständnis für seine Neugier auf Italien, das Wissenschaftsstudium, seinen Wissensdurst. Andreas war gottesfürchtig, und er wusste, dass der Allmächtige das spürte. Schließlich hatte Gott ihm seinen Verstand gegeben und lenkte ihn in diese Richtung. Diese Erkenntnis beruhigte den jungen Magister und rechtfertigte die peregrinatio academica, die akademische Pilgerreise, an die Universität von Padua. Er dachte auch an Nikolaus Krebs, der eine tiefe Gläubigkeit und Frömmigkeit besaß, trotz seines wissenschaftlichen Strebens. Natürlich musste sich Andreas eingestehen, dass ihn auch die Vielfalt und Buntheit des Lebens in der großen, weiten Welt lockte und dass Gott dies vielleicht nicht gern sah. Wenn man es genau nahm, prahlten manche Pilger mit ihren Abenteuern. Viel frommer und erleuchteter kamen sie aber nicht zurück. Reichlin wischte die Zweifel weg. Sein Entschluss stand fest. Padua war das Ziel seiner Träume, und es war greifbar nahe. Am Abend vor Reiseantritt bat er Gott um Beistand und um Schutz für die kommenden Wochen.

Voller Erwartungen packte Andreas am folgenden Tag nach dem Morgengebet ein Paar Beinlinge und ein Hemdgewand in den Reisesack für den langen Weg in die Stadt des heiligen Antonius.

Mit seinen 18 Jahren war Andreas noch unmündig. Doch der Vormund und auch seine Mutter hatten der Reise zugestimmt, eingedenk des Versprechens, welches Ita ihrem Mann Jodokus am Sterbebett gegeben hatte, nämlich dem Sohn eine gute Ausbildung zukommen zu lassen. Durch die großzügige Hinterlassenschaft des alten Reichlin hatte sie die Möglichkeit, den kostspieligen Aufenthalt für das Studium in Italien zu finanzieren.

Andreas reiste unter dem Schutz von Werlin Aenslinger, einem Freund der Familie Reichlin. Aenslinger war ein Bevollmächtigter der bedeutenden Konstanzer Kaufmannsfamilie Muntprat und trieb für die Familie Handel mit Leinwand am Fondaco dei Tedeschi in Venedig. Er kannte die Strecke von mehreren Alpenüberquerungen. Wie üblich, hatte er eine Karawane mit Maultierwagen und Kutschern zusammengestellt, die voll beladen mit Leinwand gen Süden aufbrach.

»Wir werden über den Reschenpass reisen. Die täglichen Etappen habe ich schon geplant. Ihr Sohn ist in bester Obhut, macht Euch keine Sorgen, Frau Reichlin«, hatte er Ita versichert.

Es war ein Tag Mitte Juni, als Frau Reichlin bei Sonnenaufgang erneut von ihrem Sohn Abschied nahm. Wieder standen ihr die Tränen in den Augen. Der Gedanke an die lange Trennung und die weite Reise des Jüngsten in ein ihr unbekanntes, fernes Land verursachte in ihrem Innern einen heftigen Herzschmerz.

Der Drang nach Abenteuer, der Durst nach dem Unbekannten, der Aufbruch zur Erfüllung eines Traumes überlagerte dagegen bei dem jungen Reichlin das Gefühl der Wehmut. In Gedanken schon auf dem Weg, gab er seiner Mutter einen kurzen Kuss, löste sich aus ihrer Umarmung und begab sich erwartungsvoll zum Konstanzer Hafen. Während Werlin und sein Diener dort auf Andreas warteten, war die Karawane schon auf dem Landweg um den See vorausgezogen. Die Konstanzer bestiegen die Lädine und machten es sich zwischen den Weinfässern bequem. Eine morgendliche Brise aus Westen blähte die gesetzten Segel, und das Schiff nahm die gleitende Fahrt über den See in Richtung Bregenz auf.

Dank des günstigen Windes erreichten sie das östliche Ufer

des Bodensees gegen Nachmittag. Dort trafen sie auf die Karawane, die ihre Pferde mitgeführt hatte. Letzte Einkäufe wurden getätigt. Werlins Diener besorgte für die Hufe der Rösser Kratzeisen und einen Striegel. Außerdem zäumte Andreas seinen Rappen für die lange Reise mit neu erstandenem Zaumzeug und Zügeln, welche er von einem durchreisenden Händler günstig erwerben konnte. Zum Schutz vor möglichen Überfällen und vor der zu erwartenden Kälte in den Bergen kaufte sich der junge Reichlin einen Dolch und ein Messer sowie ein Paar Handschuhe und ein Mundtuch, alles zusammen für drei Florene. Zufällig kam er bei einem Barbier vorbei, den er kurzentschlossen zum Haarewaschen und Schneiden konsultierte.

Die Nacht verbrachte die Reisegesellschaft zusammen mit einigen Pilgern auf dem Boden der muffigen Wirtsstube im Gasthof zum Hirsch. Der harte Untergrund störte Andreas wenig. Doch, unruhig und aufgeregt, voller Erwartung auf die unbekannten Ereignisse und Eindrücke der kommenden Tage, Wochen und Monate, wälzte er sich, in eine schmuddelige Decke gehüllt, hin und her. Das laute Grunzen und Schnarchen, welches abwechselnd aus verschiedenen Ecken den Raum durchdrang, schreckte ihn, kaum dass er endlich Schlaf gefunden hatte, immer wieder aus seinen abenteuerlichen Träumen. Allmählich verdrängte der Sonnenaufgang die Dunkelheit, und Andreas war froh, als er sein Pferd besteigen und die Reise fortsetzen konnte. Die Reisegesellschaft folgte den tiefen Geleisen der Radspuren in Richtung Arlberg.

Hatte Andreas bisher die verschneiten Alpenspitzen vom Bodensee aus in weiter Ferne erblickt, so staunte er beim Näherkommen über deren täglich wachsende, imposante Mächtigkeit. Der Gedanke, dass in den nächsten Tagen deren Überquerung anstand, hinterließ ein flaues Gefühl in seinem Magen. Doch Werlin, der Andreas die Furcht ansah, beruhigte ihn:

»Es gibt genügend erfahrene Wegführer, die uns über die Berge geleiten. Diese kosten zwar einen Sack voll Florene, aber Deine Mutter unterwies mich, wenn es um Deine Sicherheit geht, nicht zu sparen.«

Nach einigen Tagen im Sattel begannen die Schwielen am Gesäß zu schmerzen. Das Auf- und Absteigen vom Pferd fiel immer schwerer. Zu allen Unannehmlichkeiten kam hinzu, dass Andreas' Rappe in einer tiefen Wagenspur stolperte. Ein kurzer Aufschrei des Reiters, der beinahe heruntergestürzt wäre, schreckte die Mitreisenden auf. Der regelmäßige Schritt des Pferdes geriet beim Weiterlaufen ins Stocken, und Andreas wurde gezwungen, abzusteigen und sein Tier zu führen. Glücklicherweise ereignete sich dieser Zwischenfall nur wenige Meilen vor Bludenz.

Der Stallpfleger des Gasthauses, in dem sie nächtigten, riet Andreas nach eingehender Untersuchung des angeschwollenen Pferdebeines, entweder die Weiterreise zu verschieben oder ein anderes Reittier zu besorgen, da die Verletzung zum Auskurieren einige Tage benötigte. Schweren Herzens ließ der angehende Medizinstudent sein Ross zurück und tauschte es gegen einen etwas nervösen, aber gesunden Fuchs.

In den Gasthäusern erhielten sie neben Stall, Essen und Unterkunft auch Informationen über den augenblicklichen Zustand des vor ihnen liegenden Weges. Da Sommer war und sie bisher vom Regen verschont geblieben waren, brauchten sie sich bezüglich der Straßenverhältnisse keine Sorgen zu machen.

Am Arlberg angekommen, schlossen sie einen Pauschalvertrag mit einem Boten, der regelmäßig Reiter- und Saumtierkarawanen über die Alpen bis nach Bassano del Grappa begleitete. Für 65 Florene stellte er robuste und, für die engen Wege, schmale Fuhrwerke zur Verfügung, tauschte die müden Pferde gegen kräftige alpenerfahrene Gäule und bezahlte unterwegs die Verpflegung, das Quartier und die Zölle. Er wusste um die Gefahren der Naturgewalten, kannte die Engstellen der wilden Flüsse und die Hinterhalte der Raubritter, vor allem um Bozen.

Immer bedrohlicher wirkte der folgende Reiseabschnitt mit der Überquerung des Arlbergs und des Reschenpasses. Riesige Berge begrenzten die Schlucht der ungezähmt strömenden Etsch. Der Durchritt des Tales war aufgrund des häufigen Steinschlags gefährlich. Zuweilen mussten die Reisenden große Felsbrocken weghieven, damit die Pferde und Fuhrwerke passieren konnten. In Meran nächtigten sie in einem Wirtshaus. In den nächsten Tagen ritten sie an Bozen und Trient vorbei bis nach Pergine im Valsugana. Entlang der Brenta erreichte die Gesellschaft schon am vierten Tag nach ihrem Aufbruch vom Reschen spät abends Bassano del Grappa. Sie hatten die Alpen ohne schwerwiegende Zwischenfälle überquert, verabschiedeten ihren Führer, mieteten sich neue Pferde und Fuhrwerke und traten die Weiterreise nach Padua an.

Ein heißer, sonniger Tag Anfang Juli neigte sich dem Ende entgegen. Drei Wochen waren vergangen, seit der Trupp Konstanz verlassen hatte. Die Reise war ruhig verlaufen und, Gott sei Dank, ohne Überfälle. Auf dem Rücken ihrer Pferde, dem rhythmischen Trott des Schritttempos folgend, hing jeder seinen Gedanken nach, als Werlin sich plötzlich Andreas zuwandte:

»Siehst Du die runden Himmelszelte dort vorne? Das sind die Kuppeln der Basilika des Heiligen Antonius.«

Andreas kniff seine Augen zusammen und sah Folgendes: Eine langgezogene Mauer mit mehreren Türmen erstreckte sich am Horizont. Das musste die Befestigung von Padua sein. Darüber erkannte er große, runde Wölbungen, zwischen denen sich kleine, schmale Türmchen gen Himmel reckten. Das Ganze bildete im Licht der sinkenden Sonne eine fantastische, unwirkliche Silhouette.

»Ungefähr 30.000 Menschen wohnen in Padua«, erläuterte Werlin. »Vor einigen Jahren jedoch, als die Pest hier wütete, waren es einige Tausende weniger.«

Immer wieder war es der schwarze Tod, der Unglück über die Städte brachte. Andreas nahm sich vor, als zukünftiger Arzt seine ganzen Energien für die Erfindung eines Heilmittels einzusetzen.

Jetzt, wo das Reiseziel endlich vor Augen lag, ergriff den jungen Mann Nervosität. Aufgeregt rutschte er in seinem Sattel hin und her. Obwohl sein Pferd am heutigen Tag schon eine lange Wegstrecke zurückgelegt hatte, verfiel Andreas unwillkürlich in einen leichten Trab. Auch Werlin und seinen Diener packte die Unruhe, sie folgten ihm und ließen die Karawane hinter sich zurückfallen.

Nachdem die Deutschen das Stadttor passiert hatten, empfing sie der Gestank von Unrat aller Art, wie es nach der brütenden Tageshitze in der Stadt zu erwarten war. Lautes, farbiges Treiben von Fußgängern, Reitern, Hunden und Katzen belebte die engen Gassen. Eine wohltuende Kühle breitete sich zwischen den bunt bemalten Häuserwänden aus, die sich im Untergeschoss zu schattigen Arkadengängen öffneten. Aus den Fenstern lehnten Männer und Frauen, die laut und heftig gestikulierend über die Gassen hinweg diskutierten. Andreas war erstaunt über die Art, wie diese quirligen, dunkelhaarigen Menschen miteinander sprachen. Es schien ihm, als wären sie unentwegt in heftige Streitereien verwickelt. Doch ihr fröhliches Lachen, welches die teilweise spärlich vorhandenen Zähne zum Vorschein brachte, belehrte ihn eines Besseren.

Die Reisegruppe gab die Pferde in dem vom Vermieter angegebenen Stall in Padua ab, und Werlin besorgte sich für die Weiterreise nach Venedig ein Neues. Für die Nacht bezogen sie Quartier in einem Gasthof. Die Karawane mit den Leinwänden war, an Padua vorbei, weitergezogen.

Der junge Reichlin schrieb seiner Familie ein paar Zeilen und bat Werlin beim Abschied am nächsten Morgen, den Brief Ita auszuhändigen, denn sein Begleiter trat nach Abwicklung der Geschäfte in Venedig wieder die Rückreise an. Wie die meisten Studenten, bat Andreas seine Mutter, dem nächsten nach Padua reisenden Konstanzer Kaufmann Geld mitzugeben, da hier alles teurer sei als erwartet.

Nach Werlins Abreise war Andreas auf sich gestellt. Allein in der fremden Stadt überfiel ihn eine unbehagliche Ruhelosigkeit. Möglichst schnell wollte er die Universität aufsuchen, sich einschreiben und eine feste Bleibe finden. Er fragte den Wirt, der sich als sehr gesprächig erweisen sollte, nach dem Weg zum Gymnasium Patavinum, wie die Universität hier genannt wurde. Zum

Glück beherrschte Reichlin das Latein sehr gut. So konnte er die stark von der römischen Sprache beeinflusste italienische Umgangssprache, das Volgare, verstehen und sich verständlich machen.

»Ah, Ihr seid ein junger Student aus Deutschland«, antwortete dieser und gestikulierte wild mit den Armen. »Studenten kommen aus aller Welt nach Padua: aus Spanien, Polen, Frankreich, Deutschland. Aber sie bringen nur Unruhe und Ärger. Oft sind sie frech und unfreundlich, meinen, sie seien bessere Menschen. Aber wir sehen nur, dass die aus dem Norden zu viel von unserem Wein trinken, dann betrunken sind und sich mit den Bürgern schlagen. Das ist nicht schön. Aber«, fuhr er etwas freundlicher fort, »Padova è una bellissima Città! Eh, was meinst Du?«

Die Frage klang herausfordernd. Andreas hatte noch nicht viel von der Stadt gesehen, doch der erste Eindruck war überwältigend für ihn, so antwortete er ganz im Sinne des Wirts voller Überzeugung: »Meravigliosa, wunderbar!«

Doch der Wirt hörte gar nicht zu, sondern sprach weiter:

»Aber seit bald 15 Jahren regiert die Serenissima, Venezia, unsere Stadt. Seither verlassen viele Menschen Padua und gehen nach Venedig, vor allem die Kaufmänner und Händler. Sie empfangen dort die Schiffe mit den Waren aus dem Orient, kaufen Gewürze, Perlen, Edelsteine, Stoffe für wenig Geld ein, ziehen weiter und verkaufen ihre Waren für viele Goldstücke im Norden. Und die Venezianer werden durch den Handel, die Steuern und Zölle immer reicher und kaufen unser Land. Und wir müssen verkaufen, verdienen selbst kein Geld mehr.«

»Ja, ja, überall sind nur noch Venezianer«, warf ein hinzugekommener Mann ein, der genauso viele Falten hatte und aussah wie ein Bruder des Wirts. »Für sie ist unser Padua wichtig, Terra ferma, Festland, gute Straßenverbindung nach Norden, und auch hier verkaufen sie ihre Waren viel zu teuer. – Vor einigen Jahrzehnten, im letzten Jahrhundert, war Padua bedeutend. Wir hatten Geld und reiche Bürger. Kennst Du den berühmten Maler Giotto? Seine wunderbaren Malereien in der Kapelle bei der römischen Arena hat Enrico Scrovegni, Gott hab ihn selig, vor 100 Jahren in Auftrag gegeben. Aveva un sacco di soldi, quell' Enrico! Er war reich, hatte viel Geld dieser Mann ..., er war Bankier. Du musst Dir die Bilder ansehen. Sie sind eine Sensation. Damals, in dieser fruchtbaren Zeit, wurde auch unsere Basilika zu Ehren des Heiligen Antonius gebaut. Ist sie nicht ein Wunderwerk im Namen Gottes? Was für großartige Zeiten waren das in Padua. Padua war unabhängig, und jeder konnte seinen Geschäften nachgehen, brachte Geld in die Stadt. Dann kamen zuerst die Carrareser und haben uns unserer Freiheit beraubt«, murmelte er mehr zu sich als zu Andreas, »streng, ungerecht und grausam haben sie Angst und Schrecken zu den Zeiten unserer Eltern und Großeltern verbreitet. Und jetzt kontrollieren die venezianischen Senatoren unsere Stadt, che sfortuna, welch Unglück!«, rief er dramatisch gestikulierend aus.

»Der Bürgermeister ist Venezianer und der Camerlengo, der Kämmerer, auch. Allein im großen Rat sitzen noch wir Paduaner«, ergänzte der Wirt, »doch die aus Venedig bestimmen unsere Gesetze, sollen für Recht und Ordnung sorgen, aber auch das bekommen sie nicht in den Griff.«

Plötzlich wurde der Wirt ernst, seine Miene verfinsterte sich, die Stirnfurchen wurden zu tiefen Kratern:

»Es gibt viel Raub, Mord und Betrügereien in Padua. Viele Ausländer werden überfallen oder kommen durch Gift um. Als Deutscher wirst Du mit Misstrauen begutachtet und ...«, er blickte Andreas eindringlich in die Augen, »als Barbar aus einem unkultivierten Land angesehen. Man merkt, dass Du fremd bist. Halte Dich fern von dunklen Gassen!«, warnte er, und sein Gesichtsausdruck verwandelte sich in eine besorgte Miene. »Geh nachts nicht allein auf die Straße!«

Er legte Andreas dabei freundschaftlich die Hand auf die Schulter.

Der Konstanzer war inzwischen ungeduldig geworden. Denn was interessierten ihn die Kümmernisse dieser alten Männer. Als Student unterstand er den Statuten der Universität und nicht der

Gerichtsbarkeit der Stadt. So bemühte er sich erneut, eine Antwort auf seine Frage nach dem Weg zum Gymnasium Patavinum zu erhalten.

Andreas' Stimmung erhellte sich schlagartig, als er das vertraute Gesicht erblickte. Wie es der Zufall wollte, lief er Nikolaus genau in dem Moment in die Arme, als er das Universitätsgebäude betrat. Krebs freute sich sichtlich über das unerwartete Zusammentreffen:

»Du hast Dich also überzeugen lassen, dass hier in Padua die Wissenschaft auf dem neusten Stand ist.« Seine Begeisterung für das Gymnasium Patavinum sprudelte aus ihm heraus: »Du wirst sehen, welch gebildete und verehrenswerte Professoren in der juristischen und auch in der medizinischen Fakultät lehren. Wie anders hier die Auffassung vom Menschen, von Gott und von den antiken Schriftstellern und Philosophen ist. Und Bücher gibt es in der Universität, von denen Du in Heidelberg nur träumen kannst. Auch die Kommilitonen, egal, ob aus Italien, Deutschland oder Spanien, sind meist hochinteressante Menschen. Ich werde Dich bei Gelegenheit einigen vorstellen. Wo wirst Du unterkommen?«, wechselte Nikolaus das Thema, und ohne eine Antwort abzuwarten, fügte er hinzu: »Bei uns ist noch Platz für eine Lagerstatt. Wir wohnen bei Anna. Johannes schläft noch mit in der Kammer. Er wird hier Johannes de Alemania genannt und studiert wie Du Medizin.«

Andreas war begeistert von der Idee, mit Nikolaus einen Raum teilen zu können, egal, wer Anna und Johannes waren. Zunächst wollte er sich jedoch offiziell als Student einschreiben. Nikolaus gab ihm noch einige hilfreiche Informationen zum Leben eines Studiosus in Padua:

»Du musst wissen, die Studenten werden hier in zwei große Nationen geteilt. Wir als Deutsche gehören, unabhängig von unserem Studiengang, den Ultramontani an, d.h. wir zählen zu den Ausländern, die die Alpen überqueren müssen. Die Italiener dagegen sind die Cismontani. Die beiden Körperschaften werden in der Regel von zwei Ratgebern vertreten, die jedes Jahr von den Studenten gewählt werden. Als Deutsche haben wir uns außerdem zu der Natio Germanica zusammengeschlossen. Jetzt wendest Du Dich am Besten an den von uns Studenten gewählten Consiliarius unserer Nation, Magister Stephanus. Er wird Dir beim Einschreiben behilflich sein.«

Nachdem Nikolaus dem Konstanzer mitgeteilt hatte, wo er Magister Stephanus und das Haus von Anna finden konnte, verabredeten sie sich für den Abend. Dann trennten sich ihre Wege.

Nach dem Gespräch mit Magister Stephanus meldete sich Andreas beim Rektor, Magister Venantius de Camereno. Dieser war selbst noch erstaunlich jung. Von Nikolaus erfuhr Andreas später, dass es in Padua durchaus üblich war, dass die Studenten den Rektor für eineinhalb Jahre aus dem Kreis der Magister wählten. Venantius de Camereno besuchte selbst noch Vorlesungen an der medizinischen Fakultät und musste seine Promotion erst noch ablegen.

Nach einem kurzen Gespräch vereidigte der Rektor den deutschen Studenten. Andreas schwor, Ehre und Recht der Natio Germanica zu wahren, den Statuten zu gehorchen, den Würdenträgern der Nation die schuldige Ehrerbietung entgegenzubringen, gegebenenfalls erst vor ihnen, dann vor der Universität oder der Stadtobrigkeit Recht zu suchen.

Nach der Vereidigung zahlte er die 3 Florene Einschreibegebühr und bekam den Talar und die Orsina in Rot, die Kopfbedeckung, deren Farbe ihn als Medizinstudent auswies, ausgehändigt. Damit war er als Student an der Paduaner Universität angenommen und auch in der Öffentlichkeit als solcher kenntlich. Jetzt genoss Reichlin die akademischen Privilegien der Paduaner Universität: Steuer- und Abgabefreiheit, Freizügigkeit im ganzen Bereich der Res Publica Venetiana und Zollfreiheit für allen notwendigen Bedarf an Lebensmitteln, Kleidern und Büchern.

Der Scholarbrief der hochberühmten »Natio Germanica Almae Gymnasii Patavani« wurde ihm vier Wochen später von einem Boten in seine Bleibe gebracht.

»Dein Geruch erinnert an ein wildes Tier!«, riefen die jungen Studiosi in den langen Mänteln. »Warum hast Du so einen wirren Blick und so lange Ohren? Deine Zähne erinnern an die Hauer einer Bestie!«

Andreas stand in der Mitte eines johlenden Kreises von Studenten, die sich lauthals über ihn lustig machten. Einer von ihnen brachte eine große Schüssel mit eiskaltem Wasser. Andreas wurde gewaschen, seine Zähne gefeilt, imaginäre Hörner und Auswüchse von ihm entfernt. Dann sollte er in einer parodierten Beichte seine Laster gestehen.

Diese Einführungsriten musste jeder neue Student über sich ergehen lassen. Nikolaus hatte seinen Freund gewarnt, doch es kam schlimmer als erwartet. Der Ritus sollte ihn von der Bestialität zur Menschlichkeit, von der Ungeschliffenheit zur Zivilisation führen. Andreas fand sich weder primitiv noch banal, doch es gab kein Entkommen. Er musste diese Demütigungen hinnehmen. Einziger Trost war, dass jeder einzelne anwesende Student, auch diejenigen, die jetzt den Mund besonders voll nahmen, einst genau die gleichen Erniedrigungen erlebt hatte.

Nachdem die Einführungsriten überstanden waren, begann der Universitätsalltag. Neben den üblichen Unterrichtsstunden trafen sich die Ultramontaner unter dem Vorsitz von Magister Stephanus in regelmäßigen Abständen. Zahlreiche auswärtige Studenten, egal ob Kleriker, armer Schlucker oder von Adel, kamen zusammen und diskutierten über neue Lehrstühle, über Kandidatenvorschläge für das eineinhalbjährlich wechselnde Rektorat, versuchten Streitereien mit den Cismontani zu schlichten oder unterhielten sich über ein friedliches Miteinander der verschiedenen Nationen.

Eines Abends, Andreas war höchst erstaunt, wurde über die Beschaffung einer Leiche für den nächsten Anatomieunterricht gesprochen. Professor Galeazzo di Santasofia hatte dazu angeregt.

»Die Santasofia gehören zu den alteingesessenen Paduanern«, hatte Nikolaus den Konstanzer über den Professor für Anatomie und dessen Familie informiert. »Mehrere Verwandte waren schon in der vorangegangenen Generation als Lehrmeister an der Universität tätig. Galeazzo und sein Bruder Bartolomeo setzen diese akademische Familientradition fort. Beide haben, wie einst der Vater, die Laufbahn des Arztes eingeschlagen und einen Lehrstuhl an der medizinischen Fakultät inne. Bartolomeo ist auch an den politischen Belangen des Gymnasiums Patavinum und den Beziehungen der Universität zur Stadt und zur venezianischen Obrigkeit interessiert. Wie einige andere Lehrer der verschiedenen Fakultäten gehört er dem Stadtrat an«, fuhr Nikolaus fort.

»Denn Du musst wissen, als Stadträte haben die Professoren und Dozenten, die meist nicht von adliger Herkunft sind, die Möglichkeit, auf ihren akademischen Beruf, ihren sozialen Status, ihre Rechte und ihre Würde aufmerksam zu machen. Selbstverständlich ist ihr medizinischer Rat besonders gefragt, wenn es um die Gesundheit der Bürger, drohende Seuchen oder um sanitäre Fragen in Padua geht. Galeazzo doziert schon seit vielen Jahren an der Paduaner Universität. Und weißt Du, wo er vorher war?«, mischte sich der Zimmergenosse Johannes in das Gespräch.

Andreas wusste es natürlich nicht. Doch es interessierte ihn, denn er war überaus beeindruckt von der autoritären Persönlichkeit des berühmten, aber umstrittenen Professors.

»Er wurde als bedeutender Medicus für einige Jahre an die medizinische Fakultät nach Wien berufen und hatte dort das Amt des Dekans inne. Er führte dort den Anatomieunterricht ein. Zunächst versuchte Galeazzo, anhand der Bücher des Galenus seinen Studenten die inneren Bestandteile des Körpers näher zu bringen. Das Material war ihm jedoch bald zu wenig anschaulich, wie sich herumsprach. So wagte er es, Du wirst es kaum glauben, im Februar des Jahres 1404, zum ersten Mal nördlich der Alpen, zur anatomischen Demonstration vor Studenten, eine Leichensektion durchzuführen. Kannst Du Dir den Aufschrei vorstellen, der durch die Fakultät, die Universität, die Kirchen und Klöster, ja, durch die ganze Stadt ging? Was für eine gotteslästerliche Leichenschändung, hieß es damals. – Würde ich ihn nicht kennen, würde ich sicherlich genauso denken«, fügte Nikolaus an.

Andreas, der von dem bloßen Gedanken an das Aufschneiden eines Menschenleibes entsetzt war und in Konstanz gelernt hatte, dass dies eine gotteslästerliche Handlung sei, wunderte sich über Nikolaus, der eigentlich Recht studierte, und seine Einstellung zu Santasofias Arbeit. Reichlin fragte sich, ob er selbst Zeuge eines solchen Aktes werden sollte. – Dieser Tag kam schneller als erwartet, denn ein Gehängter stand in Kürze zur Verfügung.

Andreas wurde es flau im Magen. Es stank bestialisch. Ein Mörder lag vor ihm auf dem Tisch. Magister Reichlin gehörte zu den zehn Studenten, die ausgewählt worden waren, um bei dem seltenen Spektakel einer Leichensektion dabei sein zu dürfen. Anwesend waren außerdem der Ostensor, der die Stelle bezeichnete, die zu sezieren war, und der Dissector, ein Bader, der die Leiche an entsprechender Stelle aufschneiden sollte. Professor Galeazzo di Santasofia stand hinter seinem Katheder. Vor ihm lag ein Buch des Galenus. Immer wieder wurde während der Unterrichtsstunden auf die Werke des römischen Arztes Claudius Galenus zurückgegriffen. Andreas wusste inzwischen, dass der kaiserliche Leibarzt im 2. Jahrhundert nach Christus Hunde, Schafe und andere Tiere seziert und seine Erkenntnisse in zahlreichen Schriften zusammengetragen hatte.

Die Gänsekielfeder des Professors steckte im Trichter mit der Tinte. An der Wand lehnte seine Rute. Santasofia gehörte jedoch zu den wenigen Gelehrten, die von der Prügelstrafe absehen konnten. Seine Autorität schwang in der Luft, ohne dass er handgreiflich wurde. Wenn er redete, herrschte absolutes Schweigen unter den Studenten. Seine kräftige Stimme verkündete jetzt, wie üblich in den Unterrichtsstunden, in lateinischer Sprache:

»Dieses Fleisch und Blut vor uns wurde von Gott gegeben. Doch die Seele darin verwandelte sich vom unschuldigen Erdankömmling zum undankbaren Gotteslästerer und grausamen Schwerverbrecher. Ihm steht Gottes Gnade und Barmherzigkeit nicht zu. Beim jüngsten Gericht wird er in der Hölle landen.«

Dann nahm der Professor die anatomische Handschrift des

Galenus zur Hand, nickte dem Ostensor und dem Dissector zu, sich bereit zu machen, und begann zu lesen. Der Professor selbst legte nicht Hand an den Toten.

Andreas hatte zwar schon einige Leichen gesehen, seien es die Dahingerafften von der Pest oder die Gehängten am Galgen in der Stadt, aber diesmal sollte ein Mensch aufgeschnitten werden. In der Heidelberger Universität wäre das undenkbar gewesen. Existierten doch neben Galens Handschriften noch viele Texte aus der antiken Welt, die als Lehrbücher Auskunft über den menschlichen Körper gaben. Und hieß es doch in der Bibel, dass das Fleisch des Menschen wieder auferstehen sollte. Hier in Padua jedoch änderte sich der Blickwinkel. Man diskutierte, ob nicht zum Zeitpunkt der Auferstehung der Leib gleichsam neu von Gott erschaffen wurde.

Der junge Student hörte, wie Santasofia seine Lesung aus dem Text des Galenus unterbrach. Er beobachtete, wie der Professor die Studenten, die mit bleichen Gesichtern um die Leiche standen, mit eindringlichem Blick ansah und zu ihnen sprach:

»Wenn wir die Geißeln wie die Pest aus dem menschlichen Körper verbannen wollen, müssen wir seine Anatomie kennen. Wir müssen ein genaues Bild vom Innenleben des homo sapiens, von der Lage der Organe und Gefäße, bekommen und dürfen uns nicht allein auf die Aussagen unserer Vorfahren verlassen. Wir müssen eigene Untersuchungen durchführen, um das menschliche Leben zu verstehen!«, klärte er die Studenten auf. »Hier liegt ein Verbrecher, der beim jüngsten Gericht der Hölle zugewiesen wird. Seiner Seele kommt die gerechte Strafe zu.«

Wieder nahm er die Abschrift von Galens *De anatomia* auf und las weiter, während der Ostensor die entsprechenden Stellen bezeichnete und der Bader das Messer wetzte und zu einem weiteren Schnitt ansetzte.

Professor Galeazzo di Santasofia legte auch in anderen Unterrichtsfächern auf lebensnahen Anschauungsunterricht größten Wert. Er war der einzige Lehrmeister, der mit den Studenten sogenannte Herbulationen, botanische Exkursionen zur Kräuter-

und Arzneikunde, durchführte. Dabei lernte Andreas, zahlreiche Pflanzen und deren giftige oder heilende Wirkstoffe beim Namen zu nennen. Sein Leben lang sollte der Deutsche von diesen Kenntnissen über pflanzliche Heilmittel profitieren.

Immer wieder thematisierte der Professor in seinen Vorlesungen die Pest. Gebete, Aderlass, Abführmittel und Kräuter gehörten zu den üblichen Behandlungsmethoden der Seuche. Diese wurden auch den Studenten vermittelt. Doch eine gewisse Hilflosigkeit gegenüber der Besiegbarkeit des schwarzen Todes schimmerte auch in den Unterrichtsstunden Santasofias durch. Über mögliche Ursachen und Mittel, um die Krankheit zu verhindern, wurde heftig diskutiert. Der Professor hielt die Fäulnis der im Meer umgekommenen und wieder ausgeworfenen Heuschrecken für einen Grund. Hinzu kamen seiner Meinung nach astralische und tellurische Einflüsse. Allgemein glaubte man, dass die Krankheit an Ort und Stelle durch verderbte Luft, das Miasma, entstehen würde. Doch Santasofia gab zu bedenken:

»Könnte es nicht auch sein, dass die Seuche mit den erkrankten Menschen auf den Handelsschiffen übers Meer bei uns eingeschleppt wird? Denkt an das grausame Pestjahr 1348 in Venedig, in welchem die Serenissima beinahe ausgestorben ist.«

Neben dem anschaulichen Anatomieunterricht und den Herbariumsexkursionen bekam Andreas in den anderen Unterrichtsstunden das theoretische Wissen zu Hippokrates vermittelt:

»Die Lehre von den vier Körpersäften beruft sich auf Hippokrates und seine Schüler«, dozierte Magister Stephanus von seinem Katheder aus.

»Die vier Säfte Blut, Schleim, gelbe und schwarze Galle müssen sich im Körper im Gleichgewicht befinden. Verschiebt sich das Gleichgewicht zugunsten eines dieser Stoffe, so erkrankt der Mensch.«

Die Wirkung der Körpersäfte auf die verschiedenen Temperamente, des Sanguinikers, Phlegmatikers, Melancholikers und Cholerikers, lernte Andreas ebenso kennen wie deren Zusammenhang mit den Qualitäten der Gestirne Jupiter, Mars, Saturn und

Mond. Denn kannte ein Medicus den Makrokosmos, so verstand er auch den Mikrokosmos und damit den Menschen und seinen Körper besser.

Inzwischen war es draußen empfindlich kalt geworden. Die Tage wurden kürzer. Andreas hatte sich von Magister Stephanus ein Buch von Hippokrates ausgeliehen, über welchem er bei Talglicht brütete, als Nikolaus in das gemeinsame Zimmer stürmte. Normalerweise betrat der Freund den Raum in seiner bedächtigen und besonnenen Art. Doch diesmal hatte der angehende Jurist die Tür schwungvoller als sonst geöffnet, und Andreas sah ihm an, dass etwas Besonderes vorgefallen sein musste.

»Stell Dir vor«, holte Nikolaus, außer Atem und nach Worten ringend, aus, »der Professor Prosdocimo de Comitibus hat mich gefragt, ob ich in seinen Palast ziehen möchte!«

Andreas wusste, welche Verehrung und Bewunderung Nikolaus diesem Professor für bürgerliches und kirchliches Recht entgegenbrachte. Der bedeutende Gelehrte war für die venezianische Regierung oft in diplomatischen Diensten unterwegs und hatte den Auftrag erhalten, an den Reformen der Statuten von Padua mitzuarbeiten. Es war bekannt, dass der überaus gastfreundliche Dozent auserwählte Studenten bei sich wohnen ließ und in sein Familienleben integrierte. Nikolaus besuchte dessen Vorlesungen zum kanonischen Recht. Andreas war beinahe etwas eifersüchtig. Vor allem, weil er wusste, dass der Professor eine Bibliothek mit unvergleichlichen Schätzen besaß.

Schon in den nächsten Tagen packte Nikolaus seine Habseligkeiten und zog in die Contrada Santa Cecilia. Er wohnte dort zusammen mit Giampetro da Verona und Francesco da Perugia, einem Studenten der Rhetorik. Andreas kannte die beiden nur flüchtig. Durch die verschiedenen Studiengänge und die unterschiedlichen Wohnorte sah der Konstanzer seinen deutschen Freund jetzt nur noch bei den abendlichen Diskussionsrunden. Dann schwärmte Nikolaus voller Bewunderung von Prosdocimo:

»Er ist mein Herr und einzigartiger Vater.«

Nikolaus war ein Grübler, er war bescheiden und brauchte nicht viel fürs Leben. Er vergrub sich während seiner vorlesungsfreien Zeit in Prosdocimos Bibliothek und beschäftigte sich mit Geschichte, Glaubenslehre, mit moralischen Fragen sowie mit der Erforschung der Bibel. Seine kostspielige Leidenschaft war es, eigene Bücher zu besitzen. Er war sparsam, wusste aber immer, wo er günstig ein gutes Buch besorgen konnte, auf welches er dann mächtig stolz war. So teilte er Andreas einige Jahre später mit, endlich die Handschrift *Horologium sapientiae* des berühmten Dominikanermönchs Heinrich Suso als seinen Besitz in den Händen zu halten. Er wusste, dass Andreas Familie Ländereien in und bei Überlingen am Bodensee besaß, der Reichsstadt, aus der die Mutter des von Nikolaus verehrten Suso stammte.

Nikolaus diskutierte die aus seiner Leseleidenschaft gewonnenen Erkenntnisse und Überlegungen in ihrem Freundeskreis. Obwohl sich viele Italiener über die Deutschen lustig machten, unter anderem wegen der barbarischen Lateinkenntnisse der meisten Ultramontani, hatten Nikolaus und Andreas hohes Ansehen bei der Gruppe, bestehend aus besonders wiss- und lernbegierigen Kommilitonen aller Nationen und Fakultäten.

Bei den abendlichen Treffen beeindruckten Andreas vor allem Domenico Capranica, ein enger Freund von Nikolaus, aus der juristischen Fakultät, und Paolo de Florentia, den er vom Medizinstudium kannte. Wenn Paolo dabei war, diskutierten sie über Mathematik, Zahlen, Geometrie, Astronomie und über antike Schriftsteller.

»Wir Florentiner«, brachte Paolo, eigentlich Paolo del Pozzo, eines Abends ein, und man merkte, dass er sichtbar stolz war, aus der Stadt am Arno zu kommen, »müssen wissen, wie man rechnet und wie man sich in der Welt zurecht findet. Mein Vater ist ein erfolgreicher Kaufmann, er reist viel und kann mit Geld umgehen.« Er machte eine Pause, überlegte kurz und fuhr fort: »Mich jedoch interessiert die Mathematik nicht des Geldzählens und Handelns wegen. Unser Universum ist nach Maß, Zahl und Gewicht proportioniert. Die Welt ist dank der mathematischen Proportionen, aus denen sie geschaffen ist, von unvergleichlicher Schönheit. Ptolomäus und Archimedes, das waren griechische Naturforscher, Mathematiker, von denen wir viel lernen können. Schon Ptolomäus wusste, dass die Erde und wir Menschen das Zentrum des Universums bilden. Die Mathematik erlaubte ihm, zu berechnen, zum einen, dass sich Sonne, Mond, Sterne und Planeten bewegen, und zum anderen, dass sie um den Mittelpunkt unserer Erde, also unserer Existenz, kreisen. Wer ein guter Medicus werden möchte, sollte über diese Dinge Bescheid wissen, denn die Himmelskörper beeinflussen unser Dasein, unsere Gesundheit und die Heilungsprozesse.«

Andreas und Nikolaus verfingen sich mit Paolo in hitzige Diskussionen über die Astronomie und deren Wirkung auf die Körpersäfte des Menschen. Bei klarem Wetter standen sie draußen und beobachteten den nächtlichen Himmel, die Sterne und die Kometen, die vorbeizogen. Sie unterhielten sich über die Erde, das geographische Aufzeichnen von Erdteilen, Ländern und Meeren auf dem Papier und wie sie selbst ihre Erkenntnisse und Erfahrungen in Büchern festhalten wollten. Besonders zwischen Nikolaus und Paolo, der sich nach seiner Herkunft Toscanelli nannte, sollte sich eine lebenslange Freundschaft entwickeln. Sie widmeten sich später gegenseitig ihre Werke. Mehrmals besuchte Nikolaus Paolo in Florenz, und dieser eilte im Gegenzug an das Krankenlager des Deutschen und stand dem Sterbenden viele Jahrzehnte später als Freund und Arzt zur Seite.

Gern gesellten sich junge, interessierte Lehrer zu ihrer Runde. Magister Giuliano Cesarini, der zum Doktor beider Rechte promoviert hatte, diskutierte vorübergehend mit ihnen. Nikolaus besuchte Cesarinis Vorlesungen mit Begeisterung und bedauerte es sehr, als dieser Padua schon nach wenigen Monaten wieder verließ. Während des kurzen Aufenthalts hatten die beiden enge Freundschaft geschlossen, die wegweisend für ihr zukünftiges Leben werden sollte. Auch Andreas war jedes Mal beeindruckt von der Wortgewandtheit, mit der sich Cesarini in Diskussionen einbrachte, von seinem Wissen über die Geschichte und die Bibel, von seinem Eifer, dem aber dennoch sorgfältigen Abwägen beim Argumentieren:

»Glaubt nichts, ohne es selbst nachgeprüft, vertieft und kritisch hinterfragt zu haben!«, gab ihnen Cesarini mit auf den Weg. Er selbst war nur wenig älter als seine Studenten. Er stammte aus einer bedeutenden, wohlhabenden römischen Familie. Seine Erscheinung, seine Reife, seine Überzeugungskraft erfüllten ihn mit einer Aura, welche auch aus seinen Worten strahlte. Die Studenten sogen seine Lesungen in sich auf.

»Lest die Werke von Platon und Aristoteles. Sucht in Kirchen und Klöstern nach den jahrhunderte-, ja, über tausend Jahre alten Handschriften. Ihr stoßt darin auf einzigartige Schätze des Wissens und der Redekunst. Die Griechen und Römer schulten und umsorgten ihren Geist, ihre Gedanken, ihr Gehör mit klangvollen Worten, wirkungsvollen Sätzen, überzeugenden Reden und wunderbaren Schriften. Sie pflegten ihre Natur und verwöhnten ihre Augen mit harmonischen Ansichten aller Art. Ihr werdet erkennen, dass die Alten sich eine hell erleuchtete Welt voller großartiger Bauwerke und Skulpturen schufen. – Ich frage mich, in welch dunkler Zeit der Ohnmacht, der Bewusstlosigkeit die Menschen seit einigen Jahrhunderten leben. Barbarisch ist die Redekunst. Die wenigsten sind des gepflegten Lateins oder gar des Griechischen mächtig.«

Andreas war jedes Mal erstaunt, aber auch tief beeindruckt, wenn er Cesarini über die Menschheit von damals und heute urteilen hörte. Reichlin dachte dann an seine Heimatstadt Konstanz. Ungewollt bemächtigte sich Clas Flar seiner Gedanken und dessen tiefe Verachtung gegen die Italiener und gegen die Verehrung der Antike. Das Konzil hatte zwar frischen Wind in die Stadt am Bodensee gebracht, doch für ein Analysieren der römischen Schriften, wie es hier in Padua praktiziert wurde, herrschte noch lange kein Verständnis. In Padua drehten die jungen Wissenschaftler, die alle wie Andreas im Alter von ungefähr zwanzig Jahren waren, am Rad der Welt. Jetzt und hier, in diesem Kreis an der italienischen Universität, wurde die Zukunft der europäischen

Kultur geplant. In den kommenden Jahren sollten sich die hochgebildeten, überaus intelligenten deutschen und italienischen Köpfe in den höchsten kirchlichen und weltlichen Ämtern wiedertreffen und eine neue Zeit einläuten.

Hin und wieder verabredeten sich Andreas und Nikolaus zu einem gemeinsamen Spaziergang durch die Stadt. Dies taten sie auch am 25. März 1422, einem lauwarmen Frühlingstag. Nikolaus hatte Andreas gefragt, ob er mit ihm in die Scrovegni-Kapelle käme.

»Weißt Du, Andreas«, erklärte Nikolaus, »hier wird soviel über diese Kapelle gesprochen, deren Inneres soll dem Himmel auf Erden gleichen, dass ich sie mir ansehen möchte. Enrico Scrovegni hat sie vor 100 Jahren für viel Geld errichten und ausmalen lassen. Es heißt, der Reichtum der Scrovegnis stammt von den Wucherzinsen, die sie als Bankiers verlangten. Das Gewissen plagte Enrico im Lauf der Jahre immer mehr, und zur Rettung der eigenen Seele sowie der seines Vaters widmete er die Kapelle der Gottesmutter. Um Gnade zu erlangen, war ihm nichts zu teuer, und er beauftragte einen der großartigsten Maler seiner Zeit, nämlich Giotto di Bondone und dessen Werkstatt, mit der Ausmalung der Kapelle.«

»Kennst Du die Nachfahren der Scrovegni? Oder wie kommen wir in die Kapelle hinein?«, fragte Andreas etwas zweifelnd. »Und warum muss das gerade heute sein? Ich muss die Anatomievorlesung bei Santasofia dafür ausfallen lassen.«

»Nein, ich kenne die Scrovegnis nicht. Aber die Gewissensbisse, die die Familie aufgrund ihres unredlich verdienten Reichtums plagten, bewegten sie dazu, die Kapelle an einem Tag im Jahr für die Öffentlichkeit zu öffnen. Alle Menschen sollen die Möglichkeit haben, an dieser göttlichen Pracht teilzuhaben. Und warum dies gerade heute, am 25. März ist, zeige ich Dir gleich, wenn wir da sind.«

Fern und doch so nah erstreckte sich das Himmelsgewölbe über den beiden Studenten. Zahlreiche goldene Sterne funkelten aus dem tiefen, dunklen Blau, in dem das Reich Gottes verborgen war. Die unendliche Weite und Tiefe des Universums offenbarte sich Andreas und Nikolaus. Sie waren umringt von Szenen aus dem irdischen Dasein Jesu, aus dem Leben der Gottesmutter Maria und dem ihrer Eltern Joachim und Anna.

»Das ist ja unglaublich, wahrhaft zauberhaft«, flüsterte Andreas, nachdem er wieder Worte gefunden hatte, dennoch zweifelnd, seinen Augen trauen zu können.

»Anna, Maria, Jesus, die Heiligen, Propheten, Apostel, das sind ja Menschen, Menschen aus Fleisch und Blut. Sie sind so lebendig. Es scheint, als könnte man in die Räume und Tempel hineingehen, sich bei der Hochzeit zu Kanaa mit zu Jesus an den Tisch setzen und ein Glas Wein trinken. Schau Dir die Pflanzen, Bäume, Tiere und Landschaften an!« Vor lauter Begeisterung erhob sich Andreas' Stimme, und Nikolaus legte mahnend den Finger auf den Mund.

»Die Kräuter da oben sehen so aus wie die, die wir auf der letzten Exkursion mit Santasofia untersucht haben.« Andreas deutete auf die Pflanzen der Noli-me-tangere-Darstellung mit Jesus und Maria Magdalena. »Die Gesichter, die Augen, sie sind so wunderschön. Was für ein Mensch muss dieser Giotto gewesen sein?« Andreas beruhigte sich allmählich, war aber in seiner Gebanntheit nicht zu bremsen: »Sieh nur«, sprach er ins Leere, denn er hatte nicht bemerkt, dass Nikolaus inzwischen einige Schritte weg von ihm ins Gebet versunken war, »aus dem verräterischen Gesicht des Judas in seinem gelben Mantel spricht geradezu die trockene, warme, gelbe Galle des Cholerikers.«

Wie schaffte es dieser Maler, die von ihren Körpersäften beeinflussten Temperamente der Menschen in Farbe auf die Wand zu zaubern? Es war Andreas bisher nicht bewusst gewesen, dass das Wort Gottes so voller Leben, voller Gesten war, dass die Heiligen Gefühle hatten und so menschlich waren. Auch Gegenstände schienen in Giottos Malereien eher die Dinge selbst als ihre Abbildungen zu sein. Mit diesen Gedanken ließ sich Andreas neben Nikolaus nieder, und auch er versenkte sich mit erhobenem Blick ins Gebet, um Maria und Jesus direkt in die Augen sehen zu können.

Er spürte tief in seinem Inneren, dass er ein Teil dieser Welt, dieses Firmaments, dieses Lebens, dieser Natur, dieses unendlichen, aber jetzt greifbar nahe gewordenen Kosmos war. Hier neben Nikolaus Krebs fühlte er das Göttliche in seiner Seele.

Als sie sich wieder dem Ausgang zuwandten, stand ihnen die Prophezeiung des Jüngsten Gerichts mit den von Dämonen gepeinigten Verdammten direkt vor Augen. Unweigerlich keimte das schlechte Gewissen in Andreas auf. Er hatte Santasofia ausrichten lassen, er fühle sich nicht wohl und könne deshalb nicht zur Vorlesung kommen. Und jetzt stand er hier vor der Verdammnis, der Hölle, wo Lügner und Peiniger ihrer gerechten Strafe zugeführt wurden. Auf der anderen Seite umsorgten Engel die Geretteten.

»Nun zeig ich Dir noch, warum wir nur einmal im Jahr, und zwar heute, am 25. März, in die Kirche dürfen: Dort, der Mann unter dem Kreuz, den Giotto mit dem violetten Gewand als Büßer gemalt hat, ist Enrico Scrovegni. Er überreicht der Heiligen Jungfrau das Modell der Kapelle. Die Kirche wurde am 25. März 1305 geweiht. Allein an diesem Tag im Jahr, nämlich heute, sind der Stifter, die Jungfrau und das Modell durch das Licht so wunderbar erleuchtet. In der Hoffnung auf Erlösung wollte Scrovegni seine Buße auch den Menschen in einem vollkommenen Licht zeigen.«

Draußen trafen sie die Sonnenstrahlen wie ein weiterer Gottesgruß aus dem Alltag. Sie begaben sich zurück zur Universität. Für die Disputationen am Nachmittag trennten sich ihre Wege zu den unterschiedlichen Fakultäten.

Am selben Abend, Andreas traute seinen Augen nicht, befand sich Nikolaus im Gespräch mit einem wohlbekannten Gesicht.

»Heinrich Crowel aus Münsingen!«, rief Andreas. »Was für eine Überraschung! Wie kommst Du hierher nach Padua?«

»Dumme Frage«, antwortete dieser, »genauso wie Du, mit dem Pferd natürlich.«

Nikolaus mischte sich ein:

»Haltung, Andreas, Du sprichst mit einem Arzt, der in den Diensten von Ludwig III., Pfalzgraf bei Rhein, steht.«

Andreas verschluckte sich beinahe und warf Heinrich einen bewundernden Blick zu.

»Das musst Du mir später genauer erzählen.«

Denn da ergriff schon der neue Vorsteher der Nation, Magister Johannes, das Wort und bat um Ruhe.

Auch Heinrich Crowel aus Münsingen, der wie Andreas aus der Diözese Konstanz stammte, gehörte schon in Heidelberg zu ihrem Gesprächs- und Freundeskreis. Er hatte das Studium des Triviums im Januar des Jahres 1415 abgeschlossen und war damit bereits Baccalaureus, als Andreas nach Heidelberg kam. Zwei Jahre später promovierte Heinrich zum Magister Artium und setzte danach sein Studium an der medizinischen Fakultät in der Stadt am Neckar fort. Schon bald verkehrte Crowel regelmäßig im Heidelberger Schloss und pflegte gute Kontakte zu Kurfürst Ludwig, der dessen medizinische Fähigkeiten sehr schätzte.

Andreas konnte das Ende der Versammlung kaum erwarten, um den Neuankömmling über Heidelberg und die Geschehnisse seit seiner Abreise auszufragen.

»Ja, vor genau einem Jahr hat der Pfalzgraf mir einen Vertrag vorgelegt, in dem ich mich verpflichtet habe, ihm und seinen Nachkommen mit meinen medizinischen Fähigkeiten auf Lebenszeit zu dienen. Wir beide wissen ja, dass die medizinische Ausbildung in Heidelberg zu wünschen übrig lässt. Und so legte auch Pfalzgraf Ludwig Wert darauf, dass ich meine Studien in Padua fortsetze.«

»Erhältst Du ein Salär?« Andreas konnte sich diese Frage nicht verkneifen.

»40 Gulden jährlich«, kam prompt die Antwort.

»Beneidenswert«, schoss es Andreas durch den Kopf.

Magister Heinrich erwarb sich als angehender Mediziner, der auf Kosten des deutschen Pfalzgrafen in Padua studierte, in den nächsten Monaten großes Ansehen innerhalb der Studenten- und Lehrerschaft. So war abzusehen, dass er bei der nächsten Rektorenwahl das Vertrauen der Anwesenden auf sich vereinigen würde. Er erlangte damit die Ehre, zum Direktor der Paduaner Universität gewählt zu werden. Am 20. Februar 1423 trat er die Stelle an.

Von nun an hatte Heinrich zahlreiche Verwaltungsaufgaben am Gymnasium Patavinum zu übernehmen, während sich Andreas weiterhin intensiv seinen Studien widmete und sich durch Fleiß, Intelligenz und sein außergewöhnliches Gedächtnis ein breites medizinisches Wissen aneignete.

Auch Galeazzo di Santasofia war beeindruckt von Andreas, seinen auf Vernunft und logischem Denken basierenden Argumentationen sowie seinen fachlichen Fähigkeiten. Immer wieder bat der Konstanzer den Professor um die Ausleihe von Büchern, wobei sein besonderes Interesse den Schriften über die Pest und die Lepra galt. Bis spät in die Nacht vergrub sich Reichlin in die Handschriften. Wenn es dunkel wurde, entzündete er den Leinendocht der Lampe mit dem Rindertalg und las im flackernden Licht weiter. Pergament und Tinte waren teuer. So versuchte er, möglichst viel zu memorieren und machte sich nur die allernötigsten Aufzeichnungen.

Andreas sprach mit Heinrich darüber, dass er seiner Mutter mit seinem Studium lange genug hohe Kosten verursacht hatte und dass er endlich Geld verdienen wollte.

»Wann ist der frühest mögliche Zeitpunkt, um das Examen abzulegen?«, fragte er seinen Freund, den Rektor, in einer ruhigen Minute.

»Denkst Du etwa daran, mit Deinen jungen Jahren Examen zu machen?«, fragte Heinrich erstaunt.

»Warum nicht, Du bist doch der Direktor und kannst mich zulassen.«

Heinrich schwieg einen Augenblick, dann überlegte er laut:

»Dein Wissen übertrifft das der meisten Studenten, die schon viel länger studieren als Du. Das ist wahr. Ich mache Dir einen Vorschlag: Beratschlage Dich mit dem Consiliarius und mit Santasofia. Wir hören, was sie sagen und sprechen dann noch mal darüber.«

»Santasofia ist zwar ein ausgezeichneter Mediziner, aber er ist so unberechenbar, und das macht mir etwas Angst. Außerdem ist er auf uns Deutsche nicht gut zu sprechen, obwohl, oder vielleicht gerade deshalb, weil er so lange in Wien war.«

»Entweder Du möchtest in Kürze Examen machen, dann musst Du den Mut haben, zu Santasofia zu gehen, oder Du lässt es.«

»Magister Andreas de Constanzia«, erklang die sonore Stimme Santasofias während des Anatomieunterrichts. Der Deutsche zuckte sichtlich zusammen. »Ihr wollt mit mir reden? Kommt nach der Quaestio zu mir!«

Andreas hatte schon vor einigen Tagen mit dem Consiliarius seiner Nation darüber gesprochen, wann die Gelegenheit, sich für das Examen anzumelden, die geeignetste wäre. Zunächst schien auch der Consiliarius, Magister Johannes, etwas erstaunt darüber, dass Andreas schon über einen Abschluss seines Studiums nachdachte. Doch hatte er von anderer Seite von dessen brillantem Fachwissen gehört und wusste um seinen Fleiß und Ehrgeiz. So empfahl auch er dem jungen Magister, zu Professor Santasofia zu gehen, der als Promotor bei den Prüfungen anwesend war, und mit ihm die Angelegenheit zu besprechen.

Dieser Augenblick war nun gekommen. Der Professor stand hinter seinem erhöhten Katheder. Andreas war vorgetreten und blickte Santasofia ehrfürchtig in die Augen.

»Was habt Ihr mir zu sagen, Magister Andreas?«, fragte dieser streng, aber nicht unfreundlich. Andreas schluckte, nahm allen Mut zusammen, dachte an die vielen Nächte, die er schon für sein künftiges Examen geopfert hatte, und presste aus sich heraus:

»Ich möchte mein Examen ablegen.«

»Wie alt seid Ihr, Magister Andreas?«, fragte der Professor erstaunt.

»21 Jahre.«

Ungläubig schaute Santasofia zu Andreas herunter. Sein Gesicht verfinsterte sich.

»Ihr seid noch viel zu jung dafür. Ein so junger Prüfling hat es noch nicht gewagt, mir unter die Augen zu treten!«

Die durchdringende Stimme und der strenge, eindringliche Blick nahmen Andreas den Mut. Da stand er nun schüchtern und klein. Ihm gegenüber stand Santasofia mächtig und groß auf seinem Podest. Die Rute neben dem Katheder schlich sich in Andreas' Blickfeld. Was hatte ihn nur dazu gebracht, es zu wagen, sein Ansinnen vorzutragen?!

Dann holte Santasofia wieder aus:

»21 Jahre seid Ihr und wollt Examen machen? Ihr seid von Euch selbst aber ziemlich beeindruckt! Ein Doktor mit 21 Jahren – kein Patient wird Euch ernst nehmen. Es tut mir leid, das ist unmöglich, geht jetzt!«

Damit war das Gespräch für Santasofia beendet. Andreas blieb die Rechtfertigung im Munde stecken. Es blieb ihm nichts übrig, als gedemütigt den Raum zu verlassen. Dabei hatte er sich die Argumentation schon zurecht gelegt. Schließlich hatte er seit vielen Jahren das Disputieren geübt. Und jetzt, wo er das Gelernte für seine berufliche Laufbahn hätte einsetzen können, wurde ihm das Wort verboten. Er verstand die Welt nicht mehr.

»Und wie war's bei Santasofia?«, fragte ihn der Consiliarius beim nächsten Zusammentreffen.

»Es war entsetzlich!«, antwortete Andreas und gab zu erkennen, dass er nicht weiter über die Unterredung mit dem Professor sprechen wollte.

Doch die Angelegenheit sorgte für Gesprächsstoff innerhalb der Fakultät. Nicht nur Galeazzo, sondern auch sein Bruder Bartolomeo di Santasofia, Prosdocimus de Beldomandis und andere mischten sich in die Diskussion ein, ob ein Student, der die Befähigung zum Examen erlangt hatte, trotz seines jugendlichen Alters zu den Prüfungen zugelassen werden sollte. Unterschwellig schwang die Herkunft Andreas' aus Deutschland, dem Land der Barbaren, mit. Missgunst und Neid richteten sich gegen ihn. Ausgerechnet ein Studiosus aus der Natio ultramontana sollte als einer der jüngsten Doktoren die Universität von Padua verlassen. Heinrich Münsinger war einerseits verpflichtet, als Rektor seine Neutralität zu wahren, andererseits wusste er, dass sein Freund durchaus die Befähigung zur Promotion hatte.

»Magister Andrea de Constantia wird das Examen ablegen!«, sprengte er die Diskussion während der monatlichen Zusammenkunft des Lehrkörpers. Ein allgemeines Raunen erfüllte den Raum. Waren es doch in der Regel Magister Stephanus, die Brüder Santasofia und Bartholomeus de Montagnana, die für die Zulassung zu den Examen zuständig waren. Dass der Rektor sich persönlich einmischte, war sehr ungewöhnlich. Doch Heinrich entfaltete seine Argumentation, die er intensiv vorbereitet hatte, überzeugend vor den anwesenden Professoren. Und so stimmten die Meisten dem Antrag auf Zulassung zu.

Als Andreas hörte, dass Heinrich sich mit Erfolg für ihn eingesetzt hatte, übermannte den Konstanzer nach der ersten Freude eine bisher unbekannte Nervosität. Schon am folgenden Tag führte ihn der offizielle Weg zusammen mit dem Consiliarius zum Leiter der Universität. Er beeidete vor dem Dominus Rektor, Heinrich Münsinger, an der Universität Henrico de Alemania genannt, dass er die von den Statuten bestimmten Bedingungen der Paduaner Universität erfülle und nicht versuchen werde, seine Prüfer zu bestechen. Außerdem benötigte Richilus einen Professor seiner Wahl, der als sogenannter Promotor dem Examen beiwohnte. Unter den gegebenen Umständen war dies nicht einfach. Santasofia, der ihn so schmählich hatte abblitzen lassen, wollte Andreas nicht fragen. So wendete er sich an Magister Antonius Cyrmisoni, mit dem er sonst wenig zu tun hatte, der ihm gegenüber aber einen neutralen Standpunkt einnahm.

Magister Cyrmisoni ging mit ihm den obligatorischen Weg zum Archidiakon und bürgte für Andreas' Befähigung zur Prüfung.

Es kam der Tag des 12. August 1423. Schon in den frühen Morgenstunden brütete die Hitze über Padua. Andreas standen die Schweißperlen auf der Stirn. Er suchte auf dem Weg vom Gottesdienst zur Universität die schattigen Arkaden der engen Gassen, unter denen die morgendliche Hitze erträglich schien. Sein Herz pochte, die Hände waren feucht; er wusste nicht, ob vor Aufregung oder Hitze.

Als er ins Prüfungszimmer trat, saßen der Dominus Rektor, Magister Cyrmisoni und, zu seinem Erstaunen, Galeazzo di Santasofia jeder an einem eigenen Katheder. Außerdem war noch der Schreiber Baptista anwesend. Andreas bezahlte dem Dominus Rektor einen Dukaten Prüfungsgebühr. Das von der Universität entliehene Lehrbuch gab er Baptista zurück.

Dann begann die Prüfung. Andreas musste Texte kommentieren, anatomische Fragen beantworten, Krankheitsbilder schildern, Diagnosen stellen und vieles mehr. Er wusste auf jede Frage eine Antwort. Selbst wenn er die hinterlistigen Diskussionsmethoden Santasofias nicht genau verstand, brachte er überzeugende Argumente hervor, die selbst die süßsäuerliche Miene des Professors hin und wieder in eine erstaunte Bewunderung verwandelten.

Nach der Prüfung wurde Andreas aufgefordert, den Raum zu verlassen, damit das Doktorenkollegium die Beurteilung diskutieren und dann in geheimer Abstimmung über das Schicksal des Prüflings entscheiden konnte. Andreas schien diese Zeit des Wartens aufregender als das Lösen der Aufgaben. Nervös, in Schweiß gebadet, lief er vor der verschlossenen Zimmertür auf und ab. Wenn nun Santasofia dagegen stimmte, dass er durchkomme, und Cyrmisoni auch dazu überreden würde, müsste er die ganze Aufregung noch einmal durchstehen. Alle würden über ihn und seine Überheblichkeit lachen.

Plötzlich ging die Tür auf. Der Schreiber winkte Andreas in den Raum. Reichlin wagte es nicht, den Kopf zu heben und die Doktoren anzublicken. Die folgenden Minuten rauschten an Andreas vorbei. Das Einzige, was er vernahm, war die Stimme des Rektors, seines Freundes:

»... hat das Examen bestanden, wir sehen uns in drei Tagen beim Conventus wieder.«

Andreas konnte zunächst kaum glauben, was er hörte. Dann sprang eine schwere Last von seiner Seele. Tief in seinem Innern spürte er die Erleichterung. Ein spontanes Gebet entfleuchte seinen Lippen. Aus tiefstem Herzen warf er Heinrich einen innigen Blick der Freundschaft zu. Erst später, als sie alleine waren, konnte

Andreas seinem deutschen Freund offen mitteilen, wie dankbar er ihm war.

Der Conventus, die feierliche Zusammenkunft zur Übergabe der Doktorwürden, fand normalerweise als öffentliche Zeremonie am gleichen Tag wie die Examen im bischöflichen Palast oder in der Bischofskirche von Padua statt. Es kamen zahlreiche hochrangige Vertreter der Stadt, wie der Podestas, der Capitaneo, der Protonotar, und kirchliche Würdenträger wie der Archidiakon sowie zahlreiche Bürger Paduas. Selbstverständlich waren auch viele Professoren, Magister und Kommilitonen der Universität anwesend.

Nach den vorausgegangenen Streitereien hatte Andreas es vorgezogen, die Insignienübergabe im kleinen Kreis zu feiern, und zwar in dem Raum, in welchem das Examen abgehalten wurde. Heinrich Münsinger hatte dies befürwortet, um weitere Diskussionen über den jungen Doktor der Medizin zu vermeiden. So kamen nur fünf Zeugen, die Statthalter, die als offizielle Vertreter der Stadt anwesend sein mussten, und einige Kollegen und Freunde von Andreas. Auch der Schreiber Baptista war wieder da. Er trug am 12. und am 15. August in sein Buch ein:

»Examen med. mag. Andree de Constanzia. – Habuit d(ominus). Rector pro univ. ducatum 1/1, de quo debebat habere ab univ. Libras 1, solidos XII, restituit michi libras 1.«

Drei Tage später heißt es:

»Conventus med. mag. Andree de Constantia. – Habuit insignia Doktoratus – in camera ubi fiunt examina solum in presentia quinque testium et d. vicarii et Doktorum coleggii.«

»Habuit insignia Doktoratus«, schrieb Baptista in die Acta graduum Academicorum Gymnasii Patavini, das Buch, in dem die Prüfungen vermerkt wurden. Der Schreiber mochte Andreas und freute sich für den außergewöhnlichen, begabten jungen Deutschen.

Drei Jahre hatte Andreas in der italienischen Stadt verbracht. Er hatte sich an die genießerische Lebenslust der schwarzhaarigen

Italiener gewöhnt. Dennoch sehnte er sich jetzt nach der Heimat und seiner Familie. Schon in den nächsten Tagen verabschiedete sich Reichlin von Heinrich, Nikolaus und den zahlreichen deutschen und italienischen Freunden, die er während seines Studiums gewonnen hatte, und machte sich auf die lange Heimreise über die Alpen zurück an den Bodensee.

1425 – 1432

Der Medicus von Konstanz

Andreas Reichlin hatte zusammen mit einer geistigen Elite in Italien am Puls der Zeit studiert. Er gehörte zu den wenigen wissenschaftlich hochqualifizierten und überaus gebildeten Ärzten Deutschlands. Während der kommenden Wochen in Konstanz merkte der junge Mann, dass sich in den letzten Jahren seine Auffassung vom Leben und sein Bild vom Dasein verändert hatten. Er dachte an seine Freunde Nikolaus Krebs, Heinrich Münsinger, Giuliano Cesarini, Paolo de Florentia, Domenico Capranica, die sich so viel für die Zukunft und für eine bessere Welt vorgenommen hatten. Warum sollte er nicht auch seinen Beitrag dazu leisten? Um selbst etwas zu bewegen, musste er an den Wurzeln graben. Und die lagen, so hatte er schon von Johannes von Frankfurt gelernt, in der Wissenschaft und bei den Studien.

Andreas erfuhr, dass in Heidelberg händeringend nach gebildeten Ärzten gesucht wurde. Dort, so beschloss der junge Medicus, wollte er seine Erfahrungen, sein Wissen, seine Energien und seine Ziele an der medizinischen Fakultät einbringen und verfolgen.

Die Freude war groß, als Andreas einige Monate später auf Heidelberger Boden erneut seinem Freund Heinrich begegnete. Münsinger hatte nach der vorgeschriebenen Zeit sein Amt als Rektor der Paduaner Universität abgegeben und daraufhin seine Promotion bei Galeazzo di Santasofia und bei Bartolomeo de Montagnana abgelegt. Dann war auch er in die Stadt am Neckar zurückgekehrt.

Jetzt schmiedeten die in Italien ausgebildeten Medici Pläne für die wissenschaftliche Zukunft der Heidelberger Universität. Es war offensichtlich, dass die medizinische Fakultät eine neue Ordnung benötigte, und es lag an ihnen, hier etwas zu bewegen.

Heinrich nutzte seine ausgezeichneten Beziehungen zum Schloss und schwärmte dem Pfalzgraf von der Ausbildung in Padua vor, die er ja auf dessen Veranlassung und Kosten dort absolviert hatte.

»Wir sollten zunächst die Statuten neu festsetzen, um den Heidelberger Medizinstudenten den Rahmen für eine angemessene Ausbildung bieten zu können«, empfahl er Ludwig III., der den Verbesserungsvorschlägen sehr aufgeschlossen gegenüber stand.

»Einigt Euch mit Gerhard von Hohenkirch!«, lautete die Anweisung.

Gerhard von Hohenkirch besetzte in dieser Zeit den einzigen Lehrstuhl an der medizinischen Fakultät. Zehn Jahre zuvor war er bereits an der Ausarbeitung der Statuten der Leipziger Universität beteiligt gewesen. Dort, wie einst an der Lehranstalt von Prag, wirkte er als Dekan. Bevor er im Jahre 1420 als Rektor nach Heidelberg berufen wurde, leitete Hohenkirch die Universität in Köln. Selbstverständlich begrüßte der erfahrene Wissenschaftler jede Maßnahme, die dem Fortkommen der Heidelberger Studenten diente.

Der erlauchte Kreis bedeutender deutscher Mediziner traf sich schon bald, um einen Entwurf für eine Verbesserung der Ausbildung zum Medicus nördlich der Alpen auszuarbeiten. Mit seinen 23 Jahren war Andreas der jüngste beteiligte Arzt. Außerdem wirkte neben Münsinger und von Hohenkirch noch der Baccalaureus Johannes von Tübingen mit.

Das Statut diente dazu, das organische Zusammenleben der Fakultät zu ermöglichen und einen ordnungsgemäßen Lehr- und Lernbetrieb zu gewährleisten. Geregelt wurden unter anderem Aufnahmemodalitäten, Prüfungs- und Examensfragen sowie finanzielle Ansprüche der Universität und des Lehrkörpers. Gerhard von Hohenkirch sprach sich dafür aus, die Statuten der neugegründeten Kölner Universität zu übernehmen:

»Padua ist nicht vergleichbar mit Heidelberg. Dort gibt es viel mehr Studenten und Lehrer. Es gibt die Nationenunterteilung und somit ein völlig anderes Gliederungssystem. Die Kölner Statuten lassen sich viel besser auf unsere Fakultät übertragen.«

Nach längeren Diskussionen, bei denen es meistens um finanzielle Belange ging, einigten sich die Beteiligten auf Hohenkirchs Vorschlag. Damit schrieben diese drei Ärzte und der Baccalaureus die ersten medizinischen Statuten der Universität Heidelberg nieder.

Zukünftig herrschte zwar Ordnung in der Verwaltung und Organisation, doch aufgrund der spärlichen finanziellen Mittel änderte sich an der Qualität des Unterrichts weniger, als die Beteiligten erhofft hatten. Weiterhin gab es nur einen offiziellen Lehrstuhl. Für seinen außerordentlichen Unterricht erhielt Andreas ein Jahresgehalt von 60 Gulden. Es war ihm gestattet, seine privaten Nebeneinkünfte als Arzt abzurechnen. Bald vernahm er, dass die Juristen an der Universität ein Jahresgehalt von 80 Gulden bekamen und die Theologen sogar das Doppelte verdienten. Außerdem blickte er etwas neidvoll auf Heinrich, der auf Lebzeiten zum Leibarzt von Ludwig III. und dessen Nachfolgern ernannt worden war und dafür zwei Pferde, einen Knecht, außerdem Naturalien in Korn, Wein und Tuch zur Verfügung gestellt bekam sowie 50 Gulden jährlich. Hinzu kam eine Sonderzuweisung von sagenhaften 100 Gulden für den Ankauf eines von allen Abgaben befreiten Anwesens.

Der See glitzerte im Sonnenlicht, als Andreas die Rheinbrücke auf dem Rücken seines Pferdes im Schritttempo passierte. Das Heimatgefühl wärmte seinen Körper, seine Seele und seinen Geist. Der Medicus erblickte die über den See gleitenden Lädinen, deren Segel durch die leichte Brise stolze, runde Bäuche schoben. Ruhig und lautlos glitten sie in der Abendsonne dahin. Andreas atmete tief durch. Er genoss den friedlichen Anblick und dankte dem Allmächtigen, dass er leben durfte. Während der letzten Wochen hatte er Gottes Zorn erbarmungslos wüten sehen. Das Jüngste Gericht schien gekommen. Die furchtbare Pest und der mit langen, skeletthaften Armen um sich greifende Sensenmann beherrschten Heidelberg auf grausamste Weise. Den Bürgern war die Panik vor dem schwarzen Tod in die Augen geschrieben. Jeder war sich selbst der Nächste. Andreas hatte zusehen müssen, wie aus Angst vor der Ansteckung ein Bürger den anderen mied, Familien nicht mehr für einander sorgten, Väter und Mütter sich scheuten, nach ihren Kindern zu sehen. Er war in Häuser gerufen worden, in denen durch das überstürzte Aufbrechen der Bewohner das Chaos herrschte, unzählige Ratten im Unrat wühlten und zurückgelassene Pestkranke jämmerlich im Fieberwahn schrieen oder vor Schwäche reglos auf ihren Lagern vor sich hin siechten. Hunderte von blauschwarzgefärbten Pestbeulen hatten ihn Tag und Nacht verfolgt. Welche Kräutermischung könnte zu welcher Zeit der Mondphase oder bei welchem Stand der Sterne ein Heilmittel gegen das böse Gift bringen? In Erinnerung an den Heilkräuterunterricht bei Santasofia hatte der junge Medicus Imber, Zimt, Safran, Salbei, gebrannten Wein und vieles mehr immer wieder zu neuen geheimnisvollen Tränken zusammengemischt und den Kranken die Medizin zu verschiedenen Tageszeiten verabreicht, dabei unzählige Gebete gesprochen und auf die erwünschte Wirkung gehofft. Oft war er erstaunt gewesen, wie schnell seine Behandlung Linderung und Genesung gebracht hatte. Für viele Patienten kam jedoch jede Hilfe zu spät. Leichen säumten die Straßen, da jeder, der sich auf den Beinen halten konnte, aus Heidelberg floh und keiner mehr da war, um die sterblichen Überreste zu begraben. Dozenten, Studenten, ja, die gesamten Bursen waren aus Heidelberg ausgewandert, um an anderen Orten wie Eberbach, Sinsheim, Heilbronn, Nördlingen und Oppenheim zu unterrichten.

Plötzlich hatte auch Andreas die Hoffnungslosigkeit und Angst überfallen. Da war, unerwartet, doch vom Allmächtigen geschickt, folgender Brief eingetroffen:

»Magister, Andreas medico. Wir benötigen in Kürze Eure Hilfe, verehrter Magister. Wir wünschen Eure Anwesenheit, daher wenden wir uns mit diesem Brief an Euch. Wir bestehen darauf, und es würde uns sehr zur Freude gereichen, wenn Ihr nach Konstanz übersiedelt und Euch hier als Arzt niederlasst. Euer Salair wird zu Eurer Zufriedenheit

bemessen sein. Vielleicht könnt Ihr auch einen gelehrten Apotheker empfehlen, da gleichfalls ein solcher in unserer Stadt von Nöten ist. Wir setzen unser ganzes Vertrauen in Euch und Euer in Italien erworbenes Können. Wir wünschen, dass uns ein Brief von Euch eine zustimmende Nachricht bringt.

In Civitat Conastanciensi XXIII. Dies mensis Februarii. Magister civium, consules et scabini civitatis Constanciensis.«

Ja, das war es, was er wollte, weg aus dieser verfluchten Stadt am Neckar, zurück in die Heimat an den Bodensee. Er wollte sein junges Leben und die eigene Gesundheit nicht weiter aufs Spiel setzen. Andreas hatte sein Hab- und Gut gepackt und war aus diesem von Gott verfluchten Ort geflohen.

Wenige Tage nach seiner Rückkehr an den See stand der gelehrte junge Reichlin, Doktor der Künste und der Medizin, vor der Konstanzer Ratsversammlung, um als Stadtarzt vereidigt zu werden.

»Es ist uns eine Ehre, und wir sind froh, verehrter Medicus, dass Ihr unserem Ruf so schnell gefolgt seid. Wir benötigen dringend einen Arzt, der für die Beschau von Kranken und Toten zuständig ist, vorbeugende Maßnahmen gegen Seuchen und die Pest ergreift sowie für Gesundheitsgutachten vor Gericht zuständig ist. Außerdem brauchen wir einen Arzt für unser Siechenhaus am Feld Hiurlin bei Kreuzlingen. Er muss die Siechenschau abhalten. Dies ist dem Bischof und dem Rat der Stadt Konstanz ein besonderes Anliegen, da viele des Aussatzes verdächtige arme Bürger aus den Städten der näheren Umgebung, so auch aus Überlingen, nach Konstanz zur Beschau kommen.«

Andreas war erstaunt, dass auch Überlinger nach Konstanz zur Untersuchung kamen, da doch die Reichsstadt selbst ein Siechenhaus besaß.

Bürgermeister Heinrich Ehinger fuhr fort:

»Je nach Vermögen müssen die Personen 12 beziehungsweise 6 Schilling geben, Arme müssen nichts bezahlen. Die Hälfte von den Einnahmen gehört Euch, Richilus. Wenn die Leute keinen Aussatz haben oder davon geheilt sind, müsst Ihr als Stadtarzt nach bestem Wissen und Gewissen Brief und Siegel darauf geben.«

Das war kein schlechtes Geschäft, weder für Andreas noch für die Stadt und den Bischof, da der Aussatz sehr häufig war.

»Wie sieht es aus mit der Steuer-, Wacht- und Reisefreiheit?«, fragte Andreas.

Er merkte erst, als Clas Flar sich zu Wort meldete, dass dieser ihm feindlich gesinnte Zünftler, der die Merzler vertrat, dem Rat angehörte:

»Schon seit einigen Jahren hat der Rat beschlossen, dass die Ärzte und Apotheker das Vorrecht auf Steuer- und Wachdienstbefreiung nicht mehr genießen dürfen. Also müsst Ihr bei Richilus diesem Entschluss genauso nachkommen.«

Andreas hörte die Schadenfreude in Flars Stimme.

Bürgermeister Ehinger ergriff das Wort:

»Herr Physikus Richilus hat in Heidelberg und im Welschland die Universitäten besucht. Er ist Lehrer der freien Künste und der Arznei, hat in Heidelberg an der Universität die Studenten unterrichtet, ist in unserer Stadt aufgewachsen. Er ist gebildet und ehrenhaft. Es gebührt ihm, ihn von der Steuer und der Wacht zu befreien.«

»Was heißt das schon«, meldete sich Flar erneut zu Wort, »er ist noch ein junger Grünschnabel und soll erst zeigen, was er kann! Verheiratet ist er auch noch nicht.«

»Wann steht Eure Vermählung nach christlicher Ordnung an?«, wandte sich Ehinger an Reichlin, denn der Stand der heiligen Ehe war tatsächlich die Voraussetzung für den ehrbaren Lebenswandel eines Konstanzer Bürgers.

Andreas dachte an seinen Vormund, der ihm Anna Klinglin aus dem Elsaß als Eheweib ausgesucht hatte. Er kannte sie kaum. Sie war nicht besonders schön, galt aber als vermögend und standesgemäß. Als Eheweib würde sie ihm, dem Stadtarzt, den Haushalt ordentlich führen und ihm viele Kinder schenken. So antwortete er:

»Das Verlöbnis mit Anna Klinglin ist bereits geschlossen. Das Aufgebot wird am nächsten Sonntag in unserem Münster öffentlich verkündigt, die Hochzeit dann in wenigen Wochen stattfinden.«

Nach einigem Hin und Her wurde im Rat abgestimmt, und man einigte sich dahingehend, die Steuerfreiheit für den Medicus zu bewilligen. Sollte es jedoch erforderlich sein, konnte ihm dieses Privileg wieder entzogen werden.

»Ihr schwört, der Stadt nach Eurem besten Vermögen zum Nutzen zu gereichen, sie fromm zu fördern, Schaden von ihr abzuwenden und einem ehrsamen Rat, Bürgermeister und Vogt gehorsam zu sein!«, klang die Stimme des Vereidigers. »Wenn es in der Stadt Aufruhr gibt, die Glocke Sturm schlägt, dass ihr dann mit Eurem Gewehr unter dem Stadtbanner zum Obermarkt kommt und jederzeit dem Bürgermeister und Rat gehorsam seid und nach Eurem besten Vermögen helft, allen Unfrieden zu unterdrücken?«

»Ich schwöre!«

»Was ist los mit Dir, Weib?« Andreas erhob die Stimme gegen seine Frau. »Wir liegen nun schon seit vielen Monaten beieinander, und Du gebärst mir keinen Sohn. Die Konstanzer zerreißen sich das Maul über uns.«

Andreas war ungehalten. In seinem Beruf fand er die Erfüllung, nach welcher er im Eheleben noch suchte. Ja, er flüchtete geradezu in seine Arbeit, denn zu Hause wurde er immer wieder an sein Unglück erinnert. Nach der Hochzeit mit Anna Klinglin war das Ehepaar in ein stattliches Anwesen bei St. Stephan gezogen. Richilus richtete sich in seinem Haus eine Apotheke ein, in welcher er nach den Lehren Santasofias seine Arzneimittel mischte und oft mit sensationell heilbringender Wirkung zur Anwendung brachte. Sein Ruf als herausragender, überaus gebildeter Arzt, der in der Bevölkerung Wunder vollbrachte, breitete sich in der folgenden Zeit wie ein Lauffeuer aus. Bald war er nicht nur in der Stadt tätig, sondern im ganzen Bistum, in den Abteien und in den umliegenden Grafschaften wurde nach ihm gefragt. Zu jeder Tages- und Nachtzeit ließ er für wohlhabende Patienten mit schweren Krankheiten sein Pferd satteln. Egal, ob Regen, Schnee oder Sonnenschein das Wetter bestimmten, bei großer Not galoppierte der Medicus nach St. Gallen, Schaffhausen, Salem, Weingarten Heiligenberg oder in den Hegau, um den Äbten, Mönchen, Grafen und anderen hohen Herrschaften Heilung zu bringen.

Jetzt war sein Gesicht gerötet vor Enttäuschung und Zorn. Als er im Wirtshaus zum Hecht am Fischmarkt eingekehrt war, hatte er zufällig gehört, wie dort über ihn hergezogen wurde. Clas Flar ergötzte sich an Andreas' Familienleid:

»Unser Herr Stadtphysikus erhält für sein gotteslästerliches Leben in Italien jetzt die verdiente Herrgottsstrafe. Er und sein Weib sind verflucht und vom Herrn verlassen. Deshalb ist er nicht in der Lage, einen Sohn zu zeugen.«

Der Arzt durfte gar nicht daran denken, mit welch derben, grobschlächtigen und demütigenden Worten Flar nach mehreren Zinnbechern Wein sich über Andreas' Kinderlosigkeit ausließ. Er wollte diese Gedanken verdrängen. Doch immer wieder erschien ihm das grobe, rote Gesicht mit den hämischen, rotunterlaufenen Augen.

Flars Bemerkungen waren ein tiefer Stich in die offene Wunde. Die einzige Aufgabe, die Anna hatte, war, ihm einen Sohn zur Welt zu bringen, und das gelang ihr nicht. Er hatte Anna nie geliebt. Aber wer liebte schon seine Ehefrau? Der reiche Mangoldt verprügelte regelmäßig seine hässliche, launenhafte und ungehorsame Catherina, wohlhabende Tochter aus dem Hause der von Sal. Der Stetter wurde ständig mit seiner Mätresse gesehen. Der Marquart verschwand beinahe täglich im Freudenhaus. Wie üblich hatten deren Väter geschaut, dass bei der Heirat der Kinder nicht die Liebe sie vereinte, sondern Geld und Macht. Auch Andreas hatte auf seinen Vormund gehört, der ihm Anna Klinglin aus dem Elsaß als standesgemäße, treusorgende Ehefrau vermittelte und als gebärfreudige Mutter vieler Söhne anpries.

»Nichts hat sie bisher zustande gebracht! Eine Elsässerin«,

grummelte Andreas abschätzig vor sich hin, »es gibt so viele fruchtbare, schöne und reiche Jungfern in Konstanz, da braucht es kein Weibsbild aus einer anderen Stadt!«

Unweigerlich kam ihm die junge, hübsche und dazu noch aus wohlhabender und angesehener Patrizierfamilie stammende Anna von Ulm, die kleine Schwester seines Freundes Hans, in den Sinn. Vor einigen Tagen hatte er sie nach vielen Jahren wieder gesehen. Die Familie hatte nach ihm rufen lassen. Anna sei schwer krank, hieß es. Sie benötige dringend einen Arzt. Von einer Leprosenschau kommend, hatte er gerade das Tor des Siechenhauses bei Kreuzlingen verlassen, als ein Knecht der Ulmer ihn abgefangen und gebeten hatte, so schnell als möglich zum Haus seiner Herrschaft zu kommen, denn die Tochter liege im Sterben. Andreas war sofort zu dem stattlichen Giebelhaus geritten, welches er bisher nur von außen kannte. Die engen Stiegen hatten ihn zu den prachtvollen Räumen im Obergeschoss geführt. Eine Magd hatte den Medicus zu Annas Schlafgemach geleitet.

»Kommt herein, Doktor Reichlin!«, hatte ihn die aufgeregte, besorgte Ulmerin aufgefordert, ins Zimmer der Kranken zu kommen. Sie war nicht Annas leibliche Mutter, welche damals den Unfall ihrer Tochter auf dem Marktplatz nicht bemerkt hatte. Diese war vor einigen Jahren auf mysteriöse Weise verschwunden. Der Alte von Ulm hatte seine Frau für tot erklärt und sich ein neues Weib genommen, welches als Stiefmutter für seine Kinder sorgte. Dunkle Ringe hatten Schatten unter den übernächtigten Augen gebildet. Die Wangen waren eingefallen. Deutlich war ihr die Angst um die Stieftochter ins Gesicht geschrieben. Wie die meisten Mütter hatte auch sie schon mehrfach den unaufhaltsamen, grausamen Tod in den Augen der Kinder gesehen.

»Anna hat seit Tagen hohes Fieber, und sie fantasiert. Wir machen uns große Sorgen. Die Vorstellung, die Dämonen haben von meiner Stieftochter Besitz ergriffen, bringt mich ins Grab. Bitte, Herr Doktor, tut, was Ihr könnt. Mein Gemahl ist auf Burg Marbach. Ich habe mehrfach nach ihm rufen lassen. Ich wünschte, er wäre hier und könnte uns Trost spenden.«

Aus dem kleinen Kind, welches Andreas damals auf dem Marktplatz umsorgte, war ein wunderschönes Mädchen geworden. Mit glänzenden, blaugrünen Augen und roten Wangen hatte sie hochfiebrig im Bett gelegen, ihren Kopf auf einem mit kostbarem Damast überzogenen Kissen gebettet, ihren Körper in eine blaugestreifte Decke gehüllt. Der Anblick dieses zerbrechlichen Wesens hatte Andreas' Herz gefangen genommen. Die fauligen Finger der Leprakranken ließen ihm zuweilen die Strafe Gottes als erbarmungslos erscheinen. Doch im Gesicht des Mädchens hatte er die Schönheit, zu der die Schöpfung des Allmächtigen fähig war, gesehen. Er hatte sich bemüht, seine Gefühle nicht zu beachten, schließlich war er als Medicus gerufen worden. Er hatte, im Namen Gottes, seiner ärztlichen Pflicht und seinem Verstand nachkommen müssen und hatte sich nicht von erotischen Vorstellungen übermannen lassen dürfen.

»Wann hat sie zuletzt getrunken und gegessen?«, hatte er die Stiefmutter gefragt.

»Sie trinkt nicht, und sie isst nicht.«

»Wenn Du gesund werden möchtest, musst Du viel trinken«, hatte sich Andreas dem kranken Mädchen zugewandt. Inzwischen hatte ihm die Zofe das Glas mit dem Wasser der Kranken zur Urinschau gebracht.

»Es ist deutlich sichtbar! Sie trocknet aus, wenn Ihr sie nicht zur Flüssigkeitsaufnahme zwingt.« Andreas hatte sich um einen sachlichen Ton bemüht. Das Mädchen hatte geschwiegen, ihm aber vertrauensvoll in die Augen geblickt. »Gib mir deine Hand«, waren die Worte ungewöhnlich sanft aus Andreas' Mund geglitten, »und lass mich deinen Puls messen!«

Er hatte die zarte, junge Haut gespürt und das aufgeregte Pulsieren ihres Herzens getastet. Der Arzt konnte die Patientin nicht verlassen, ohne eine Leibesuntersuchung durchzuführen. Er war es gewohnt, dass die Kranken nackt unter ihrer Decke lagen. Und so hatte er sich gezwungen, dem Anblick des wunderschönen, entblößten Körpers von Anna nicht mehr Aufmerksamkeit zu schenken, als es ihm als Medicus geziemte. Mit dem Hörrohr hatte er auf ihr Herz unter der jugendlichen, weißen Brust gehorcht. Die Regungen, das Brodeln, welches in seinem Körper aufzusteigen drohte, hatte er mit der vollen Konzentration auf die Töne aus dem Hörrohr unterdrückt. Welches Pflanzengemisch würde bei Anna am Schnellsten zur Genesung führen? Was würde Santasofia zum Lindern des Fiebers empfehlen? Zu Hause würde er etwas Entsprechendes zusammenmischen.

»Es ist vermutlich nichts Ernstes!«, hatte er die Anspannung im Raum gelöst. »Anna, Du musst viel trinken, und ich werde Dir eine Arznei mixen und vorbeibringen lassen.«

»Gott sei Dank!«, hatte die Ulmerin erleichtert geseufzt. »Wir sind Euch so dankbar, Medicus Richilus. Ich werde Euch den Karl schicken, dann könnt Ihr ihm das Mittel geben.«

Andreas hätte sich gern persönlich nach dem Befinden der Anna von Ulm erkundigt. Doch der Diener der Familie war ihm am nächsten Tag zuvorgekommen. Er sei geschickt worden, dem Medicus von der schnell eingetretenen Besserung des Mädchens zu berichten.

»Mein verehrter Gemahl«, holte ihn die beschwörende Stimme seines Eheweibs in die triste Gegenwart zurück. Anna Reichlin, geborene Klinglin, war nicht hässlich. Doch sie hatte herbe Gesichtszüge, und Kummerfalten umspielten ihre Augen, ihre Nase und ihren Mund. Die Verbitterung ihrer Seele war nicht zu übersehen. »Ihr wisst, dass es mein größter Wunsch ist, Euch einen Sohn zu gebären. Jeden einzelnen Tag, beinahe zu jeder Stunde, bete ich zum Allmächtigen und zur Jungfrau Maria, dass sie uns einen männlichen Nachkommen schenken. Ich verhalte mich tugendhaft, diene dem Herrn mit all meiner Liebe und meinem Herzen, so wie ich sonst allein Euch diene. Ich mag Euch nutzlos und von Gott verlassen vorkommen. Aber habt noch etwas Geduld. Gott prüft uns, und gemeinsam werden wir die Prüfung bestehen. Denn der Herr sieht, was für ein herausragender Medicus Ihr seid, wie aufopferungsvoll Ihr Euch um das Wohlergehen der Lepra- und Pestkranken und anderer leidender Menschen kümmert. Ich bin mir sicher, der Herr wird uns erhören.«

Anna Reichlin hatte sich inzwischen an die Ausbrüche ihres Gatten gewöhnt. Dennoch schmerzten sie die Vorwürfe immer wieder tief in ihrem Innern, denn sie trafen die Wahrheit. Von klein auf hatte sie von ihrem Vater gehört:

»Frauen sind allein zum Gebären und zur Aufzucht der Kinder nötig. Von Vorteil ist es für sie, wenn sie auch eine ordentliche Mitgift mit in die Ehe bringen.«

Widerworte gegen den Vater oder den Ehemann waren undenkbar. Solange sie nicht dazu fähig war, ein Kind zu empfangen und gesund in die Welt zu setzen, erschien sie nutzlos, zu nichts zu gebrauchen, auch wenn sie sich darum bemühte, ihrem Mann alle Wünsche des täglichen Lebens von den Augen abzulesen. Oft servierte sie ihm persönlich das Essen und den Seewein. Zu jeder Tages- und Nachtzeit stand sie zum Liebesakt bereit – selbst an den Tagen, an denen es gegen das Verbot der Kirche verstieß. Denn der Gedanke, dass Andreas sie eines Tages wegen ihrer Kinderlosigkeit verstoßen könnte, verfolgte sie, wie der Teufel selbst. Trost fand Anna Reichlin allein bei den Heiligen und zuweilen bei den Freundinnen in der Stadt, die ein ähnliches Schicksal teilten.

Richilus hatte jetzt keine Lust mehr, mit seinem Eheweib zu diskutieren. Er verließ missmutig das Haus, um zur anstehenden Leprabeschau zu gehen. Dabei wäre er beinahe in ein Fuhrwerk gelaufen, welches laut stolpernd über die Straße holperte. Voll beladen mit Schränken, Truhen, Tischen und Stühlen dröhnten mehrere sperrige Fahrzeuge über die Pflastersteine. Ein Stalljunge trieb einige quiekende Schweine und Ziegen nebenher.

»Was ist denn hier los?«, wunderte sich der Arzt.

Da erkannte Andreas Clas Flar auf seinem Pferd, wild gestikulierend, den Fuhrwerklenkern Anweisungen gebend. Auch andere Passanten waren stehen geblieben, um diesen spektakulären Umzug zu beobachten. Ratsherr Ulrich Blarer kam des Weges, und Andreas fragte ihn, ob er wisse, was Flar, den er kurz zuvor noch bei Wein und Weib im Wirtshaus gesehen hatte, vorhabe.

»Der hat vermutlich den bevorstehenden Umzug gefeiert. Flar hat sich ein stattliches Haus im Bezirk Schlegel gekauft.«

»Das kann der sich leisten? Zünfter müsste man sein!«

Dieser Ausspruch von Andreas kam just in dem Moment, als Flar vor Blarer anhielt, um diesen zu grüßen.

»Habt ihr etwas gegen Zünfter, Richilus?«, fragte er mit einem hämischen Grinsen, während er sein nervös tänzelndes Pferd zügelte. »Immerhin sind wir, im Gegensatz zu Euch, Herr Doktor, gottesfürchtige Menschen. Und der Herr belohnt uns mit Fruchtbarkeit. Seht, mein Weib trägt schon zum fünften Mal meine Leibesfrucht in ihrem Schoß.«

Mit diesem Satz nickte er nochmals Blarer zu, gab seinem Pferd die Sporen, um dem Umzug zu folgen und weiter unter Kontrolle zu halten.

»Ja, der Flar hat es geschafft, als Merzler, als Kleinhändler, ein ordentliches Vermögen anzuhäufen«, bemerkte Blarer nicht ohne Bewunderung. »Er ist äußerst geschäftstüchtig. Bis Nördlingen verkauft er Nüsse, Getreide, Salz, Öl und gesalzenen Fisch, Seife, Kerzen, Karrenschmiere, Tabak und Brandwein.

»Allerdings sind seine Preise unverschämt«, kommentierte Andreas.

»Und häufig setzt er sich über die Ordnungen seiner Zunft hinweg«, ergänzte Blarer. »Weißt Du noch, als er vor einigen Jahren vor den Rat zitiert wurde, weil er sich mit den Zunftmeistern angelegt hat? Als Strafe wurde er für ein Jahr aus der Stadt verbannt. Hast Du das damals nicht verfolgt?«

»Nein«, antwortete Andreas, »das habe ich nicht mitbekommen. Zu dieser Zeit weilte ich wohl in Padua oder in Heidelberg.«

»Und es ist kaum zu glauben«, fuhr Blarer fort, »jetzt sitzt er selbst im Rat der Stadt.«

»Aber soviel Ansehen, dass er in die Gesellschaft zur Katz aufgenommen wird, hat er hoffentlich noch nicht!?«, befürchtete Andreas.

»Selbstverständlich würde er sich gern bei uns Patriziern und Kaufleuten in unserem Gesellschaftshaus aufhalten. Er wird aber nie die Mehrheit der Stimmen unserer Gesellen erhalten, die er zur Aufnahme braucht, da er keine Freunde bei uns hat. – Ja, die

Zünfte machen uns derzeit das Leben sehr schwer!«, klagte der Kaufmann Blarer. »Sie nutzen ihre Mehrheit im Rat, um die Handelsgesellschaften zu verbieten.«

»Warum denn das?«, fragte Andreas mehr aus Höflichkeit denn aus Interesse. Als Arzt hatte er wenig Zeit für die Stadtpolitik, und als Schöngeist hielt er sich bewusst fern von ihr.

»Aus Angst vor der Konkurrenz im Handel mit der Nachbarschaft der Stadt. Die Übermacht der Zünfter im Rat hat uns Patrizier ja auch veranlasst, für einige Zeit die Stadt zu verlassen. Aber jetzt, wo König Sigismund da ist, um die Streitereien zu schlichten, werden die Auseinandersetzungen hoffentlich ein Ende finden. Kommt Ihr übrigens zum Versöhnungsfest am Wochenende?«

»Selbstverständlich!«, antwortete Andreas, denn dieses einzigartige Ereignis durfte er sich nicht entgehen lassen.

»Eigentlich lädt der König uns ja zusammen mit den Zünften und dem Weibsvolk ins Kaufhaus an der Schiffslände. Doch wir, die Gesellschaft zur Katz, organisieren unser eigenes Fest im neuen Gesellschaftshaus. Unsere wunderschönen Töchter werden dafür sorgen, dass sich der König bestens amüsiert. Wir wissen ja, dass Seine Majestät kein Kostverächter ist, was junges Fleisch und besten Wein betrifft!«

»Ja, ich weiß, Sigismund kann ein Charmeur sein!«

»Lass Dir das nicht entgehen, Andreas! Bei unserem Fest musst Du dabei sein!«

Der König war begeistert von dem stimmungsreichen Abend im neu erbauten Haus der Patrizier-Gesellschaft zur Katz mit der modernen, stattlichen Fassade im italienischen Stil. Als Dank für das rauschende Fest und zum Abschied stiftete er den Geschlechtern ein vierteiliges Fenster mit dem Reichswappen.

1432 – 1435

Die Vollkommenheit des Menschen

Bischof Otto III. von Hachberg lag mit gekrümmtem Rücken und Schaum vor dem Mund am Boden seines Empfangszimmers der bischöflichen Pfalz. Sein Körper zuckte immer wieder zusammen. Das Gesicht war fahl, die Atmung sehr langsam. Andreas kniete neben ihm, entnahm seinem Lederkoffer ein Leinentuch und steckte es dem Patienten in den Mund. So verhinderte er, dass sich der Bischof während des Anfalls in die Zunge biss. Dann fühlte er den Puls des Patienten.

Der Bischof von Konstanz, Otto von Hachberg, hatte bald nach Andreas' Vereidigung zum Stadtphysikus nach einem Arzt verlangt, der ihn persönlich betreute. Wer konnte diese Aufgabe besser erfüllen als der weitgereiste, wohlgelehrte und hochgebildete Doktor Reichlin, der an der berühmten Universität in Padua studiert und in Heidelberg gelehrt hatte?

Andreas seinerseits zögerte nicht lange, die Berufung anzunehmen. Wie andere Leibärzte konnte er selbstverständlich seiner Tätigkeit als Stadtarzt ungehindert nachgehen. Als Medicus am Hof erhoffte er, neben der Ehre, in den Diensten des Bischofs zu stehen, am Geschehen außerhalb der Stadt besser teilhaben zu können. Denn Otto von Hachberg regierte das größte Bistum nördlich der Alpen. Sein Herrschaftsgebiet reichte bis Stuttgart im Norden, nach Freiburg im Westen, nach Kempten im Osten und von Basel über St. Gallen bis an den Thuner See im Süden.

Wieder haben ihn die Dämonen heimgesucht. Vermutlich hat er sich mit den Domherren gestritten und sich mächtig aufgeregt. Würde diese Auseinandersetzung nur endlich ein Ende finden!, dachte Andreas jetzt und versuchte, den Patienten mit tröstenden Worten zu beruhigen. Allmählich kam der Bischof wieder zu sich.

Der anwesende Notar und persönliche Schreiber von Hachbergs, Friedrich Schuler, genannt Heidenheimer, schien mit der unerwarteten Situation überfordert zu sein und stand wie angewurzelt im Raum. Erst allmählich fand er seine Sprache wieder:

»War das wieder die Fallsucht? – Seine Exzellenz erregte sich, als wir miteinander diskutierten, und plötzlich überkam ihn der Anfall.«

Dem Notar war das Leiden des Bischofs bekannt.

Andreas nickte stumm. Er wusste, dass er den Vorfall möglichst verbergen musste. Ein Bischof mit Fallsucht wurde bei den Gläubigen und gar beim Domkapitel nicht gern gesehen. Konnte man die Krankheit doch als Ausdruck von bösen Geistern und schüttelnder Gottesstrafe auslegen. Im folgenden Jahr sollte der Bischof, auch wenn er das jetzt noch nicht wusste, gegen eine hohe Leibrente wegen dieses Übels zurücktreten.

Reichlin stützte den Geistlichen unter den Armen und half ihm, sich wieder auf den Stuhl an seinen Schreibtisch zu setzen.

»Eure Hochwürdigste Exzellenz, nehmt das hier!« Andreas reichte Seiner Exzellenz das Baldriangemisch, welches er immer bei sich trug, seit er zum ersten Mal aufgrund eines Anfalls zum Bischof gerufen worden war. Er riet ihm, sich auf der Bettstatt niederzulegen.

»Wisst Ihr, Medicus Richilus«, setzte Otto III. an, nachdem er das Fläschchen leer getrunken und Andreas, Heidenheimer und ein Diener den Bischof ins Schlafgemach auf sein Prunkbett gehievt hatten, »es sind die Herren vom Domkapitel, die mich zum Wahnsinn treiben. Es kann so nicht weitergehen. Ich werde umgehend das Konzil, welches derzeit in Basel tagt, um Rat fragen. Das Konzil soll entscheiden und unseren Streit schlichten. Ich muss nach Basel, und zwar noch in dieser Woche. Für den Fall, dass mich die Fallsucht erneut heimsucht, benötige ich Euren ärztlichen Beistand. Rüstet Euch, in drei Tagen reiten wir los. Geht jetzt, ich bin müde und möchte mein Gebet zur Jungfrau Maria sprechen!«

Andreas unterdrückte seine Einwände gegen eine vorschnelle Abreise, verordnete Otto aber mindestens für einen Tag strenge Bettruhe. Dieser winkte ab und befahl Andreas, den Raum zu verlassen.

Auf dem Heimweg durch die Gassen von Konstanz besann sich Andreas, was die Reise nach Basel für ihn bedeutete. Er sollte als ärztliche Begleitung des Bischofs in die Konzilsstadt, welche diesmal nicht Konstanz, sondern Basel hieß. Erinnerungen an prächtig geschmückte Herren und Pferde aus aller Welt, den Klang verschiedener Sprachen und an das festliche Treiben in seiner Heimatstadt, welches er als Kind erlebte, wurden in ihm wach. Allmählich erhellte sich das Gesicht des Medicus, und eine wohlige Freude breitete sich in seinem Gemüt aus. Jetzt waren alle Augen der christlichen Kirche auf Basel gerichtet. Kirchenfürsten, gelehrte Häupter und politische Machthaber aus ganz Europa versammelten sich in der Stadt am Rhein. Andreas hatte gehört, dass zahlreiche Italiener über die Alpen angereist waren. Darunter befanden sich einige seiner Kommilitonen und Professoren aus Padua. Giuliano Cesarini, zum Beispiel, war zum Präsident des Konzils ernannt worden. Wem würde er dort noch begegnen? Mit Spannung traf er am nächsten Tag die Vorbereitungen für seine Abreise. Er beauftragte Anna, alles zusammenzupacken, was seinem Wohlbefinden diente, und war froh, die missmutige Stimmung in seinem Haus für einige Zeit hinter sich lassen zu dürfen.

Andreas begleitete den Bischof und seine Dienerschaft in angemessener Geschwindigkeit direkt zum Basler Münster. Denn in der Konzilsstadt durfte nur im Schritttempo oder im Trab geritten werden. Auch hatte der bischöfliche Tross aus Sicherheitsgründen am Stadttor Schwerter, lange Messer und andere Waffen abgeben müssen. Es war früher Nachmittag, und in dem Gotteshaus stand eine Konzilsversammlung an. Kardinäle in ihren purpurfarbenen Soutanen, Bischöfe mit Mitren, Ordensleute in ihren Kutten, Priester, Universitätsgelehrte mit den Doktorhüten, aber auch weltliche Fürsten und deren Vertreter, Menschen aus aller Welt, waren vor dem Münster versammelt, um Einlass zu erhalten. Bischof Hachberg reihte sich standesgemäß ein und verschwand würdevoll in der Kirche. Selbstverständlich zählte Andreas als Medicus weder zu den Geschworenen, noch war er zu den Plenarsitzungen im Basler Münster zugelassen, welche nur geistlichen oder weltlichen Abgesandten vorbehalten waren.

»Salve, Andrea de Constanzia«, erklang es plötzlich neben dem Arzt. Andreas zuckte zusammen und war erstaunt, erkannt zu werden. Im ersten Augenblick hatte er das Problem, seinen Gegenüber in der Advokatenkleidung zu benennen. Doch je länger er die Person betrachtete, desto vertrauter erschienen ihm die Gesichtszüge. Ja, es war tatsächlich Nikolaus, Nikolaus Krebs, der ihn so freundlich begrüßte. Wie lange war es her, seit sie sich zuletzt in Padua gesehen hatten? Können das schon zehn Jahre gewesen sein?

»Was führt Dich hierher, Nikolaus?«, fragte Andreas hoch erfreut über das Zusammentreffen.

»Als Advokat, persönlicher Berater und Sekretär stehe ich in den Diensten des Elekten von Trier, Ulrich von Manderscheid.«

»Ulrich von Manderscheidt?«, wiederholte Andreas fragend. Der Name sagte ihm nichts.

»Ja, vielleicht hast Du gehört, dass seine Wahl zum Bischof von Trier vom Papst nicht anerkannt wird. Im Gegenteil, dieser hat, für uns völlig unverständlich, einen anderen ernannt. Mein Herr und Freund sandte mich, um das Konzil von seiner rechtmäßigen Anerkennung zu überzeugen. – Und, zugegebenermaßen«, fügte Nikolaus nach einer kurzen Pause mit einem vielsagenden, in seinem ernsten Gesicht viel zu selten anzutreffenden Lächeln hinzu, »habe ich diese Mission mit Freude angetreten.«

»Ja, ich kann mir vorstellen, warum. Denn es ging mir genauso«, stimmte Andreas mit dem Freund überein. »Ich kann es kaum erwarten, Giuliano Cesarini zu sehen, und vor allem ihn reden zu hören. Hast Du unseren ehrwürdigen Lehrmeister schon getroffen, Nikolaus?«, fragte Andreas erwartungsvoll.

»Oh, ja, selbstverständlich! Komm heute Abend ins Haus zur Mücke. Dort wirst Du die Gelegenheit haben, ihn und, Du wirst staunen, viele weitere bekannte Gesichter aus alter Zeit zu sehen.«

»Mach es nicht so spannend, sag, wer noch da ist!«

»Komm heute Abend, Du wirst überrascht sein!«, Nikolaus war an diesem Tag ungewöhnlich heiter.

Als Andreas merkte, dass aus Nikolaus nichts über weitere

anwesende Freunde herauszubekommen war, wechselte er das Thema:

»Was hast Du die letzten Jahre getrieben?«

»Nun«, begann Krebs, »nachdem Du Padua verlassen hast, bin ich noch ein halbes Jahr geblieben und promovierte in der Jurisprudens. Dem damaligen Erzbischof von Trier, Otto von Ziegenhain, habe ich es zu verdanken, dass ich meine Studien in Köln fortsetzen konnte.«

»In Köln?«

»Ja, in Köln! Die Universität wurde wenige Jahre zuvor eröffnet. Der Erzbischof setzte sich dafür ein, dass ich keine Einschreibegebühr zahlen musste, sonst hätte ich mir das zweite Studium nicht leisten können.«

»Ich weiß, dass die Universität in Köln noch nicht lange besteht. Ich habe mit Münsinger und Hohenkirch die Statuten für die medizinische Fakultät in Heidelberg ausgearbeitet. Dabei haben wir uns Köln zum Vorbild genommen. – Und was hast Du studiert, Theologie?«

»Ja, Theologie und Philosophie! Köln war wunderbar! Dort freundete ich mich mit meinem jetzigen Dienstherrn Ulrich an.« Nikolaus machte eine kurze Gedankenpause, dann fuhr er fort: »Du solltest die Dombibliothek sehen. Es gibt Handschriften aus aller Welt, und ich hatte die Erlaubnis, diese jederzeit zu studieren.« Nikolaus sprühte vor Begeisterung. »Wenn Du diese Werke in die Hand nimmst – Du musst sie nicht einmal aufschlagen, Andreas –, glaub mir, man fühlt es am Pergament und am Leder, Du spürst, dass darin andere Welten festgehalten sind, weiterleben. Du tauchst ein in ein Meer des Wissens der Vergangenheit. Dort gibt es Manuskripte, die Jahrhunderte alt sind, und, man glaubt es kaum, an denen die Domherren überhaupt nicht interessiert sind. Weißt Du, was ich mit einigen Schriften gemacht habe?« Ohne ein Antwort abzuwarten, fuhr er fort: »Ich habe sie nach Rom gebracht.«

»Was hast Du? Du meinst, Du hast sie nach Rom geschickt!« unterbrach Andreas den Freund ungläubig.

»Nein, ich habe sie nach Rom gebracht!«

»Du warst in Rom?«

»Ja, ich war in Rom mit dem Erzbischof Otto von Ziegenhain! Es ist eine wunderbare Stadt. Und die Italiener haben sich auf die lateinischen Manuskripte gestürzt, wie eine ausgehungerte Meute von Wölfen auf rohes Fleisch.«

»Rom«, sagte Andreas versonnen, »erzähl mir mehr davon!«

»Gern, aber nicht jetzt. Jetzt möchte ich hören, was Du in den letzten Jahren getrieben hast. Du sagtest, Du hast die Heidelberger Statuten mit Hohenkirch und Münsinger ausgearbeitet? Du hast Heinrich wieder getroffen. Wie geht es ihm?«

»Ich denke, es geht ihm gut. Er steht noch immer in den Diensten des Pfalzgrafen, lehrt an der Universität und führt gemeinsam mit dem Dekan Lepraschauen durch. Er ist ein sehr erfolgreicher Medicus. Als Leibarzt begleitet er den Pfalzgraf auf seinen zahlreichen Feldzügen. In seiner freien Zeit verfasst er Schriften und Rezepte gegen die Pest und zu alltäglichen Krankheiten. Sein Ruf aufgrund seiner wundersamen Heilmethoden dringt bis nach Konstanz.«

»Nur kein Neid, Andreas, auch Du siehst aus, als hättest Du es weit gebracht! Nun sag endlich, was Dich als weltlicher Arzt nach Basel ans Konzil treibt?«

»Mein Herr ist der Bischof von Konstanz, Otto von Hachberg. Er hat Zwistigkeiten mit dem Domkapitel der Stadt. Ich stehe ihm in medizinischen Belangen zur Seite.«

»So stehen wir beide in den Diensten der Bischöfe, sehr interessant. Aber verzeih mir, lieber Andreas«, fuhr Nikolaus fort, während er sich umblickte: »Ich muss ins Münster zur Versammlung. Wir sehen uns heute Abend!«

Mit diesen Worten mischte er sich unter die geistlichen Konzilsteilnehmer vor dem Münsterportal und verschwand im Innern des Gotteshauses.

Andreas kämmte sich die schulterlangen dunklen Locken. Nachmittags war er beim Bader zur Rasur gewesen. Dieser hatte ihn bevorzugt behandelt, nachdem Andreas ihm einen kostenlosen

Aderlass in den nächsten Tagen versprochen hatte. Denn ob des anstehenden Festabends für die Konzilsteilnehmer und deren Gefolge war das Gedränge vor dessen Stube groß. Zur Feier des Abends wählte Andreas heute den kostbaren, roten, langen Mantel, den er über das Leinenhemd und die hellen Beinlinge warf. Er nahm das schwarze Barett, setzte es sich auf den Kopf und rückte es in eine leicht schräge Position. Der Medicus verließ seine Unterkunft, sein Knecht hielt ihm den frisch gestriegelten und gesattelten Rappen bereit.

Das Haus zur Mücke in Basel war bekannt für seine gesellschaftlichen Zusammenkünfte. Kaiser und Könige feierten hier grandiose Feste während ihrer Aufenthalte in der Stadt. Als sich Andreas im Gefolge des Bischofs dem Palast näherte, war die Fassade von den brennenden Fackeln an den Hauswänden hell erleuchtet. Rote Kardinalshüte, prächtige Bischofsornate, kostbare lange Mäntel komponierten ein farbenfreudiges, lebendiges Bild. Zahlreiche hochrangige Persönlichkeiten drängten dem Eingang entgegen. Über vierhundert Herren wurden in den verschiedenen Essräumen des Obergeschosses bewirtet. Bischof Hachberg ging in den Bankettsaal, der für die hohen kirchlichen und weltlichen Würdenträger, wie die Kardinäle, Bischöfe und Fürsten, reserviert war. Durch die weit geöffneten Türen sah Andreas die mit edlem Geschirr und reichhaltigen Speisen beladenen Tafeln. Der Duft von gegrillten Wildschweinen, Hühnern und Hasen erfüllte, vermischt mit rauchigem Kerzenduft, das Haus. Äpfel, Birnen, Trauben, Mandeln, gedörrte Feigen verwandelten die Tische in eine muntere Farbenpracht und entzückten sowohl das Auge als auch die ehrenwerten Gaumen. Selbstverständlich war die Sitzordnung genau nach Rang und Titel festgelegt. Nachdem Otto von Hachberg die größte Diözese Deutschlands unter seiner Obhut hatte, bekam er einen Platz bei den Erzbischöfen. Dass sich nicht jeder mit dem zugewiesenen Stuhl zufrieden gab, war unverkennbar an den lautstarken Beschwerden einzelner Würdenträger zu hören, die bis zu Andreas Ohr drangen.

Der Arzt begab sich in den Raum, in dem die vornehmen Gefolgsleute der hohen Herrschaften versammelt waren. Hier sah er Nikolaus, der ihn zu sich heranwinkte.

Nikolaus war umringt von mehreren Herren. Sie standen am Büffet, welches nicht ganz so reich gedeckt war wie das der Kardinäle und Bischöfe. Andreas, der den Tag über kaum Zeit zum Essen gehabt hatte, quälte plötzlich der Hunger, angeregt durch den Duft und die kulinarischen Augenweiden. Er nahm sich ein Hühnerbein und biss herzhaft hinein.

Wie zu Universitätszeiten unterhielten sich die Herren in Latein. An der Aussprache und Kleidung konnte Andreas erkennen, dass in der Runde auch einige Italiener waren. Die überschwänglichen Gesten der Südländer ließen den Medicus an seine Paduaner Zeit denken.

»Andrea de Constanzia, studiosus pataviam et physicus juratus in Constanzia«, stellte Nikolaus ihn als ehemaligen Studenten der Paduaner Universität und vereidigten Hofarzt der bischöflichen Kurie in Konstanz vor.

Die Herren waren in ein lebhaftes Gespräch verstrickt. Sie diskutierten über den Sinn des Konzils. Ein kleiner, dunkelhaariger Italiener mit einer schmalen, spitzen Nase und einem kleinen Mund mit vollen Lippen führte das Wort:

»Es kann nicht sein, dass der Papst sich anmaßt, die oberste Instanz für Glaubens- und Gewissenssachen zu sein und darüber hinaus noch die Oberhoheit über jede weltliche Macht beansprucht!« Aus Ärger zog er seine Stirn über der Nasenwurzel in Falten. Dabei berührten sich die dichten, ausdrucksvoll geschwungenen Brauen über seinen Augen.

»Unser Ziel ist es«, mischte sich Nikolaus wie immer diplomatisch und beschwichtigend ein, »die Beschlüsse des Konzils von Konstanz zu erneuern, wonach das Konzilium die höchste Gewalt der ganzen Christenheit darstellt. Das heißt, es steht auch über Papst Eugen IV. Wenn Eugen das nicht anerkennt, die von ihm erlassene Auflösungsbulle zum Konzil nicht zurücknimmt und der Einladung nach Basel nicht folgt, erhebt das Konzil Anklage wegen Ungehorsams gegen ihn. Unser Präsident Julianus Cesarini ist bestrebt, den Heiligen Vater zur Annahme der konziliaren Autorität zu bewegen.«

»Julianus Presidens«, meldete sich der kleine, dunkle Italiener erneut zu Wort und meinte damit Giuliano Cesarini, »ist ein Genius ohne Gleichen, ein Gelehrter, der in allen Wissensgebieten zu Hause ist. Er gehört zu den wenigen Persönlichkeiten des Konzils, die sich mit den römischen und griechischen Autoren auseinandergesetzt haben. Wie Cicero den römischen Staat gelenkt hat, so dirigiert er mit seiner majestätischen, fesselnden Ausstrahlung das Basler Konzil. Habt ihr jemals seinen Worten während der Zusammenkünfte gelauscht, habt ihr ihn jemals genau beobachtet? Er ist ein Wortkünstler. Seine Redekunst ist ausgefeilt. Jeder Satz trifft den Sinn wie Amors Pfeil die Liebenden. Sein philosophisches Wissen gleicht dem Platos. Kennt ihr Vergil, Plinius, Petrarca und Horaz? Julianus weiß, wie sie in Worten schwelgten und dass sie den Sinn, den Genuss und die Leidenschaft für das Leben und die Liebe in ihren Schriften für die Nachwelt bewahrten.«

Der kleine, äußerlich unscheinbare Mann hatte seine Zuhörer ob seiner tiefen Verehrung für den Präsidenten und mit seiner offenen Schwärmerei für die antiken Schriftsteller in Erstaunen versetzt. Des Öfteren sollte er an diesem Abend einen zuweilen frivolen, aber in stilistisch perfektem Latein gesetzten metrischen Vers parat haben. Dies lenkte zum einen die Bewunderung der umstehenden Persönlichkeiten auf den Italiener, zum anderen aber staunten sie über die Kühnheit, mit der er sich präsentierte.

»Ihr müsst wissen«, ereiferte sich dessen Begleiter, »Enea liest bis spät in der Nacht bei trübem Licht seine Dichter. Ich rufe ihm dann zu: Was quälst Du Dich noch, Enea? Du weißt doch, sowohl für die Gelehrten als auch für die Ungelehrten sorgt allein das Glück.«

Wie sich herausstellte, teilten sich die beiden ein schlichtes Gemach in der Stadt.

»Wer ist dieser Enea?« Auch Andreas war neugierig geworden.

Auf seine Frage antwortete Nikolaus:

»Das ist Enea Silvio Piccolomini. Er ist als Sekretär des Bischofs von Fermo, Domenico Capranica, nach Basel gekommen. Man munkelt, dass er aus einer verarmten, adligen Familie in Siena stammt und sein Jurastudium abgebrochen hat, weil ihn die Dichterei, das Schreiben von Liebesbriefen und die genussreiche Lebensweise der Alten viel mehr interessiert als das trockene Recht. Bei seinem Aufenthalt in Siena hörte der Bischof, wie Enea, wohl beeindruckend, Gedichte rezitierte. Seine Exzellenz bot Piccolomini daraufhin an, ihn mit nach Basel zu nehmen. Es heißt, Enea litt zu dieser Zeit unter einer unerfüllten Liebe, welche er auf dem Weg in die Ferne zu vergessen hoffte. Jetzt komponiert er Capranicas Briefe und schreibt dessen Reden. Neben ihm, das ist Piero da Noceto. Er gehört ebenfalls zum Gefolge des Bischofs.«

»Ihn fasziniert das Schreiben von Liebesbriefen?«, schmunzelte Andreas. Die Vorstellung, dass dieser kleine Mann sich der Leidenschaft in Form von Worten hingab, erheiterte ihn. Dann kam ihm in den Sinn, was Nikolaus noch gesagt hatte:

»Domenico Capranica ist auch da?« Er erinnerte sich an den versierten Studenten und Paduaner Freund von Nikolaus. Gemeinsam hatten die beiden die Rechtsvorlesungen von Cesarini besucht. »Domenico ist schon Bischof?«, ergänzte Andreas seine Frage ungläubig.

»Ja«, antwortete Nikolaus, »er war immer zur richtigen Zeit an der richtigen Stelle.« Ein leiser Hauch von Neid klang aus seinen Worten.

Auf hohem Niveau hielt Enea den Abend über fesselnde Monologe über die antiken Schriftsteller, die das Leben zu genießen wussten. Enea schien sie alle gelesen zu haben. Er war stolz auf sein Wissen und schwelgte im Kreise seiner interessierten Zuhörer. Er philosophierte über das Menschsein, das Dasein. Man sollte das Leben und die schönen Dinge, wie die Literatur, die Kunst, die Schöpfung der Natur, in sich aufsaugen und genießen. Mit Leidenschaft erzählte er von seinem Geburtsort Corsignano, gelegen im Val d'Orcia bei Siena. Von der Ruhe, dem wunderbaren Blick, den man von dem erhöht liegenden Ort aus in das Tal und zum Monte Amiato hatte. Er erzählte von dem Gefühl der Erhabenheit, welches ihn überkam, wenn er von dort in die Ferne blickte.

Andreas war fasziniert von diesem Abend. Beinahe hatte er die spannenden Diskussionen, die er und seine Kommilitonen während ihrer Studienzeit in Padua führten, vergessen. Jetzt war er hier in Basel. Dank dieses kleinen, quirligen Mannes wanderte das Gespräch weg vom Konzil, der Theologie und der Gottesfürchtigkeit. Sie sprachen über den Genuss des irdischen Lebens, über die Liebe, den Sinn und die Ziele des Daseins. Nicht Gott stand im Mittelpunkt, sondern sie selbst, das Ich, der Mensch.

»Wisst Ihr, meine Herrn, was Vergil über die Liebe sagt: Die Liebe überwindet alles, und wir beugen uns vor ihrer Macht. Ovid nennt die Liebe eine Kunst, die man lernen muss. Nicht die Liebe überwältigt uns, sondern wir müssen uns die Liebe erobern.«

Andreas dachte an sein unglückliches Eheleben und an seine Begegnung mit Anna von Ulm. Bei den Gedanken an das schöne Mädchen durchströmte ein warmes, erregendes Gefühl sein Inneres. Doch als verheirateter, gottesfürchtiger Mann konnte und durfte er seine Liebe nicht erobern.

Als das Gespräch von Corsignano über die Liebe auf Florenz kam, mischte sich ein weiterer Italiener ein. Er war von schlanker, würdevoller Statur, dabei umgab ihn eine Aura des Anmaßenden und Selbstgefälligen. Andreas erfuhr, dass sein Name Leon Battista Alberti war und er aus der Stadt am Arno kam. Wie Enea war auch er im Alter von Andreas. Alberti sprach von dem großartigen Bauvorhaben, welches der Florentiner Baumeister Brunelleschi soeben dort ausführte.

»Die Kuppel, die derzeit über dem Florentiner Dom entsteht, ist die größte Leistung der modernen Menschheit«, schwärmte Alberti. »Diese riesige Halbkugel schließt die Kirche genau an der Stelle, an der die Kreuzesarme ineinander greifen. Brunelleschi reiste vor der Errichtung dieser gigantischen Konstruktion nach Rom, um dort die wunderbaren römischen Tempel, Paläste, Thermen und das Pantheon zu vermessen. Er studierte die Rundbauten mit den gewaltigen Kuppelgewölben. Denn wir beide, er und ich, sind uns einig: Die römischen Bauwerke sind die anschaulichsten Lehrmeister. Ihr werdet es kaum glauben…«, der Italiener blickte in die Runde der gebannten Zuhörer, »Filippo ist nicht akademisch gebildet, keineswegs! – Aber, auch wenn er keine Akademie besucht hat…«, Alberti machte mitten im Satz eine kurze Pause, trank einen Schluck Wein, biss in ein Hühnerbein und kaute genüsslich. Es schien beinahe, als wollte er sich für den kommenden Satz stärken. – Währenddessen nutzte Nikolaus die Gelegenheit, um Andreas zu informieren:

»Erinnerst Du Dich an Paolo aus Florenz, Paolo Toskanelli, den Mediziner und Mathematiker, der mit uns in Padua studierte?«

Natürlich erinnerte sich Andreas an den beeindruckenden Kommilitonen, der schon zu Studienzeiten so großes Interesse an der Mathematik und Astronomie hatte.

»Er hilft Brunnelleschi bei den komplizierten statischen Berechnungen dieser weltkugelförmigen Kuppel des Florentiner Doms.«

Andreas wollte noch wissen, woher Nikolaus das wusste, da vollendete Alberti seinen Satz voller Überzeugung:

»… ist Filippo ein Genie! Er ist gelernter Goldschmied, und er malt. Eigentlich ist er ein Erfinder, der mit Begeisterung experimentiert. In ihm lebt ein Geist, der zu jeder rühmreichen Sache fähig ist und der durchaus keinem der Alten, wie berühmt er auch in den Künsten gewesen sein mag, nachsteht. Er baut Kirchen und Kapellen, die quadratisch sind, von der Kreisform abgeleitet werden. Warum?«, fragte Alberti in die Runde.

Fragende, gebannt auf eine Antwort wartende Augen fixierten ihn. Man merkte, wie wohl sich Alberti fühlte, wie sehr sein Geist durch die Aufmerksamkeit der Herren angespornt wurde: »Seht Euch genau die Natur an! Sie erfreut sich vor allem am Runden. Seht den Erdball, die Gestirne, die Bäume, die Tiere, deren Nester… Das alles wollte die Natur rund haben. Daher sollte auch die ideale Grundform einer Kirche entweder rund sein oder vom

Kreis abgeleitet werden: ein Quadrat, ein Sechseck, ein Achteck. Denn die Natur strebt nach absoluter Vollkommenheit. Sie ist die göttliche Lehrerin aller Dinge. Und das haben schon die Alten erkannt.« Alberti machte eine kurze Pause und nahm einen weiteren Schluck Wein. Danach fuhr er fort:

»Mein Florentiner Freund Poggio Bracciolini entdeckte vor einigen Jahren im Staub der Klosterbibliothek von St. Gallen eine alte, abgegriffene Handschrift des römischen Architekten Vitruvius Pollio. Poggio weilte zu dieser Zeit am Konzil zu Konstanz und brachte mir bei seiner Rückkehr die Schrift mit nach Italien. Was war das für eine Überraschung! – Habt Ihr schon von Vitruv und seinen *Zehn Büchern über die Architektur* gehört?«

Alberti blickte in die Runde. Doch zu seiner Enttäuschung schien keiner mit dem Namen vertraut zu sein.

»Er arbeitete als Architekt für Julius Caesar, das sollte man wissen. Leider ist das Manuskript, das mir vorliegt, sehr fehlerhaft, und Vitruv schrieb so ungebildet, dass ihn die Lateiner für einen Griechen und die Griechen hingegen für einen Lateiner hielten. Die Schrift selbst zeigt bei näherer Betrachtung, dass es weder Latein noch Griechisch ist, so dass es gleich wäre, er hätte es überhaupt nicht geschrieben, als dass er so schrieb, dass wir's nicht verstehen können.« Das Gesicht des Florentiners verdüsterte sich kurzzeitig. »Dennoch enthält sie«, jetzt erwachte seine Leidenschaft wieder, und seine Zuhörer merkten, dass Alberti sich selbst widersprach und er Vitruv insgeheim bewunderte, »zahlreiche Informationen, die mir zum besseren Verständnis der damaligen Baumeister und ihrer Werke verhelfen. Wusstet Ihr eigentlich, wie vollkommen der Körper des Menschen ist? Welche harmonischen Proportionen dieses Großartigste aller Geschöpfe besitzt?«

Wieder blickten ihn nur schweigende Gesichter an. Andreas dachte an die Pestbeulen und an abfallende Leprafinger, die er als Stadtarzt in Konstanz immer wieder behandeln musste und die weit weg von körperlicher Perfektion waren. Außerdem hatte er von klein auf gelernt, dass allein das Gewissen und die Seele vollkommen sein sollten, damit letztere beim jüngsten Gericht von den Engeln in den Himmel geleitet werde. Das waren die Gedanken, die wohl den meisten Zuhörern durch den Kopf gingen. Alberti reizte die Spannung aus. Er merkte, dass er mit der Frage provozierte. Dann fuhr er fort:

»Vitruv führt mir die Vollkommenheit der menschlichen Proportionen vor, und zwar anhand des homo bene figuratus. Vitruv schreibt, dass der wohlgeformte Mensch mit ausgestreckten Gliedmaßen ein Quadrat beziehungsweise einen Kreis berührt. Das heißt umgekehrt, dass sich im Kreis und Quadrat auch die vollendeten Proportionen des menschlichen Körpers widerspiegeln. Der menschliche Körper ist offenkundig allen Formen überlegen. Folglich stimmen Filippo und ich mit Vitruvs Meinung überein, dass quadratische und runde Formen Tempeln und Gotteshäusern das vornehmste Aussehen verleihen. Du kennst Vitruv, Tommaso, oder?«

Leon Battista wandte sich einem mittelgroßen Italiener mit fein gebogener Nase zu, der sich soeben zu dem illustren Kreis hinzugesellte. Sein Name war Tommaso Parentucelli. Auch er stammte, wie Alberti, aus dem Gefolge des Kardinals Albergati.

»Selbstverständlich kenne ich Vitruv«, antwortete dieser mit einem schmunzelnden Seufzer. »Du erzählst mir jedes Mal, wenn wir uns sehen, von seinen Ausführungen.«

Andreas konnte in diesem Augenblick nicht wissen, dass er sich mit Enea und Tommaso im Kreise von zwei zukünftigen Päpsten befand.

Allmählich wurde es ziemlich laut und unruhig um sie herum. Alberti hatte sich echauffiert, seine Begeisterung hatte ihn vergessen lassen, dass sich im Raum außer Enea, Tommaso und Nikolaus, der selbst schon in Rom war, nur wenige Zuhörer befanden, die seine Schwärmerei für die Alten verstanden. Selbst Andreas, der sich schon viel mit den antiken Schriftstellern auseinandergesetzt hatte, konnte sich schwer eine quadratische oder gar runde Kirche oder Kapelle mit einer Kuppel nach dem Vorbild eines römischen Tempels vorstellen. In Padua hatte er die Basilika San

Antonio gesehen, welche ihn mit ihren acht Kuppeln beeindruckt hatte. Aber ein rundes, halbkugelförmiges Gewölbe von riesigem Ausmaß, wie dies in Florenz errichtet wurde, war für Reichlin kaum vorstellbar. Doch der Meister, der diese Kuppel baute, war im ganzen Land berühmt. Er war gebildet und stolz auf seine Werke. Die Namen der zahlreichen Baumeister vom Konstanzer Münster dagegen wurden nur selten genannt. War es doch unwichtig, wer das Gotteshaus errichtete. Bedeutend war allein, dass dem Allmächtigen ein prachtvolles Bauwerk gewidmet wurde, in welchem die Schafe Gottes die Nähe des Herrn spürten. Möglichst hoch, dem Himmel nah, sollten die Kirche und ihr Turm sein. Durch die langen, spitzen Fenster sollte göttliches Licht Einlass erhalten, so wie Reichlin es als junger Student in der Heiliggeistkirche in Heidelberg erlebt hatte.

Aber dass ein einziger Baumeister, ein einziger Mensch, soviel Ruhm auf seine Person vereinigte, das hatte er noch nicht erlebt. Alberti forderte in seiner leidenschaftlichen Rede sogar, dass ein Architekt wie Brunelleschi in der menschlichen Gesellschaft eine ihm gebührende Stellung einnehmen sollte:

»Er muss sich selbst gegenüber unerbittlich streng und peinlich gewissenhaft gegenüber dem Bauherrn sein. Daher soll er auch nicht mit Stallmeistern, Kutschern und Dienern an einer Tafel speisen, sondern seinen Platz an der Seite der Fürsten und Edlen als deren Freund und Berater haben.« Dabei dachte Alberti sicherlich auch an seine eigene Tätigkeit als entwerfender Baumeister.

Schon in Padua war Andreas auf das Phänomen gestoßen, dass ein Künstler vor 100 Jahren ob seines Werkes über alle Maßen gerühmt und geschätzt wurde. Er erinnerte sich an den Besuch mit Nikolaus in der Scrovegni-Kapelle, wo Giotto die faszinierenden Malereien schuf. Es hieß zwar immer wieder, diese Menschen gestalteten ihre Werke mit Gottes Hilfe und den Gaben, die ihnen der Herr zur Verfügung stellte. Doch es waren im Gegensatz zur Natur nicht mehr Gottes Werke, sondern es war Menschenwerk. Diese Leistungen des Einzelnen würdigten die Italiener. War das gotteslästerlich? – Darüber würde sich Andreas noch Gedanken machen, aber nicht jetzt, denn das aufgebrachte Gemurmel verstummte plötzlich: Stolz, erhaben und aufrechten Ganges näherte sich der Präsident des Konzils der Gruppe. Auch Nikolaus und Enea, der Leon Battista mit Eifer und Zustimmung gelauscht hatte, sowie Alberti selbst, waren verstummt und verbeugten sich vor dem hohen kirchlichen Würdenträger.

»Was erhitzt Eure Gemüter?«, fragte Giuliano Cesarini und blickte in die Runde. »Ist das nicht Andrea de Constanzia?«, fragte seine Eminenz, als seine Augen an dem unerwarteten Gesicht haften blieben.

Dank der Ehre, von dieser mächtigen Persönlichkeit erkannt zu werden, spürte Andreas, wie ihm die Röte ins Gesicht stieg.

Er verbeugte sich erneut und begrüßte Julianus Präsidens, wie er hier genannt wurde, voller Ehrfurcht.

»Es freut mich«, sprach Julianus, »hier so zahlreiche Studenten aus Padua wiederzutreffen. Wie man sieht, war es eine gute Schule. Sie hat ehrbare, zielstrebige Menschen aus den Studenten gemacht. In welcher Mission seid Ihr am Konzil, Richilus?«

»Als physicus juratus des Hochwürdigsten Bischofs von Konstanz«, antwortete der junge Mediziner.

Ja, schoss es Andreas durch den Kopf, es war tatsächlich diese Persönlichkeit, die ihn schon bei den Versammlungen in Padua durch Umsicht, natürliche Überlegenheit und angeborene Autorität beeindruckt hatte.

»Nur wenige Bischöfe aus Deutschland haben den Weg nach Basel gefunden«, wandte sich Julianus weiter an Andreas und auch an Nikolaus, der neben dem Medicus stand, »und kein einziger Kurfürst beehrt uns mit seiner Anwesenheit. Meiner Meinung nach ist das gut. Denn Könige und Fürsten sollten sich um die weltlichen Angelegenheiten kümmern, nicht aber um die geistlichen. Hierfür sind die Bischöfe wie Euer Herr, Andreas, und Kenner des göttlichen Rechts zuständig«, vertrat Cesarini deutlich seine Meinung.

»Aber viele vom niederen Klerus, viele Juristen und Mönche

aus Deutschland sind angereist, und das ist gut so!«, ergänzte Nikolaus Krebs.

Das Gespräch über die moderne Baukunst in Florenz wurde so in den Hintergrund gedrängt, und das Thema der Zusammenkunft in Basel gewann bis zum Ende des Abends zu später Stunde wieder an Bedeutung.

Die folgenden Tage verbrachte Andreas in der Gefolgschaft des Bischofs. Nikolaus hatte viel Arbeit, und Andreas sah ihn nur selten. Leon Battista Alberti begab sich im Gefolge des Kardinals Albergati bald auf die Weiterreise Richtung Frankreich. Enea Silvio Piccolomini aber begegnete Andreas immer wieder.

Allmählich sprach sich herum, dass Enea einem freizügigen, um nicht zu sagen unsittlichen Leben frönte. Er und seine Freunde waren bekannt für ihre Inszenierungen von musischen Gelagen nach dem Vorbild der alten Römer. In Verehrung für die antiken Dichter gaben sie sich römische Namen. Zwar waren die Abende arm an kulinarischen Speisen, doch umso reicher an poetischen, aber auch erotischen Versen. Vor allem Enea selbst tat sich als schwärmender Dichter für die Weiblichkeit und die Genüsse der Liebe hervor. Bei Wein im Überfluss zeigten sich die Freunde in diesen Stunden auch gegenüber den käuflichen Frauenpersonen nicht abgeneigt.

Trotz des lasterhaften Lebens bewunderte vor allem der Erzbischof von Mailand den Italiener für seinen Scharfsinn, seine Gewandtheit, seine Poesie, seine Kenntnisse der Literatur, seine gewählten Worte in feinstem Latein. Er fand Gefallen an dessen Gesellschaft und ließ immer wieder nach Piccolomini rufen.

Enea war nicht der einzige Konzilsteilnehmer, der die Nächte bei Wein und Weib verbrachte. Dieselben Väter, welche bei den Versammlungen die Einfachheit der apostolischen Kirche beschworen, sah Andreas anderntags, unerlaubt bewaffnet, in Begleitung eines langen Zuges von Laiendienern zur Jagd ausziehen oder zu üppigen Mahlzeiten schlendern, nicht selten in Begleitung von jungen, hübschen Mädchen. Die ehrwürdigen Kirchenherren umgaben sich mit Prunk und Pracht, welche sie als Eingebung vom Heiligen Geist rechtfertigten.

Selbst Enea urteilte über die Scheinheiligkeit der Konzilsgeistlichen gegenüber Andreas:

»Auch wenn der größte Teil der in Basel anwesenden Menschen Theologen sind, dürfte hier nicht mehr Glauben sein, denn die Meisten sind Lumpen. Wenn Du nach meiner Meinung fragst, so wüsste ich nur sehr wenige aufzuzählen, von denen ich glaube, dass allein ihr Gewissen sie leitet. Unser ehrwürdiger Konzilspräsident ist ein bewundernswertes Vorbild, genauso wie der Kardinal Albergati, in dessen Diensten Leon Battista steht.«

Der März des Jahres 1434 kam ins Land, und es war noch kalt und nass. Dichte Schneeflocken fielen ohne Unterlass vom Himmel. Andreas schwang sich vom Pferd, wies sich als Medicus Richilus aus und betrat die gut bewachten Räumlichkeiten des Johanniterklosters von Basel. Er warf einem kaiserlichen Wachposten seinen von weißen Schneeflocken durchnässten Mantel zu. Der inzwischen zum Kaiser gekrönte Sigismund war im Oktober des vergangenen Jahres in Basel eingetroffen. Er hatte die schwere Aufgabe des Vermittlers zwischen den Vertretern des Konzils und dem Papst und seinen Anhängern.

Seit Tagen plagten Seine Majestät große Schmerzen, so dass er an den Verhandlungsgesprächen nicht teilnehmen konnte. Die Leibärzte des Kaisers vermochten keine Linderung herbeizuführen. So ließ man nach dem inzwischen wohlbekannten Medicus Andreas Richilus aus Konstanz rufen. Das persönliche Treffen mit Sigismund verursachte bei Andreas mächtiges Herzklopfen. Ein kaiserlicher Präfekt eilte ihm durch die Klostergänge entgegen und geleitete den Medicus zum Gemach Seiner Majestät. Schon als er sich der Tür näherte, vernahm Reichlin des Kaisers schmerzerfüllte Schreie:

»Wo bleibt der Medicus?!«

Andreas betrat den Raum mit einer tiefen Verbeugung.

»Ihr seid also der berühmte Physikus Richilus«, presste seine

Majestät zwischen den Lippen hervor und versuchte dabei, sein Leiden zu unterdrücken. Er lag mit schmerzverzerrtem Gesicht in seinem prunkvollen Bett und erschien klein und jämmerlich. Eigentlich war Sigismund groß gewachsen und schlank. Andreas wusste schon seit dem Aufenthalt des Kaisers vor einigen Jahren in Konstanz, dass er sehr gebildet war und sieben Sprachen beherrschte. Allerdings dürfte man ihm, so sprach das Volk, weder Geld noch Frauen anvertrauen, erstes gäbe er nicht zurück, und die zweiten ließe er nicht unberührt. Zudem schaue er gern und oft zu tief ins Glas und zeigte sich dann sinnlos grausam und blutrünstig.

»Lindert mir die Pein an meinen Gelenken, nehmt mir den Kopfschmerz, und Ihr erhaltet 1000 Golddukaten.«

Der Kaiser konnte vor Schmerz kaum sprechen. Andreas schluckte. So unvorstellbar viel Geld hatte er noch nie für eine Behandlung in Aussicht gestellt bekommen. Er bat um die Gnade, Seine Majestät untersuchen zu dürfen.

Zahlreiche Gelenke waren stark geschwollen. Dann sah er den hochentzündeten Großzeh: Die Haut glänzte rot bis violett. Das Gelenk war dick und schien schier zu platzen. Mit einem lauten Aufschrei reagierte der Kaiser auf Andreas' Berührung des straffen, warmen Fußglieds.

»Wie lange hat Eure Majestät schon die Schmerzen?«

»Seit Wochen«, presste der Kaiser die Antwort heraus.

»Ihr habt Fieber, Eure Majestät. Wir werden Euch zur Ader lassen.« Andreas besann sich kurz, wann der Zeitpunkt zur Öffnung der Ader am Günstigsten wäre. »Ihr habt Glück, Eure Majestät, der Mond war vor zwei Tagen voll und ist am Abnehmen. Das Blut ist jetzt aufgewühlt, und die mit dem Blut vermischten faulen Säfte können gut abfließen. Wir werden sofort beginnen!«

Andreas ließ sich eine Schüssel bringen, die er unter den Fuß des Kaisers stellte.

»Der größte Schaden zeigt sich an den Zehen«, erklärte Andreas. »Ich öffne daher die Vene bei der kleinsten Zehe. An welchem Ende sich das Gebrechen zeigt, an dem soll man zur Ader lassen. Lässt man an der anderen Seite, bringt das großen Schaden. Denn dann wird das gute Blut aus dem Leib gezogen, und das böse, vergiftete fließt stattdessen.«

»Tut, was Ihr für nötig haltet!«

Der Medicus nahm den geschwollenen Fuß von Sigismund, suchte die Vene der kleinen Zehe und schnitt mit einem scharfen Messer beherzt hinein. Ein kurzer kaiserlicher Aufschrei, ein heftiges Zucken, und der dunkle Körpersaft schoss in die Schüssel. Andreas versuchte genau den Zeitpunkt zu erwischen, als die Farbe des Blutes heller wurde und damit die krankmachenden, überschüssigen Flüssigkeiten und die schwarzen Gallensäfte entwichen waren. Der Medicus stoppte die Blutung, denn mit dem hellen Blut war das Gleichgewicht der Körperflüssigkeit wiederhergestellt.

»Jetzt werde ich Euch Umschläge mit einer speziellen Salbe auch an den anderen, von der Gicht betroffenen Gelenken verabreichen, das wird Euch schnell Linderung bringen.«

Andreas mischte diese wirkungsvolle Salbe wöchentlich frisch an und trug sie ständig in seiner Ledertasche. Mit Dankbarkeit dachte er an die Heilkräuter-Exkursionen bei Professor Santasofia in Padua. Seine Behandlung von Pest, Gicht und Entzündungen war durch diese Lehrausflüge um ein Vielfaches erfolgreicher als das unermüdliche Experimentieren der deutschen Kollegen. Denn mit seiner Ausbildung war er Arzt und hatte gleichzeitig das Wissen eines Apothekers. Andreas bestrich den Großzeh sowie jedes andere schmerzende Gelenk mit der zähen Masse und band Umschläge darum. Danach gab er seinem Patienten noch einige Verhaltensratschläge:

»Seine Majestät sollte nach dem Aderlass drei Tage ruhen und, wenn das Wetter wieder besser wird, nicht zuviel Sonnenlicht abbekommen. Außerdem sollte Seine Majestät auf Wein und Schweinefleisch im Übermaß verzichten.«

Kaiser Sigismund hatte die Prozedur unter leichtem Stöhnen über sich ergehen lassen. Jetzt lag er blass und sichtlich geschwächt auf seinem Bett.

»Geht jetzt«, befahl er Andreas, »und kommt morgen wieder!«

Der Medicus packte seine Tasche und verließ mit einer tiefen Verbeugung und einem entsprechenden Gruß das kaiserliche Gemach.

Als Andreas am nächsten Tag zur Visite kam, thronte Seine Majestät, charmant lächelnd, im Bett. Er wirkte trotz seiner 65 Jahre jugendlich und gutaussehend.

»Seid gegrüßt, Doktor Andreas Richilus! Ihr habt mir über Nacht die Lebensfreude zurückgegeben. Seit vielen Jahren erlebe ich diese Gichtanfälle. Ich musste im Mai 1426 die Reichsstände in Nürnberg auf mich warten lassen, weil mich die Krankheit ans Bett fesselte. Einige Jahre später konnte ich Pressburg vor lauter Schmerzen nicht verlassen und so den Reichstag in Nürnberg nicht besuchen. Vor zwei Jahren ereilten mich die Schmerzen in Siena. Aber kein Arzt hat es geschafft, mir das Leiden so schnell zu nehmen wie Ihr, Richilus. Es stimmt also, was man von Euch spricht, Ihr seid ein Arzt mit göttlichen Händen.«

Ein Hauch von Stolz ergriff Andreas, als er die Worte des Kaisers vernahm.

»Wo habt Ihr die Kunst des Heilens gelernt?«, interessierte sich der Kaiser für die Ausbildung des Konstanzers.

»Eure Majestät, ich hatte die Ehre, in Padua an der medizinischen Fakultät zu studieren.«

»So, so, in Padua, der bedeutenden europäischen Universität. Da habt Ihr am selben Ort wie unser Konzilspräsident gelebt. Kennt Ihr den weisen Julianus Cesarini persönlich?«

»Sehr wohl, Eure Majestät. Ich lernte ihn über meinen Studienfreund Nikolaus Krebs kennen. Er studierte bei Professor Cesarini die Rechte.«

»Ah, Krebs, der Verfasser der großen Programmschrift *De concordantia catholica*, zur Heilung von Kirche und Reich. Seine Reden und Auftritte am Konzil über eine Reform des Reiches erregen Aufsehen.«

»Ja, Eure Majestät. Nikolaus ist ein großer Bewunderer von Euch und von Cesarini, so dass er dem Präsident und Euch die Schrift widmete.«

Der Kaiser merkte im Laufe des weiteren Gesprächs, dass Andreas nicht nur in der Heilkunst außergewöhnlich versiert war, sondern dass er auch über ein umfangreiches Wissen, von der Philosophie über die Astrologie bis zur Mathematik, verfügte. Hochinteressiert an diesen Themen, verloren sich Kaiser und Arzt im Gedankenaustausch, so dass sie kaum merkten, wie die Zeit verrann. Sie unterhielten sich so angeregt, dass Seine Majestät die Schmerzen vergaß und Andreas das Gefühl hatte, dass ihm eine hochgebildete Persönlichkeit und nicht der Kaiser gegenübersaß.

Als Andreas am nächsten Tag die Visite durchführen wollte, war das weltliche Oberhaupt nicht mehr im Bett. Seine Majestät, so erfuhr Andreas, sei früh aufgestanden, um bei der Versammlung der Konzilsteilnehmer im Münster anwesend zu sein. Der Arzt war froh, dass Sigismund seinen Verpflichtungen wieder nachkommen konnte. Denn als Vermittler zwischen Konzil und Papst lastete eine große Verantwortung auf seinen Schultern.

Der Kaiser aber sollte Andreas nicht vergessen.

»Was für ein begnadeter und gebildeter Medicus, dieser Richilus ist«, äußerte sich Seine Kaiserliche Majestät Cesarini gegenüber. Nach einer Rede vor den Reichsständen hatte Sigismund Julianus gebeten, ihn in seine Gemächer ins Johanniter Kloster zu begleiten. Er hatte sich zum Ausruhen niedergelegt, und der Präsident saß auf einem Stuhl neben dessen Prunkbett.

»Ja, Ihr meint Andrea de Constantia. Ich kenne ihn noch aus Studienzeiten in Padua. Schon damals ist er wegen seiner schnellen Auffassungsgabe aufgefallen. Er beendete sein Studium in kürzester Zeit mit Auszeichnung.«

»Er ist mir in den Tagen meiner schmerzhaften Bettlägerigkeit ans Herz gewachsen. Sicherlich erhält er eine ausreichende finanzielle Entlohnung. Ich möchte aber auch seine außergewöhnliche Heilkunst bekannt machen. Er kann viele Menschen von ihrer Pein befreien. Habt Ihr schon einmal richtig Schmerzen gehabt, Julianus? Richilus war mein Erlöser. Nur mit Hilfe seiner Behandlung konnte ich meine Auftritte und Reden vor den versammelten Konzilsteilnehmern in den letzten Tagen durchhalten.« Kurz entschlossen fügte er hinzu: »Es soll eine Lobrede auf ihn gehalten werden! Julianus, wer meint Ihr, kommt dafür in Frage?«

Julianus überlegte:

»Ich werde meinen Vertrauten Nikolaus Krebs fragen, er wird mir einen geeigneten Redner nennen.«

Damit war das Thema Richilus vorerst beendet, und die Herren besprachen die kirchenpolitischen Belange miteinander. Die versprochenen 1000 Gulden bekam Andreas in den nächsten Tagen ausbezahlt. Die großzügige Entlohnung wurde in Kürze zum Stadtgespräch in Basel.

»Selbstverständlich weiß ich einen Redner, der Richilus preisen kann. Keiner kann das besser als Enea Silvio Piccolomini!«, rief Nikolaus begeistert auf Nachfragen des Konzilspräsidenten aus.

»Leider ist Enea derzeit in den Diensten des Bischofs von Novara in Italien. Aber er wird mit Sicherheit wieder am Konzil erscheinen.«

»Du hast Recht, Nikolaus. Was von Piccolominis Lippen hervorgezaubert wird, kommt einer Rede des Cicero gleich. Danke, Nikolaus, ich wusste, dass Du mir weiterhelfen kannst. Ich werde dem Kaiser den Vorschlag unterbreiten«, entgegnete Cesarini.

»Kaiser Sigismund ist eine bewundernswerte Persönlichkeit«, bemerkte Nikolaus. »Er hat nicht nur ein hohes Verantwortungsgefühl für die Nöte der Kirche, sondern auch für die Nöte des Reichs. Er sorgt sich um die Christenheit und um Einzelschicksale. Ich bewundere ihn sehr für seine Verdienste um das Konzil. Ich glaube, durch seine Diplomatie und seine Menschenkenntnis verhindert er den Bruch zwischen Konzil und Papst. Er ist der Retter der katholischen Kirche und der Führer in eine glückliche Zukunft.«

Andreas saß im Basler Münster mit stolz geschwellter Brust. Er hatte den kirchlichen Raum voll durchschritten und auf einer Kirchenbank in vorderster Reihe Platz nehmen dürfen. Nikolaus und Julianus Präsidens hatten ihre Plätze, entsprechend der Sitzordnung, in seiner Nähe. Heute war der Tag, an dem er geehrt werden sollte. Nachdem Enea Silvio wieder nach Basel gekommen war, wurde ihm sogleich im Namen des Kaisers der Auftrag erteilt, eine Lobrede auf Andreas zu halten und ihn mit Insignien auszuzeichnen. Auf Vermittlung seines Freundes Pietro Noceto stand er jetzt, wie Tommaso Parentucelli und einst Leon Battista Alberti, in den Diensten des Kardinals Albergati.

Enea hatte den Auftrag, Andreas zu würdigen, gern angenommen. Er zählte den Konstanzer zu seinen bevorzugten Gesprächspartnern. Denn der Medicus war neben Nikolaus einer der wenigen Deutschen, der ein Verständnis für die Kultur der Alten entwickelt hatte und mit dem man über die antiken Schriftsteller philosophieren konnte. Durch seine Studien in Italien war er dem Heimatland Eneas und dessen Kultur und Literatur gegenüber äußerst aufgeschlossen. Sie hatten sich in den letzten Tagen mehrfach ausgetauscht, denn Piccolomini wollte sich ein persönliches Bild von dem Geehrten machen. Es entstand eine freundschaftliche Vertrautheit zwischen den beiden. Sie erkannten, dass sie eine gemeinsame Schwäche für die moderne Baukunst hatten. Doch hierüber sollten sie erst einige Jahre später debattieren …

Enea betrat das Rednerpult, und die Lobpreisung auf Andreas begann. Der Arzt war es gewohnt, dass in Laudatien immer etwas übertrieben wurde. Ja, es ging Enea vielleicht gar nicht so sehr um den Inhalt, sondern viel mehr um die Schöpfung eines Kunstwerkes, gemalt mit Worten. Eine Lobrede im Stil des Plinius wollte er schaffen. Er begann mit dem Werdegang des Deutschen und sprach über seine Familie, die vom Bodensee stammte. Er erwähnte die Studienzeit des Arztes in Heidelberg und in Padua und lobte dessen wissenschaftliche Erkenntnisse in der Medizin zur Beseitigung von Kopfschmerzen und zur Behandlung der Pest, der Lepra und der Gicht. Ganz besonders lag Enea aber Richilus' Intelligenz am Herzen, seine Allgemeinbildung, vor allem sein philosophisches Wissen und seine Auseinandersetzung mit den griechischen und römischen Schriftstellern.

Andreas war nach dieser Rede so berühmt, dass ihn von jetzt

an zahlreiche weltliche und geistliche Fürsten konsultierten. Er blieb noch einige Zeit in Basel und häufte dort ein großes Vermögen an. Dann wurde er vom Bischof und vom Konstanzer Rat zurück in seine Heimatstadt befohlen.

Dort ereilte ihn die Nachricht vom unerwarteten Tod seiner Frau Anna, geborene Klinglin.

Der Arzt erschrak zunächst und trauerte kurze Zeit, schließlich hatte man mehrere Jahre zusammen unter einem Dach gelebt sowie Bett und Tisch miteinander geteilt. Weil aber keine Kinder gezeugt wurden und nicht umsorgt werden mussten und weil er Anna Klinglins Liebe nie erwidert hatte, hielt sich sein Schmerz in Grenzen. Allmählich nahm sogar ein lange unterdrücktes, loderndes Gefühl Besitz von seinem Herzen: Er war frei, ungebunden, verfügbar – für eine neue Frau. Diese Regung, die neu aufkeimende Hoffnung, doch noch Nachkommen zu zeugen, beschwingte seinen Geist.

Um 1438

Anna von Ulm

Die Klänge der Schalmai erfüllten den von Kerzen und Fackeln erleuchteten Saal des Konstanzer Gesellschaftshauses zur Katz. Bischof Heinrich von Hewen war von den zur Gesellschaft gehörenden Patriziern zu dem in regelmäßigen Abständen stattfindenden Fest geladen worden. Er, der Sohn der Gräfin Anna von Werdenberg-Heiligenberg, hatte vor zwei Jahren das Amt des Bischofs von Konstanz übernommen. Andreas freute sich, einem überaus gebildeten Herrn dienen zu dürfen. Heinrich war in Reichlins Alter und hatte ebenfalls in Padua studiert. Geprägt von ähnlichen Erfahrungen, konnten sie sich über die antike Literatur und ihre Bereicherung für den christlichen Glauben austauschen.

Auch Enea Silvio Piccolomini gehörte zu den Ehrengästen. Er befand sich von Basel aus auf Gesandtschaftsreise, bezog in Konstanz sein Nachtquartier und war zu dem Gesellschaftsfest geladen worden.

Außerdem unterhielten, tanzten und amüsierten sich die Konstanzer Domherrn und zahlreiche Patrizierfamilien der Geschlechterzunft auf dem bunten Fest. Neben den von Ulm und Reichlin waren auch die Muntprat, die Blarer, die Breisacher und die Schilter anwesend. Die meisten von ihnen sonnten sich in Rang und Namen und gehörten zu den wohlhabendsten und angesehensten Bürgern der Stadt. Der Fernhandel trieb sie vom Bodensee durch die Straßen von Europa. Ihr Ziel für lukrative Geschäfte war vor allem Italien: Mailand, Como, Genua und Venedig. Zuhause investierten sie in Grundbesitz und ließen sich in den Rat der Stadt wählen. Auf den Festen in ihrem Gesellschaftshaus erzählten die Kaufleute von ihren Abenteuern und tauschten in feuchtfröhlichen Gesprächen ihre Erfahrungen aus. Die Ehefrauen und Töchter waren an diesem Abend in ihre feinsten Röcke gekleidet. Wollstoffe aus kostbarem Mecheln und Arras mit Vorliebe in Rot wurden zur Schau getragen. Mit Marderpelzen über den Schultern stolzierte die Konstanzer Damenwelt durch den Festsaal. Die mehrere Fuß hohen Hauben mit den Schleiern der verheirateten Frauen mussten gebückt durch die Türen bewegt und an den anderen vorbei balanciert werden.

Eigentlich war Andreas kein begeisterter Tänzer. Doch er hatte es gewagt, den Alten von Ulm um den Tanz mit dessen Tochter zu bitten. Dieser warf dem Medicus zunächst einen überraschten Blick zu, stimmte dann aber, wenn auch etwas mürrisch, zu. Die Schönheit seiner jungen Tanzpartnerin verzauberte Andreas zunehmend. Ihre hohe, weiße Stirn schaute unter dem Reif aus Rosen hervor. Einzelne dunkelblonde Haarsträhnen hatten sich aus dem zurückgesteckten Nest befreit und umspielten das lächelnde Gesicht von Anna. Ihre blaugrünen Augen erinnerten den Arzt an die Farben des Bodensees bei leidenschaftlichem Wellengang, und beim Anblick des kleinen, roten Mundes kam ihm die Frucht einer Rosaceae, einer reifen, süßen Erdbeere, in den Sinn. Andreas' Augen glitten über ihre porzellanfarbene, helle Haut, welche durch den Schleier ihres Dekolletés schimmerte. Sicherlich musste sie ihren Körper nicht mit Bleiweiß aufhellen. Alles schien an der Jungfer Ulmerin natürlich, vollkommen, wohlproportioniert. Selbstverständlich war sie es gewohnt, von der Herrenwelt umgarnt zu werden. Doch schien sie dem männlichen Balzgehabe, wohlerzogen wie sie war, keine Achtung zu schenken.

Reichlin war fasziniert von Annas heiterer Zurückhaltung, aus der Gehorsamkeit und gute Erziehung sprach, ihrer bescheidenen Tugendhaftigkeit, gewandet in das kostbare, geschmackvoll ausgewählte Leinenkleid.

»Was für ein rauschendes Fest!«, versuchte Andreas ein Gespräch in Gang zu bringen. Das war nicht einfach, denn die Musik und das Stimmengewirr um sie herum erlaubte eine Konversation nur, wenn sie sich, bedingt durch die Tanzschritte, nahe kamen. Annas weißer Teint errötete, als der Medicus ihr in die Augen blickte. Sie hatte das erste aufregende Zusammentreffen damals auf dem Marktplatz, als er sie im Kindesalter buchstäblich auf die

Beine stellte, nicht vergessen. Auch erinnerte sich Anna daran, wie er sie einige Jahre später als fürsorglicher Arzt am Krankenlager aufsuchte und von ihrer Bettlägerigkeit befreite. Und wieder kamen sie sich nahe. Anna spürte, wie seine starke, heilbringende Hand die ihre umfasste. Wie viele Menschen mag sie schon vor dem Tod errettet haben, kam es ihr in den Sinn. Welch' Tapferkeit, Edelmut und Selbstlosigkeit zeichnete diesen Mann aus? Was mag er schon auf seinen Reisen nach Italien, Basel und Heidelberg alles erlebt haben? Wie viel Wissen verbarg sich in seinem Geist? Anna wusste, dass es sich für eine Frau nicht geziemte, gebildet zu sein. Dennoch hatte sie ihrem Vater immer mit Begeisterung zugehört, wenn er ihren Brüdern von den Konstanzern erzählte, die nach Italien reisten, und dabei auch den Medicus Richilus erwähnte. Der Vater ließ sich zuweilen Manuskripte von antiken Autoren mitbringen, welche Anna faszinierten. Wenn Papier reden könnte, stellte sich das Mädchen vor, wenn es die Manuskripte des Vaters in den Händen hielt, was könnte es mir aus dem Leben seiner Besitzer alles erzählen? Wenn sich das Mädchen unbeobachtet fühlte, nahm es sich einen Text von Ovids Liebesgeschichten und versuchte, diese zu lesen und zu verstehen. Ihr Bruder Hans half ihr zuweilen heimlich. Der Vater durfte das nicht merken, denn seiner Meinung nach verlangte kein Mann nach einer gebildeten Frau. Dennoch eignete sich Anna über die Jahre hinweg Lesen, Schreiben und die lateinische Sprache an. Mit dieser Beschäftigung tröstete sie sich über das mysteriöse Verschwinden ihrer leiblichen Mutter und den Verlust der erst vor kurzem verstorbenen fürsorglichen Stiefmutter hinweg.

Gern hätte sie den Medicus nach seinem Leben in Padua gefragt. Doch sie wagte es nicht. Denn wahrscheinlich würde auch er sie für ihren Wissensdurst verachten. So hauchte sie belanglos, als die Tanzschritte das Paar erneut näher brachten:

»Es ist ein wunderbares Fest!«

Andreas entschloss sich in diesem Augenblick dazu, die nächsten Tage bei dem Alten von Ulm um Annas Hand anzuhalten. Mit seinen 36 Jahren war er im besten Mannesalter. Er war wohlhabend. Als Stadtphysikus und Arzt am bischöflichen Hof genoss er ein hohes Ansehen in Konstanz und in der Diözese. Außerdem war er groß gewachsen und gut aussehend. Jeder Vater konnte sich glücklich schätzen, seine Tochter mit einem solchen Mann zu vermählen. An Mitgift war aus dem Hause von Ulm einiges zu erwarten. Etwas unbeholfen, aber verzückt, hielt er die zarten Hände seiner ungefragten Braut und folgte konzentriert den Tanzschritten der übrigen Paare.

Andreas bedauerte es zu seinem eigenen Erstaunen sehr, als die Musik zu spielen aufhörte, der Tanz beendet und er gezwungen war, Anna von Ulm wieder zu ihrem Vater zu geleiten.

»Wer war diese wunderschöne Tänzerin an deiner Seite, Andreas? Sie gleicht einer Venus, so wohlgestaltet in Proportion, Anmut und Schönheit! Dieses Gesicht, dieser Körper, diese Vollkommenheit, Ovid hätte sie mit Worten nicht schöner erschaffen können. Schöner kann Helena nicht gewesen sein, als Paris Gastfreund des Menelaus war. Hier verbinden sich Reinheit und Schönheit. Diese junge Frau ist einfach göttlich!«

Enea präsentierte sich erneut in rhetorischer Hochform – seine Sprache war selbstverständlich Latein –, als Andreas sich neben ihm niederließ. Außer dem Bischof und Andreas waren einige der anwesenden Herren durch ihre Reisen des Italienischen mächtig. Und so sprach man an diesem Abend munter Deutsch, Italienisch und Latein durcheinander.

Der Medicus konnte ein Schmunzeln über die Vergleiche mit den antiken Personifizierungen der Schönheit nicht verbergen und musste dem Italiener zustimmen. Enea war begeistert von Anna und machte keinen Hehl daraus, dass er die körperliche Schönheit einer Frau als äußerst reizvoll ansah. Seine erotischen Gedichte waren Lobeshymnen auf die Damenwelt, wie es die Konstanzer nie gehört hatten; verband man in der Stadt am See die Frau doch mit der Erbsünde, als dem Manne untertan.

»Ich weiß, der Tod deiner Frau liegt noch nicht all zu lange zurück. Doch wirst Du dieses junge Mädchen ehelichen?« Enea stellte diese Frage, als könnte Andreas allein mit einem Ja bestätigen. Daher fuhr der Sienese fort, ohne eine Antwort abzuwarten: »Weißt Du, wir Italiener verschließen unsere schönen und begehrten Frauen wie einen Schatz. Meiner Meinung nach unnötigerweise. Denn die Frauen sind so, dass sie das am Liebsten möchten, was man ihnen am hartnäckigsten versagt – was Du willst, das wollen sie nicht, was Du nicht willst, das begehren sie. Lässt man ihnen die Freiheit, dann sind sie weniger untreu. Daher ist es ebenso leicht, eine Frau zu behüten, wie im Sonnenbrand eine Herde Flöhe zusammenzuhalten. Ist eine Frau nicht aus sich selbst heraus ehrbar, hilft alles Bewachen nichts.«

Andreas blickte zu Anna, während er Eneas Worten lauschte.

Ist es eine Sünde, sich zu dieser edlen, tugendhaften, wunderschönen Natur hingezogen zu fühlen, fragte er sich. Immer wieder stand die Frage nach der Sünde in den Konstanzer Wirtshäusern zur Diskussion. Clas Flar meldete sich dann besonders laut zu Wort. Der Merzler erörterte polternd, ob es eine größere Sünde sei, bei einer schönen oder bei einer hässlichen Frau zu liegen. So vertraten die einen die Meinung, dass es eine größere Sünde sei, mit einer schönen Frau zu schlafen, da diese mehr ergötze. Andere hielten dagegen, die Verwerflichkeit sei geringer, da der Zwang größer und daher die Sünde mäßig sei.

Wie anders war doch Eneas Auffassung von der Weiblichkeit als die des Flar – und überhaupt, an diesem rauschenden Abend wollte er nicht an Flar denken. Andreas wusste, dass sein italienischer Freund Recht hatte. Sollte die wunderschöne, junge Anna sein Weib werden, hätte sie sicher weiterhin zahlreiche Verehrer. Daher nahm der Medicus sich vor, die Worte des Enea in Erinnerung zu behalten.

Der kleine Italiener hatte inzwischen das Thema gewechselt und das Gespräch gekonnt an sich gezogen. Einmal mehr unterhielt er die Anwesenden mit seinem unverwechselbaren Charme:

»Die Gesellschaft nennt ein interessantes Haus ihr Eigen. Ich staune über den Mut, ein von außen so italienisch, ja, antik anmutendes Gebäude in Deutschland zu errichten. Die Fassade ist sehr stattlich, sie drückt die Macht der Gesellschaft aus. Ähnlich, aber viel, viel größer ist der Palazzo della Signoria in Florenz gebaut. Er ist der Mittelpunkt der weltlichen Macht in Florenz. Über 300 Ratsherren tagen dort und können bei Bedarf sogar in dem Palazzo nächtigen.«

»Selbstverständlich kennen einige unter uns den beeindruckenden italienischen Stadtpalast«, sprach Luitfried Muntprat, der für die Bauplanung des Hauses mitverantwortlich war. »Der Handel mit Italien bestimmt seit jeher das Leben zahlreicher Bürger. Konstanz lebt von uns Kaufleuten und von unseren Geschäften auf der anderen Seite der Alpen. Wir, die Vertreter der Gesellschaft zur Katz, machen Konstanz reich, und daher können wir uns ein solches Gesellschaftshaus leisten. Das sollen die Zünftler und die Konstanzer ruhig sehen!«

»Wie recht Ihr habt, Comerciante…«

»… ah, ein Italiener hier im Gesellschaftshaus! Ihr gehört doch auch zu denen, die sich die Heiden zum Vorbild nehmen?!« Plötzlich war Clas Flar dem Sienesen polternd ins Wort gefallen. Keiner wusste, wer ihn mitgebracht oder wie er sich Zutritt zum Haus verschafft hatte. »Widerlich!« Flar baute sich breitschultrig vor dem sitzenden Enea auf und spuckte verächtlich auf den Boden. »Wisst ihr denn nicht, dass es Gotteslästerung ist, weltliche Bücher zu lesen?«, fragte er aufgebracht und ungläubig in die Runde. »Die Lektüre heidnischer Autoren schadet dem Trost der Seele, ja, sie gefährdet das Heil des Lesers. Ich kann Euch nur raten, flieht vor den weltlichen Büchern, flieht! Es ist allein das Wort der Heiligen Schrift, das zählt!«

Schon immer entgegnete Flar modernen Ansichten mit rüpelhafter Heftigkeit. Er schimpfte auch auf das Haus zur Katz, da ihm die welsche Baukunst, wie er den italienisierenden Baustil bezeichnete, nicht behagte, schlich sich aber dennoch in die Gesellschaft der Mitglieder, wann immer es ihm gelang.

Bürgermeister Ulrich Blarer, seinerseits vertraut mit Cicero, Quintilian und Vergil, lenkte ein:

»Man kann den Heiden ihre geistigen Schätze entleihen, um mit diesen das Lehrgebäude der christlichen Kirche zu schmücken, wie es der Kirchenvater Augustinus in seinen Büchern schrieb. Die Schriften der Heiden sollten jedoch von dem gereinigt werden, was an ihnen unrein und für die Christen schädlich ist. Das sind der Götzendienst, die Sinnlichkeit und der Irrtum.«

»Hüte deine Zunge«, ereiferte sich Flar erneut, »schon in der Lateinschule ermahnte man uns, auf das Studium der antiken Dichtung, der Philosophen und Redner zu verzichten! Denk an den heiligen Hieronymus! Er träumte, er sei vor dem Richterstuhl Gottes geprügelt worden, weil er in der Fastenzeit Cicero gelesen hat. Nur wenn Du den Weisungen der Heiligen Schrift folgst, gewinnst Du als Christ das Bürgerrecht im Himmel!«

Flars Latein war schlecht, und je erregter er wurde, desto mehr mengte er deutsche Worte in seine Sätze.

»Das hörte auch ich als Junge in der Konstanzer Domschule. Doch gerade die Werke des Heiligen Hieronymus sind in jeder Weise von Cicero geprägt«, mischte sich Andreas in die Diskussion ein. »Es erfüllte ihn sogar mit Stolz, Kenner der römischen Literatur zu sein. Aber Du magst Recht haben, Flar, zuweilen verursachte ihm dies auch Gewissensbisse. Daher bin ich der Meinung des Heiligen Ambrosius: Wer wahrhaft Christus kennt und liebt, der erkennt auch, dass ihm die Beschäftigung mit heidnischer Literatur zum Nutzen gereicht.«

Enea hatte längere Zeit geschwiegen. Dann brach das italienische Temperament aus ihm heraus:

»Ihr dürft die weltliche Literatur nicht zum Vergnügen lesen, sondern zur Bildung. Ihr müsst die Schönheit der Worte genießen, Euch mit der Rhetorik und der Grammatik beschäftigen, dann könnt ihr auch tiefer in die Geheimnisse der Heiligen Schrift eindringen. Augustinus, Hieronymus, Paulus, alle haben die antike Dichtkunst und die Philosophie mit der Theologie verknüpft. Wer nicht in der Beredsamkeit bewandert ist, der ist unwürdig, über Theologie zu sprechen. Die Redner sind die Pfeiler der Kirche. Man darf das Studium der Beredsamkeit auf keinen Fall verbieten, man muss verurteilen, wenn jemand diese nicht studiert.«

Die Worte des Enea brachten Flar derart in Rage, dass er mit vom Wein und Zorn gerötetem Gesicht wetterte:

»Die Gedichte der heidnischen Gotteslästerer sind nichts anderes als Speisen der Dämonen. Die Poesie ist eine Mausefalle des Teufels, mit welcher dieser nach dem Bilde Gottes geschaffene Seelen dem Körper zu entreißen sucht. Durch die Verführungskraft einer falschen Süße bringt dich die Dichtung vom richtigen Weg ab!« Plötzlich sprang er hasserfüllt auf und packte Enea am Kragen. Blarer und Andreas konnten ihn gerade noch zurückhalten, denn schon hatte er die Faust zum Schlag ins Gesicht des Italieners ausgeholt. Zwei Wachen kamen geeilt, packten Flar, schleppten ihn durch den Festsaal und warfen den laut Protestierenden aus dem Haus.

Auch Andreas plagten immer wieder Zweifel: Er suchte die weltliche Bildung, aber gleichzeitig das himmlische Heil, er setzte sich im Kreise seiner Paduaner- und Konzilsfreunde mit der antiken Kultur auseinander, lebte aber nach dem traditionellen, christlichen Glauben, nach dem er in Konstanz erzogen worden war. Er wollte Mensch sein und jetzt leben und gleichzeitig in Gottes Gnaden stehen mit der Hoffnung auf das ewige Heil. Nach Flars unrühmlichen Abgang versuchte Richilus diplomatisch einzulenken:

»Warum sollte man nicht den Blick auf die Schönheit des Menschen und die Natur richten? Schließlich sind sie von Gott geschaffen. Und warum kann man den Blick daher nicht auf die Schöpfungen des Menschen lenken, gleichgültig, ob diese die Dichtung oder die Baukunst betreffen, schließlich sind sie indirekt auch von Gott geschaffen?« Mit dieser Frage kam ihm Nikolaus Krebs in den Sinn. »Weißt Du, wie es Nikolaus geht?«, wechselte Andreas das Thema. Er hatte schon lange nichts mehr von seinem Studienfreund gehört und hoffte, von Enea Neuigkeiten zu erfahren.

»Du meinst den Cusaner? Selbstverständlich weiß ich, wie es ihm geht. In kirchenpolitischen Kreisen taucht sein Name ständig auf.« Eneas Blick verdüsterte sich, als er folgende Sätze sprach:

»Er ist ein Verräter! Er hat mein Vertrauen missbraucht!«

Enea rollte das R, wenn er Latein sprach und hauchte das K zu einem leichten H, wie es in seiner Heimatstadt Siena üblich war.

Nur im äußersten Notfall benutzte er eine deutsche Vokabel. Denn auch wenn er nun schon einige Jahre nördlich der Alpen lebte, weigerte sich Piccolomini, Deutsch zu sprechen. Gegenüber dem Lateinischen und Griechischen erschien es ihm als Sprache der Barbaren. Bei Andreas dagegen klang der alemannische Singsang durch. Dennoch verstanden sich die beiden, auch wenn der eine oder der andere zuweilen genau hinhören musste. So war Andreas jetzt sicher, sich verhört zu haben.

»Was hast Du gesagt?«, hakte er deshalb nochmal nach. »Nikolaus ist ein Verräter? Was meinst Du damit?«

»Nikolaus hat als Advokat den Prozess für seinen Dienstherrn am Konzil verloren«, fuhr Enea fort. »Ulrich von Manderscheid, als dessen Bevollmächtigter er nach Basel gekommen war, wurde nicht als rechtmäßiger Trierer Erzbischof anerkannt. Doch die Reden des Cusaners, seine Rhetorik, seine Wortwahl, seine Plädoyers für von Manderscheid fanden große Anerkennung bei den Herren des Konzils und besonders bei unserem Freund Giuliano Casarini.«

Eneas Bewunderung für Nikolaus Krebs, auch von Kues – von Enea kurz der Cusaner genannt –, war trotz des durchdringenden Zorns nicht zu überhören.

»Aber warum ist er ein Verräter?«, fragte Andreas, der allmählich ungeduldig wurde.

»Lass mich ausreden, Richilus!«

Andreas spürte, dass Enea gereizt war.

»Julianus Presidens ernannte deinen Landsmann Krebs, seinen einstigen Paduaner Schüler, zu seinem Sekretär und zum Vorsitzenden der Deutschen Nation am Konzil und dann …« Piccolomini machte eine kurze Pause, bevor es aus ihm herausplatzte und er seiner Enttäuschung freien Lauf ließ: »Du wirst es nicht glauben …, haben sich Cesarini und der Cusaner völlig überraschend von den Konzilsanhängern abgewandt und sind zum Papst übergelaufen. Das ist ein unvorstellbarer Vertrauensbruch des Präsidenten und seines Sekretärs gegen das Konzil!«

Andreas hatte Schlimmeres befürchtet. Er selbst hielt sich ja aus den kirchenpolitischen Diskussionen heraus. Dennoch wunderte er sich über das Verhalten seines Studienfreundes.

»Und weißt Du, wo er die letzten Monate war?«, fragte Enea mit einer Mischung aus Zorn, Neid und Bewunderung in der Stimme, die Antwort wohlwissend, »in Konstantinopel!«

Andreas war zunächst sprachlos und hakte nach, nachdem er seine Stimme wiedergefunden hatte:

»Nikolaus war in Konstantinopel? Er hat die weite Reise über das Meer angetreten? Aber die Türken, diese dunkelhäutigen, bärtigen Muslime bedrohen Konstantinopel! Die Stadt lebt in großer Gefahr!«

Jetzt, da Andreas wusste, dass sein Freund sich dort aufgehalten hatte, bekam die ferne Stadt einer anderen Welt eine neue Bedeutung für ihn.

»Was hat er dort gemacht?«

»Du weißt, die Türken haben zwar das gesamte Gebiet um die Stadt erobert. Doch das ehemalige Byzanz gehört noch den Christen, wenn auch den orthodoxen. Und das Konzil versucht alles Menschenmögliche, um zu verhindern, dass Konstantinopel den Andersgläubigen zum Opfer fällt. Undenkbar, wenn die antiken, über tausend Jahre alten griechischen Kunst-, Bücher- und Bauschätze den Muslimen in die Hände fielen. Der christlich-orthodoxe Kaiser dieses einst so prachtvollen und starken byzantinischen Reiches«, fuhr Piccolomini fort, »und sein Gefolge suchen bei uns im Westen Hilfe. Die Frage nach einem Ort für die Verhandlungsgespräche mit den orthodoxen Griechen sorgte für heftige Diskussionen und verhärtete in Basel die Fronten zwischen Konzilsbefürwortern und Papstanhängern. Für mich persönlich bot Pavìa in Italien die besten Vorraussetzungen zur Vereinigung der östlichen Christen mit den westlichen Gläubigen. Das habe ich auch in meiner Rede vor den Konzilsteilnehmern so geäußert. Allerdings konnte Papst Eugen mit Cesarini und dem Cusaner an seiner Seite Ferrara als Stadt des Treffens mit den Byzantinern durchsetzen.«

Wie Enea ohne Bescheidenheit kundtat, war auch sein eigenes

Ansehen bei den Konzilsteilnehmern in den letzten Jahren gewachsen. Enea pries die eigene Rede für Pavìa als rhetorisches Glanzstück, auch wenn die Stadt nicht als Verhandlungsort gewählt wurde. Andreas erfuhr, dass sich der Sienese inzwischen zum Scriptor, zum Schreiber, des Konzils hochgearbeitet hatte und Reden und kleine Schriften gegen Papst Eugen und seine Anhänger, und damit auch gegen Nikolaus, verfasste.

»Außerdem brauchst Du Dir um den Cusaner keine Sorgen zu machen«, beruhigte Enea Andreas. »Er reiste mit der päpstlichen Gesandtschaft. Stell Dir vor, er war in Konstantinopel, an der Schnittstelle zwischen Europa und Asien, und tauchte in das oströmische Reich, in die griechische Kultur ein. Kaiser Johannes VIII. Paläologus empfing ihn in seinem Reich in allen Ehren. Nikolaus hatte die Gelegenheit, mit dessen bedeutenden griechischen Gelehrten zu sprechen und die wunderbaren Bibliotheken mit den kostbaren griechischen Schriften zu besuchen. Er war in der Hagia Sophia, dem größten Bau der Christenheit, deren Kuppel er als eine der kühnsten Konstruktionen von Menschenhand bezeichnet.«

Enea versank in neidvolles Schwärmen, versäumte aber nicht hinzuzufügen, dass Brunelleschis Kuppel des Florentiner Doms einen noch größeren Durchmesser hatte und allein der des Pantheons, des besterhaltensten Baus aus dem antiken Rom, ebenbürtig sei.

»Es ist mir zu Ohren gekommen, dass der Cusaner bei den Minoriten sogar eine Koranhandschrift erwarb –, kaum zu glauben, die Bibel der feindlichen Muslime. Außerdem hat er zahlreiche griechische Manuskripte mitgebracht. Zurzeit bemüht er sich, Übersetzer für die Schriften zu finden.«

Anna von Ulm passierte soeben mit ihrem Vater den Tisch von Enea und Andreas. Andreas nickte den beiden zu, und Enea warf der jungen Dame bewundernde Blicke zu.

»Ah, was für eine wunderschöne Frau! Danach brenne ich. Lange halte ich das Feuer nicht mehr in mir aus!«

Andreas wunderte sich über Eneas plötzlichen Stimmungswechsel.

»Man hat mir angeboten, um das Stimmrecht auf dem Konzil zu erhalten, sämtliche Priesterweihen an einem einzigen Tag zu bekommen.« Piccolominis Gesichtsausdruck war zunächst ernst, dann aber glühten seine dunklen, italienischen Augen leidenschaftlich: »Doch der Zölibat, ein Leben ohne körperliche Liebe, das ist unvorstellbar. Denke nur, die Flammen der Liebe lodern in Dir, und Du bist gezwungen, sie zu unterdrücken! Poeten führen immer ein lockeres Dasein. Ich sträube mich nicht gegen die Gesetze des Lebens. Die Liebe ist etwas Natürliches. Wir wollen uns der Liebe weihen!«

Sprach es, verabschiedete sich und verließ mit einem kleinen Gefolge das Haus zur Katz.

»Ich habe vor, mich nach dem bedauerlichen Tod meiner ersten Gemahlin erneut in den Stand der heiligen Ehe zu begeben.« Andreas stand vor Heinrich von Ulm und brachte seine zuvor wohl überlegten Worte langsam und mit Bedacht über die Lippen. »Gott, der Allmächtige, hat alle Zweifel, eine erneute Ehe betreffend, in mir beseitigt. Daher bitte ich Euch, mir Eure liebe Tochter nach christlicher Ordnung zur Ehegemahlin zu geben. In der Furcht Gottes möchte ich sie wie mein eigenes Leben lieben, sei es in Freud oder Trübsal. Ich werde sie nie verlassen, sondern ihr immer die eheliche Treue halten, so wie es einem christlichen und treuen Ehemann geziemt.«

Da auch für den Medicus eine Brautwerbung nicht alltäglich war, fühlte er sich nach dem Aufsagen seines Antrags erleichtert. Er war zufrieden mit sich und wartete nun auf die freudige Zustimmung seines Gegenübers.

»Medicus Richilus, ich weiß, Ihr seid ein vornehmer, überaus gebildeter, ehrbarer Mann, Ihr seid Doktor der Künste und der Medizin und habt in unserer Stadt einen herausragenden Leumund, und dies nicht nur als Arzt«, begann von Ulm seine Antwort, »aber Ihr könnt meine Tochter nicht heiraten!«

Andreas hatte keinen Gedanken daran verschwendet, eine ablehnende Antwort zu erhalten. Schließlich konnte er außer seinem hervorragenden Leumund auch ein vorzeigbares Vermögen bieten. Er benötigte einige Zeit, um seine Sprache wieder zu finden:

»Gestattet mir die Frage, warum ich Eure ehrenwerte Tochter nicht ehelichen kann?«

»Meine Anna macht die beste Partie der Stadt!«, verkündete von Ulm nicht ohne Stolz. »Sie ist schon lange dem Johann Muntprat versprochen.«

Damit hatte Andreas Reichlin nicht gerechnet. Sein Nebenbuhler stammte aus einer der wohlhabendsten und bedeutendsten Familien in Konstanz. Normalerweise heirateten die Muntprat die Humpis aus Ravensburg, da beide Familien zu den Gründern der europaweit tätigen Großen Ravensburger Handelgesellschaft gehörten. Vater Lütfried wurde in Patrizierkreisen als künftiger Bürgermeister von Konstanz gehandelt. Ein Muntprat als Schwiegersohn bedeutete auch für die von Ulm gute Geschäfte.

»Was heißt, sie ist schon lange dem Muntprat versprochen, warum heiratet er sie nicht?«

»Der junge Johann Muntprat ist für die Ravensburger Handelsgesellschaft auf Reisen, mal in Mailand, dann in Genua, dann in Valencia. Er hatte noch keine Zeit.«

Richilus wusste, dass die Meinung Annas keine Rolle spielte, dennoch interessierte ihn, ob Anna mit der Wahl ihres Vaters zufrieden war. Es galt also, dies in Erfahrung zu bringen.

Wenige Wochen nach Andreas' Antrag ließ sich ein Dienstbote des Hans von Ulm spät am Abend bei dem Arzt melden.

»Verehrter Medicus, mein Herr lässt nach Euch rufen. Ihr möget so schnell wie möglich kommen; er bittet jedoch um Diskretion.«

Andreas wunderte sich über diesen späten Ruf und die erwünschte Heimlichkeit des Bruders von Anna und beschloss, sich sofort auf den Weg zum Haus der Ulmer zu begeben.

Eine Zofe öffnete die Tür, und Andreas wurde wieder in die große Stube des Hauses geleitet, in welcher er zuletzt beim Alten von Ulm um die Hand von dessen Tochter angehalten hatte. Diesmal lief hier sein langjähriger Freund Hans nervös im Zimmer auf und ab. Sein sonst lockiges, dunkles Haar hing leblos in das kummervolle Gesicht mit den unglücklichen, kränkelnden Augen. Hans war sehr erregt und wusste zunächst nicht, wie er sein Anliegen hervorbringen sollte:

»Mein lieber Freund Andreas«, begann er zögerlich mit heiserer Stimme. »Ich danke Dir, dass Du so schnell meinem Ruf gefolgt bist!« Hans machte eine kurze Pause, dann fuhr er leise und stockend fort: »Ich halte es nicht mehr aus. Die Angst um meine Gesundheit bereitet mir größte Sorgen. Seit einigen Tagen schon habe ich diese krächzende Stimme. Und sieh hier, an meiner Stirn, die zahlreichen roten Pusteln!«

Er hob die Stirnhaare hoch, und Andreas konnte die kräftigen roten Flecken erkennen.

»Und hier am Hals«, es kostete Hans große Überwindung, das nächste Symptom zu nennen, »kann ich deutlich einen Knoten spüren.«

Andreas tastete ein kleines Geschwür und versäumte nicht, einen Blick hinter die Ohren zu werfen. Auch hier verbarg sich eine starke Rötung. An den Beinen hatte Hans weitere Pusteln, welche sich von den üblichen Floh- und Wanzenstichen abhoben. Hans klagte über starken Juckreiz.

»Spürst Du etwas?« Andreas berührte eine der roten Stellen mit einer Nadel.

Hans zuckte leicht: »Es juckt!«

»Hast Du den Piecks gespürt?«

»Es juckt!«

Mit dieser Aussage kam der Arzt bei seiner Diagnosestellung nicht weiter.

»Du musst Wasser lassen!« Andreas reichte seinem Freund routinemäßig das Beschauglas.

Hans nestelte nervös an seiner Hose und ließ, wie ihm befohlen, den Urin in das Behältnis plätschern. Andreas nahm das Glas und blickte hindurch:

»Musst Du öfters aufstoßen? Hat Dein Trieb, bei einer Frau zu liegen, zugenommen?«

»Ich muss sehr oft aufstoßen und könnte mich jeden Tag in einer Frau ergießen«, antwortete Hans.

Andreas bemerkte mit Schrecken, dass der Atem seines Gegenüber unangenehm roch, als er ihm in die Nase blickte, um die Schleimhaut zu untersuchen. Er wollte Hans nicht noch mehr beunruhigen, doch für ihn lag die Möglichkeit einer Lepra nahe.

»Hab ich den Aussatz?«, presste Hans auch schon zwischen seinen Lippen hervor.

»Ich kann das noch nicht sicher sagen, Hans. Hattest Du Umgang mit den Siechen oder –«, Andreas war verpflichtet, diese Frage zu stellen, »haben Dich die Dämonen zu Praktiken beim Beischlaf wider die geistlichen Gebote verführt?«

»Als die Aussätzigen vor einigen Tagen in die Stadt kamen, bin ich, als ich beim Markt um die Ecke lief, in eine Gruppe von Leprosen hineingelaufen. Ich hatte ihre Schellen wegen des lauten Hufgeklappers auf dem Straßenpflaster nicht gehört. Einer von ihnen hat mich hämisch angelacht und«, Hans brachte es kaum über die Lippen, »ich, ich … ich habe seinen grauenvollen, teuflischen Atem gespürt. Seither lebe ich mit dieser erbärmlichen Angst und kann mich niemandem anvertrauen. Gott, steh mir bei!, Heilige Maria, Mutter Gottes, verlasst mich nicht!« Er warf einen flehenden Blick zu dem kleinen Hausaltar auf dem Tisch, »… und jetzt auch Du, ihr seid meine einzigen Mitwisser, lasst mich nicht im Stich! Christus hat den Aussätzigen rein gemacht. Deinen Händen wird göttliche Kraft nachgesagt. Du kannst mich heilen, sollte ich aussätzig sein!«, hilfesuchend blickte er Andreas an.

»Beruhige Dich! Nicht jeden, der den Hauch eines Leprakranken spürt, ereilt die Seuche. Dann müsste ich schön längst ein Siech sein.« Reichlin war bemüht, seinen Schreck über den schicksalhaften Zusammenstoß von Hans mit den Aussätzigen zu verbergen. Sollte Hans tatsächlich ein von Gott gestrafter Sünder sein?

»Ich werde Dich in den nächsten Tagen erneut untersuchen und zur Ader lassen. Hoffen wir, dass wir dann Klarheit über deinen Zustand erhalten.«

Der Gedanke, dass er womöglich gezwungen war, Hans ins Leprosenhaus außerhalb der Stadt einzuweisen, machte ihm Angst. Er stellte sich Annas Bruder als Aussätzigen mit kurz geschorenen Haaren, in der dunklen Leprakleidung mit dem breitkrempigen Hut vor, die Klapper und den Stab des Aussatzes in der Hand. Hans würde seine Augenbrauen verlieren, und die Nase würde einfallen. Hände und Füße würden verstümmeln. Grauen, Ekel und Ablehnung würden ihm entgegentreten, ein lebenslanges Siechtum bevorstehen.

Andreas war verpflichtet, die Bevölkerung vor der Ansteckung zu schützen. Als Stadtarzt hatte er den Eid abgelegt, jeden Leprakranken anzuzeigen. Eine Schaukommission würde Hans nach der Anzeige erneut begutachten.

In diesem Moment hasste der Medicus seinen Beruf und wünschte nichts mehr als Hans' Genesung. Andreas dachte auch an Anna. Die Schwester war ebenfalls gefährdet, sollte Hans die Lepra haben.

»Wo ist der Rest Deiner Familie?«

»Mein Vater ist auf Burg Marbach. Anna, meine Frau und die Kinder sind in ihren Gemächern.«

»Hier im Haus?«, fragte Andreas, um sogleich fortzufahren: »Schicke deine gesamte Familie vorsorglich nach Marbach. Dann besteht keine Gefahr der Ansteckung für sie.«

Hans erschrak. Daran hatte er bei der Sorge um sich selbst nicht gedacht.

»Du meinst, ich soll ihnen sagen, dass bei mir Verdacht auf Lepra besteht?« Tränen standen in seinen sonst so fröhlichen, herzensguten Augen.

»Das überlasse ich Dir. Ich muss Dir jedoch nahe legen, Deine Familie zu schützen.«

»Wie lange müssen sie weg?«

»Vielleicht nur für wenige Tage, vielleicht für mehrere Wochen. Kommt auf den Verlauf Deiner Krankheit an – eben so lange, bis wir Klarheit haben. Für diese Zeit solltest Du das Haus nicht verlassen!«

Die nächsten Tage und Wochen war Hans in der Stadt nicht zu sehen. Er hielt sich an Andreas' Weisung und blieb hinter der verschlossenen Haustür. Zu groß war die Gefahr, dass sein Verdacht auf Lepra sich herumsprach und er als Aussätziger behandelt wurde. So vergrub er sich in seinem Palast, während die übrigen Familienmitglieder nach Öhningen auf die Burg Marbach zogen. Ein im Haus gebliebener Diener umsorgte Hans mit Essen und Trinken. Auch Andreas kümmerte sich um den Freund, soweit es ihm möglich war. Er schaute regelmäßig vorbei, um ihm Heilkräuter und Mixgetränke, die Hans nur widerwillig und mit verzerrtem Gesicht zu sich nahm, zu bringen oder ihn zu gegebener Zeit zur Ader zu lassen. Um Andreas vor einer möglichen Ansteckung zu schützen, hielten sich beide bei der Unterhaltung ein Tuch vor den Mund. Der Ausschlag übersäte inzwischen weitere Körperstellen. Auch Arme, Brust und Rücken waren befallen. Das Schlimmste aber war die nervliche Aufregung von Hans. Er vergrub sich von Tag zu Tag tiefer in sein vermeintliches Unglück. Die Vorstellung, seine Lebtage im Leprosenhaus zubringen zu müssen, nagte an ihm wie die Ratten an den Vorräten:

»Das ist nicht die Lepra! Ich werde mein Leben nicht im Siechenhaus verbringen!«, schrie der eigentlich sanftmütige Charakter zuweilen Andreas in seiner Verzweiflung entgegen. Der junge Ulmer konnte aus Angst nicht mehr schlafen, hatte keinen Hunger und wurde von Tag zu Tag schwächer. Er fühlte sich eingesperrt und von seiner Familie verlassen. Andreas erschien es, als würden Selbstmitleid und Kummer mehr an dem Freund nagen als die Krankheit selbst.

»Patientia, Du musst Geduld haben«, beschwichtigte der Medicus seinen Patienten. »Heute Nacht hole ich Dich ab. Als Stadtarzt darf ich jeder Zeit die Tore passieren. Du bekommst die Kleider meines Knechts, und wir reiten hinaus in den Wald, in die Natur. Frische Luft und andere Gedanken werden Dich wieder beflügeln«, versuchte er ihn eines Tages aufzumuntern.

Hans zeigte sich zunächst zögerlich. In den Kleidern eines Knechts sollte er wie ein Verbrecher heimlich die Stadt verlassen?

Er, der aus einer der wohlhabendsten Familien von Konstanz stammte? Doch die Verlockung war groß, endlich der häuslichen Einsamkeit zu entfliehen.

»Wann kommst Du?«, fragte er schließlich in aufkeimender Erwartung.

»Sei um Mitternacht bereit!«

»Was schleichst Du zu später Stunde um das Haus der Ulmer herum, Richilus?«

Andreas zuckte zusammen, als die unangenehme, aber wohlbekannte Stimme aus der Dunkelheit an sein Ohr drang. Sie verriet, dass die Kehle des Besitzers mehrfach an diesem Abend mit Wein gespült worden war. Die Glocke des Münsters hatte schon 12 Mal geschlagen. Der Nachtwächter war vorbeigezogen. Längst sollten die Bürger in ihren Häusern sein. Andreas war auf dem Weg zu Hans für den gemeinsamen nächtlichen Ausritt. Dass ihm gerade Clas Flar über den Weg reiten musste, damit hatte er nicht gerechnet. Hatte Flar schon öfter beobachtet, dass der Medicus das Haus der von Ulm betrat?

»Hast Du etwa Interesse an der Tochter einer Hure? Willst Du mit ihr einen Bastard zeugen? Gutes Gelingen!« Ein hämisches Lachen verfolgte Andreas. Die Seele und der Körper des Arztes begannen zu kochen. Was wagte Flar von der überaus ehrbaren Familie zu behaupten? Das war Verleumdung und konnte vor Gericht eine hohe Strafe nach sich ziehen. Am Liebsten hätte er Flar, der auf seinem Pferd torkelnd weiterritt, zu Boden gestoßen. Es wäre ein Leichtes gewesen, den schwankenden Trunkenen mit einem kräftigen Hieb aus dem Sattel zu werfen. Nicht nur geistig, auch körperlich war der Arzt dem Kleinkramhändler weit überlegen. Aber als Medicus wollte er sich die Blöße, sich provozieren zu lassen, nicht geben.

»Pass auf, was Du sagst, Clas!«, murmelte Andreas daher hinter Clas her und erreichte das Haus der von Ulm. Kurz zögerte er. Konnte er es wagen, anzuhalten und einzutreten, oder sollte er lieber weiterreiten, als wäre sein Ziel ein anderes? Reichlin zügelte sein Pferd, lauschte und vernahm, Gott sei Dank, wie das Hufegetrappel von Clas' Pferd in der Gasse verhallte.

Die Nacht war klar. Die Sterne funkelten am Himmel. Der Mond war voll und spendete den Reitern nächtliches Licht. Andreas hatte Hans von dem unerfreulichen Zusammentreffen mit Clas berichtet. Selbstverständlich verschwieg er dessen Aussage über Hans' Mutter. Hans zog die Kleider von Andreas' Knecht an. Er ließ eines der unauffälligen, alten Pferde satteln und schickte dann seinen Diener auf die Gasse, um sich zu vergewissern, dass sie das Haus ungesehen verlassen konnten.

Kaum hatten die Freunde das Stadttor und die Rheinbrücke passiert, Andreas hatte die Wächter wie immer freundlich gegrüßt, überfiel den soeben noch geschwächten Hans ein Gefühl von Freiheit und Abenteuer: Danach hatte er sich die letzten Tage und Wochen gesehnt. Andreas ließ sich von dem jungenhaften Freudentaumel anstecken. Sie trieben ihre Pferde zu Höchstgeschwindigkeit an und ritten um die Wette durch die vom Mond erleuchtete Dunkelheit. Der Rhythmus der galoppierenden, schnaubenden Pferde, der Rausch der Geschwindigkeit, der Genuss der Freiheit und das Hintersichlassen der Alltagssorgen ließen sie alles um sich herum vergessen. Für diesen Moment kannten sie keine Gefahren eines Sturzes auf der unebenen Wegstrecke oder eines Überfalls von herumstreunenden Vagabunden. Bis zur Erschöpfung flogen sie auf den Rücken der Pferde durch die Nacht. Allmählich gerieten die verschwitzten Reiter und die schnaubenden Rösser außer Atem, und sie verlangsamten das Tempo.

Hans kannte einen versteckten Platz am Ufer des Bodensees, wo sie sich ungestört ausruhen konnten. Mitgebrachtes Brot und Wein sorgten für ihr leibliches Wohl. Mit Begeisterung sah Andreas, wie herzhaft Hans in das Brot biss, wie er es immer wieder in den Wein tunkte und wie seine Stimmung von Biss zu Biss und von Schluck zu Schluck sichtbar stieg. Auch Reichlin selbst konnte und wollte sich nicht zurückhalten. In diesem Augenblick durfte der Medicus sich gehen lassen, Krankheiten, Tod und Unglück für den Moment vergessen. Ein leichtes Lüftchen umspielte ihre Nasen. Sie genossen die Ruhe und das Schlafen der Natur. Der See breitete sich als dunkle, sanft bewegte Oberfläche vor ihnen aus. Die Sterne spiegelten sich darin wie funkelnde Edelsteine. Der Vollmond hinterließ ein glitzerndes, leuchtendes Band auf der wogenden Ebene. Meersburg verschwamm an der gegenüberliegenden Uferseite in der Dunkelheit. Das Gefühl der Grenzenlosigkeit breitete sich aus, untermalt vom unendlichen Plätschern der Wellen, welche seit Ewigkeiten beim Auftreffen auf das Land die kleinen Steine umspülten.

Von der Stimmung ergriffen, dachte Andreas an Anna. Es war an der Zeit, sich bei Hans nach der jungen Frau und deren bevorstehender Ehe mit Muntprat zu erkundigen. Andreas überlegte, wie er das Gespräch unauffällig auf Hans' Schwester lenken könne. Doch Hans kam ihm zuvor:

»Wenn man alleine sein Dasein fristet, merkt man erst, wie wichtig die Familie ist. Ich vermisse meine Frau und die Kinder und selbstverständlich Anna und Vater.«

»Das kann ich verstehen«, antwortete Andreas, »bei mir wartet schon lange keine Frau mehr, und Kinder gab es noch nie in meinem Haushalt.«

»Warum heiratest Du nicht wieder?«, fragte Hans. Sein Vater hatte ihm wohl nichts von Andreas' Antrag erzählt.

»Ich würde gern wieder heiraten, aber die Frau, die ich ausgewählt habe, ist schon versprochen.« Andreas versuchte, möglichst unverfänglich zu sprechen.

»Das ist ungünstig. Du musst Dich also weiter umschauen. Aber in Konstanz gibt es genügend wohlhabende Väter, die ihre Töchter gern an Dich vergeben möchten. Da brauchst Du Dir keine Sorgen zu machen.«

»Ich strebe aber danach, diese junge Dame zu heiraten.«

»Warum machst Du Dich zum Sklaven einer Frau, wenn Du sie nicht haben kannst?«, fragte Hans verwundert, dessen Stimme von der Krankheit immer noch belegt klang.

»Weil ich Gefühle für sie habe. Weil sie die vollkommene Schönheit besitzt. Das hat schon mein Freund Enea Silvio Piccolomini gesagt, der von Frauen und vollkommenen Proportionen viel versteht.«

»Der kleine Italiener, der beim Gesellschaftsfest im Haus zur Katz war? Du kennst interessante Leute, Andreas! Der Italiener war sehr unterhaltsam, auch wenn man sich mit seinen ungewöhnlichen Ideen erst anfreunden muss. Aber mit schönen Frauen und Liebe kennt er sich aus, das hat man gemerkt.« Hans überlegte kurz. »Wenn ich Dich richtig verstanden habe, möchtest Du also aus Liebe heiraten. Das ist ungewöhnlich. Eine Liebesheirat macht keinen Sinn. Die Liebe vergeht, und Du merkst, dass es viel wichtiger ist, dass Dir eine Frau Respekt und Anerkennung zollt, folgsam ist, Dich nicht zum Narren macht oder Dir Hörner aufsetzt. Denn so etwas kann Dein Leben zerstören.«

Es hatte den Anschein, als würde Hans aus Erfahrung sprechen. »Natürlich muss Dir ein Eheweib viele Söhne gebären«, fuhr er belehrend fort, »sie zu starken, gesunden und harten Männern erziehen, so dass dein bedeutender Name Richilus auch in der Zukunft in aller Munde bleibt. Wenn Du körperliche Liebe suchst…«, Hans' Augen begannen zu leuchten. Man merkte, dass er lange kein Weib mehr neben sich liegen hatte. »Geh' zum Frauenwirt Heini Walch. Da ist zurzeit die Marie. Ich sage Dir, sie ist ein Prachtweib. Die erfüllt Dir alle deine Wünsche. Eheweiber werden alt, aber dort bleiben die Huren jung. In Deinem Alter solltest Du wissen, dass es das Beste ist, standesgemäß zu heiraten und auf eine ordentliche Mitgift zu achten.« Er hielt kurz inne. »Trotzdem hast Du mich neugierig gemacht. Wer ist denn das holde Weib? Ist es eine Konstanzerin, kenn ich sie? Entspricht sie Deinem Rang als Stadt- und Hofphysikus?«

Andreas überlegte. All das, was Hans von sich gab, war das, was alle Väter ihren Söhnen mit ins Eheleben gaben. Andreas selbst hatte in seiner ersten Ehe, die sein Vormund für ihn ausgehandelt hatte, danach gelebt – mit wenig Erfolg. Jetzt war es an der Zeit, den eigenen Vorstellungen den Vorzug zu geben.

Warum sollte er Hans nicht von seiner Vorliebe zu dessen Schwester erzählen? Sie kannten sich schon als Kinder, und Hans würde ihn sicherlich bei seiner Brautwerbung unterstützen.

»Du kennst sie sehr wohl!«

Hans wurde hellhörig. Er wollte endlich Genaues erfahren.

»Mach es nicht so spannend! Wer ist es?«

»Anna!«

»Anna? Welche Anna? Anna Blarer, Anna Ehinger, Anna Schwarzach, Anna Muntprat? Es gibt viele Annas in Konstanz.«

»Anna von Ulm.«

Hans blieb der Bissen im Mund stecken.

»Du meinst aber nicht etwa meine Schwester?«, brachte er nach einer kurzen Pause, um Fassung ringend, heraus.

»Doch, Hans, es handelt sich um Deine Schwester.«

Der Freund war für einige Sekunden sprachlos.

»Meine Schwester? – Die ist ja schon seit Kindheitstagen dem Muntprat versprochen. Jedes Mal, wenn er in Konstanz ist, kündigt er an, dass die Hochzeit beim nächsten Aufenthalt stattfinden wird.«

»Und was sagt Anna dazu?«

»Das weiß ich nicht. Das interessiert auch nicht. Der Johann Muntprat ist die beste Partie der Stadt!«, kam die Antwort. Hans dachte also wie sein Vater.

»Mach Dir nichts draus, Andreas! Es gibt genügend ehrbare Frauen in Konstanz, die Deiner würdig sind«, versuchte er den Medicus zu beschwichtigen, als er merkte, dass er den Freund enttäuscht hatte.

Andreas war die Lust an dem Gespräch vergangen. Plötzlich umgab ihn eine heftige Müdigkeit, und er schlug vor, den Nachhauseweg einzuschlagen.

Der nächtliche Ausflug tat Hans sichtbar gut. Sein Zustand verbesserte sich in den nächsten Tagen zunehmend. Der Ausschlag ging zurück, die heißere, belegte Stimme wurde wieder voll. Bald konnte Andreas Entwarnung geben. Der Lepraverdacht hatte sich nicht bestätigt, und die Familie konnte ohne Bedenken zurückkehren. Anna aber war zunächst kein Gesprächsthema mehr.

1439

Die Hölle auf Erden

Es kann nicht sein! Es darf nicht sein! Herr, Gott, lass es nicht wahr sein! Verschone uns vor dieser deiner grausamsten Strafe! Andreas war verzweifelt. Es kostete ihn unsagbare Mühe, nach außen ruhig und besonnen zu erscheinen, denn als Arzt durfte er sich keine Gefühlsausbrüche leisten, auch wenn die Vorstellung des drohenden Unheils, der aufkeimenden Katastrophe, des Massensterbens in der Stadt ihm beinahe den Verstand raubte. Seine Augen waren starr. Sein Blick fixierte die apfelgroße Beule in der Leiste des Patienten, die sich wie eine geballte Faust aus der Menschenhaut herausboxte. Schwarze Flecken, Hautblutungen, hatten sich schon über den ganzen Körper des Clas Flar ausgebreitet. Die roten Ungezieferstiche beachtete Andreas nicht. Es war üblich, dass die Haut von roten Pusteln übersät war. Meist stammten sie von Wanzen und Flöhen.

»Gebt mir einen Kübel«, lallte Flar, bevor er sich darin übergab. »Mein Kopf dröhnt, der Raum ist so hell! Verdunkelt die Fenster!«, befahl er abwechselnd stöhnend und würgend. »Es tut so weh! Oh, Herr, womit habe ich gottesfürchtiger Mann, der Dir immer diente, das verdient? Medicus, was ist mit mir, helft mir, nehmt das Leid von mir!«

Flar krümmte sich hochfiebrig mit verzerrtem Gesicht. Die Beulen, die Andreas auch im Nacken und in den Achseln ausmachte, verursachten kaum zu ertragende Schmerzen.

Bisher hatte Reichlin noch gehofft, es würde nicht so schlimm kommen. Doch innerhalb der letzten Tage war dies schon der fünfte Patient, der eindeutige Symptome der Pest aufwies.

»Verlass den Raum«, befahl er dem Knecht, »und nimm ein Tuch vor den Mund, wenn Du Dich Deinem Herrn näherst! – Wo ist die Hausfrau, wo sind die Kinder?«

»Die Herrin liegt ebenfalls nieder. Die großen Söhne wohnen nicht mehr im Haus. Die jüngeren Kinder sind draußen.«

Andreas konnte einen Seufzer nicht unterdrücken. Um die Flarin würde er sich später kümmern, und die Kinder mussten an anderer Stelle untergebracht werden.

Vorsorglich hatte Andreas das eng anliegende Ledergewand, den Schutzanzug, unter dem Überwurf schon angezogen. Handschuhe und Maske trug er bei sich. Um unnötige Panik zu vermeiden, wollte er so noch nicht in den Gassen von Konstanz umherziehen. Doch jetzt setzte er die Schnabelmaske vor Mund und Nase. Er nahm aus seinem Beutel einen Schwamm, tränkte ihn in den mitgebrachten Essig und legte ihn in den Schnabel. Diese Maßnahme sollte beim Einatmen die Luft filtern. Im Nu breitete sich im Raum durch die saure Essenz ein beißender Duft aus. Dann zog Andreas die Handschuhe an. Schon in Padua hatte er gelernt, dass er sich mit dieser Kleidung vor der Pest schützen konnte. Denn der schwarze Tod, welcher im vergangenen Jahrhundert Venedig beinahe ausgerottet hatte, war in den Köpfen der Paduaner und Venezianer stets gegenwärtig.

Als Flar den Medicus sah, erstarrte er vor Schreck und begann dann, hemmungslos zu weinen.

»Seit wann fühlst Du Dich krank?«, fragte Andreas ohne Anflug von Mitleid.

»Seit zwei oder drei Tagen«, schluchzte der Mann.

Andreas konnte einen weiteren Seufzer nicht unterdrücken. Das war schon zu lange. Innerhalb von 12 Stunden konnte man zur Ader lassen, Beulen aufschneiden und andere Maßnahmen ergreifen. Aber nach so langer Zeit war dem Kranken von Menschenhand nicht mehr zu helfen. Nun musste Gott walten.

»Du musst Wasser lassen!«, forderte er den Patienten auf.

Um die Schmerzen zu lindern, tunkte der Medicus einen mit Safran gemischten Essigumschlag in den Urin des Kranken und wickelte ihn anschließend um dessen Beulen.

»Damit werden wir versuchen, den Schmerz zu lindern«, versuchte Andreas Flar zu beruhigen. Seine Stimme kam gedämpft unter der Maske hervor.

»Weißt Du Richilus, das ist meine von Gott gesandte Buße«,

presste Flar hervor, »sie ist zur Erlangung des ewigen Lebens unverzichtbar.«

Er war unter lautem Stöhnen bestrebt, sich selbst Mut zuzusprechen. Doch plötzlich packte Flar Andreas am Arm. Wäre er nicht so schwach gewesen, hätte er dem Arzt die Maske vom Kopf gerissen. So schrie er verzweifelt mit heißem, rotem Gesicht: »Warum bist Du gesund und ich krank? Du hast mit den gotteslästerlichen Italienern angebandelt und liest deren heidnische Texte. Aber warte nur, über Dich wird die Strafe Gottes auch noch herfallen, Schnabelfratze!« Erschöpft von diesem Aufbäumen, fiel er auf die Lagerstatt zurück und brachte keinen Ton mehr heraus.

Selbst im Krankenbett konnte Flar seinen Hass gegen Andreas nicht unterdrücken.

Der Medicus war froh, dass er die Maske trug. Vor der verdorbenen Luft, die im Raum stand, vor den Ausdünstungen und dem Atem des Flar musste er sich schützen. Denn es waren die verpesteten Ausdünstungen, welche diese teuflische Seuche verbreiteten.

Andreas versorgte die Flarerin und befahl der Magd, die Kinder bei Verwandten außerhalb der Stadt unterzubringen. Bevor er ging, zog er die Maske aus und packte sie in den mitgebrachten Sack. In keinem Satz erwähnte er das Wort Pestilenz. Auch dem Dienstpersonal sagte er nichts von der drohenden Seuche.

Als Andreas das Haus verließ, stolperte er über eine tote Ratte.

»Auch das noch!«, entfuhr es ihm laut. »Hoffentlich ereilt uns nicht auch noch 'ne Rattenplage! Allmächtiger Gott, steh' uns bei! Lass sie nicht über unsere Vorräte in Küchen, Kellern und Speichern herfallen!«

Doch dass es sich dabei um das geringere Übel handelte, welches die großen, langschwänzigen Nager mit sich brachten, wusste Andreas nicht. Es war ihm auch nicht bewusst, dass die tote Ratte einst einen Floh beherbergte, der sich Flars Blut als Nahrungsquelle ausgesucht hatte. Der Medicus wusste nicht, dass es der Rattenfloh, die Xenopsylla cheopis, war, der Flars Körper verpestet hatte. Andere Familienmitglieder dieses Parasiten saßen auf den Brüdern und Schwestern, Onkeln und Tanten der verendeten

Ratte, welche ebenfalls starben. Mit großen Sprüngen verließen die Pestflöhe ihre toten Opfer und suchten im Blut der Konstanzer Bürger ihre Nahrung. So geisterten die kaum sichtbaren Insekten unerkannt im Rattenfell durch die Straßen in die Gärten und Häuser. Winzigklein und unscheinbar verbreiteten sie gnadenlos das grausame Sterben in der Stadt.

Nach Meinung der Ärzte und Bader förderte neben dem Miasma die verunreinigte Luft, der nicht aufzuhaltende Leichen- und Modergeruch in den Straßen die Ansteckungsgefahr. Außerdem löste die falsche Lebensführung die Krankheit aus, wie Andreas in Padua bei Santasofia gelernt hatte. Er wunderte sich daher nicht, dass Clas die Pestbeulen überfielen, denn der war bekannt dafür, häufig in den Badstuben und im Konstanzer Freudenhaus zu verkehren. Auch das Übermaß, vor allem an warmer, gelber Galle, welches Flar als schnell erregbarer Choleriker besaß, konnte die Seuche anziehen. Reichlin zählte sich selbst zu den vernünftigen, beharrlichen und ruhigen Phlegmatikern. Hier war es vor allem der feuchte Schleim, der die Pest auslösen konnte. Als Vorsichtsmaßnahme würde er sich selbst in diesem Monat vier Mal hintereinander zur Ader lassen, um das heiße und feuchte Blut zu reduzieren und dies auch jedem zur Vorbeugung gegen die Krankheit empfehlen. Am wenigsten gefährdet waren erstaunlicherweise die ängstlichen Melancholiker, deren Übermaß an kalter, trockener, schwarzer Galle den heißen und feuchten Eigenschaften der Seuche trotzte.

Andreas ritt bei seinen Freunden, auch bei den von Ulm, vorbei und riet ihnen, die Stadt so schnell wie möglich zu verlassen und sich auf ihre Landsitze zurückzuziehen.

Als Stadtarzt meldete Reichlin pflichtgemäß, dass es keinen Zweifel darüber gab, dass in Konstanz die Seuche Einzug hielt.

»Richilus, stellt harmlose Diagnosen!«, befahl ihm der Konstanzer Rat. »Ihr werdet keinem Patienten gegenüber das Wort Pestilenz in den Mund nehmen. Lasst Euch andere Krankheiten einfallen. Es darf auf keinen Fall Panik oder Hysterie entstehen.

Eine Massenflucht und unkontrollierbares Verhalten der Erkrankten und Gefährdeten lässt uns die Kontrolle über die Stadt verlieren. Und Timor ist das, was wir jetzt am wenigsten benötigen. Wir bleiben beim Alltag und warten, was der Allmächtige uns beschert«, war das Wort des Bürgermeisters Blarer.

»Vagabunden und Bettlern haben wir die Seuche zu verdanken!«, meldete sich ein Ratsmitglied zu Wort.

»Sie können nichts dafür. Die Bedingungen, unter denen sie leben, sind erbärmlich und voller Schmutz. Es sind Brutstätten für die Seuchen. Gestern hat der Henker ein totes, von Gott verlassenes Bettelmädchen aus der Gasse entfernt«, bedauerte Andreas.

»Kümmert euch nicht um das Bettelgesinde. Die Göre wird ein liederliches Leben als Diebin geführt und die von Gott gesandte, gerechte Strafe erhalten haben«, erklang erneut die verächtliche Stimme. »Auch das Bauernvolk, welches häufig in die Stadt kommt und dort mit vielen anderen in einer Kammer schläft, sorgt für die Verbreitung der Krankheit«, fuhr der Mann fort, der Andreas wenig bekannt war.

»Die Tore sollen stärker auf kranke Personen kontrolliert werden, egal, ob sie die Stadt verlassen oder hineinkommen!«, ordnete Blarer an.

In den nächsten Tagen und Wochen vermittelte der Rat den Bürgern die Seuche als saisontypische, hitzige Krankheit und stellte sie als harmlos und vorübergehend dar. Volksfeste und Märkte sorgten weiter für Unterhaltung und Handel. Andreas aber wurde immer öfter zu Erkrankten gerufen.

Allmählich jedoch überfiel die Bevölkerung Unruhe und Misstrauen. Vor allem unter den einfachen, ärmeren Leuten gab es zahlreiche Tote.

»Medicus, was ist das für eine Krankheit, die mein Kind und meine Frau befallen hat? Warum vermummt Ihr Euch?«, fragte der Bäcker Christian Strub den Arzt. Die Struberin lag seit einigen Stunden nieder. Andreas hatte die Beulen aufgeschnitten, und das Blut war rausgespritzt. Der Medicus hoffte, ihr so Linderung und Genesung zu bringen. »Beim Fischer ist der Sohn gestorben, beim Schuhmacher die Mutter, beim Gerber ist die Tochter krank. Was ist los in unserer Stadt, droht uns das Jüngste Gericht?«

Andreas überging die Frage. Sein Gesicht war unter der Maske verborgen. Strub sah nicht, wie sehr die letzten Tage und Wochen an dem Arzt gezehrt hatten, wie müde seine Augen und wie bleich seine Haut waren. Reichlin riet dem Bäcker, seiner Frau und seinem Kind Essigumschläge zu machen und dabei ein Tuch vor den Mund zu nehmen. Außerdem empfahl er ihm, das Haus zu räuchern und die schlechte Luft durch den Duft von Rosen und Veilchen und alles, was gut roch, zu beseitigen.

»Den Teufel werde ich tun! Die ganze Nacht und den ganzen Vormittag stöhnt das Weib und ruft nach mir. Ich kann nicht mehr. Ich halte das nicht mehr aus. Ich möchte diese Krankheit nicht. Sie ist ansteckend!«, war die wütende Antwort. »Ich weiß das vom Steiner Heinrich. Der hat seine Frau gepflegt. Die hatte auch Kopfweh, hat Blut gespuckt, hatte auch so schwarze Flecken auf dem Körper und ist gestorben, und jetzt ist er selbst krank. Ich werde das gottverlassene Konstanz hinter mir lassen und zu meinem Bruder nach Freiburg gehen, bis der Allmächtige wieder Einzug hält und alle gesund sind.«

»Und wer kümmert sich um Deine Familie, während Du weg bist?«, wollte Andreas wissen. Aus dem Zimmer nebenan hörte man die kränklichen Stimmen von Frau und Kind laut jammern und nach Wasser rufen. Immer wieder haderte Andreas mit sich und den Mitmenschen. Einerseits kam es einem Selbstmord gleich, die kranken Familienangehörigen zu versorgen. Andererseits – wer kümmerte sich um die hilflosen Geschöpfe, wenn keiner mehr da war? Auch viele Geistliche und Krankenschwestern hatten schon das Weite gesucht. Die Bader und Chirurgen machten sich ebenfalls davon, denn auch sie wollten dem schwarzen Tod entrinnen. Allein einige Ordensschwestern und -brüder aus dem hoffnungslos überfüllten Heilig-Geist-Spital und anderen Klöstern der Stadt waren in unermüdlichem Einsatz und unterstützten Andreas bei seiner an manchen Tagen so sinnlos erscheinenden Arbeit – und auch sie überforderte die endlose Pflege bei Tag und Nacht mehr und mehr, viele erkrankten und starben selbst.

»Die Magd, der Knecht, Gott weiß wer! Es wird sich schon jemand finden. Zur Not der Herr im Himmel selbst. – Aber ich pack jetzt meine Sachen und bin weg. Ich halte das nicht mehr aus!«, polterte Strub.

Diese Szenen spielten sich in kleinen Varianten immer wieder während Andreas' Krankenbesuchen ab. Er selbst war ununterbrochen auf den Beinen. Inzwischen verließ er das Haus nicht mehr ohne Schutzkleidung und Maske. Allmählich glaubte keiner mehr an die harmlose, hitzige Krankheit, auch wenn die heiße Schwüle der Sommermonate über der Stadt brütete. Zu viele Opfer hatte es schon gegeben. Immer öfter und immer voller beladen mit Leichen passierten die Karren die Gassen. Die Totenglocken wurden nicht mehr geläutet, da sie die Menschen regelrecht in Panik versetzten. Die meisten Patrizier, wie Bürgermeister Ulrich Blarer oder Ammann Brun von Tettikofen, verließen mit ihren Familien genauso die Stadt wie zahlreiche Räte, die Muntprat, die Breisacher, die von Ulm, sofern sie noch gesund waren. Sie versuchten, die Geschicke der Stadt aus der Ferne zu lenken. Die Reichsstädte der Umgebung wurden über den Ausbruch der Seuche informiert, Arme und Vagierende aus der Stadt vertrieben, Infizierte und Tote gemeldet und isoliert. Tiere und Güter, welche als Überträger der Seuche erschienen, durften die Stadttore nicht mehr passieren. Die wenigen verbliebenen Geistlichen sollten in der Kirche und auf den Plätzen die Pestilenz in ihren Predigten zum Thema machen, Bußgebete zum Himmel senden und Bittprozessionen abhalten. Es erging die Aufforderung, ein gottgefälliges Leben zu führen und Gott um Vergebung zu bitten.

Auch der Bischof hatte mit seinem Gefolge Konstanz den Rücken gekehrt. Richilus wusste, dass wenn er selbst blieb, auch er sein Leben riskierte. Doch als Stadtarzt war er verpflichtet, auszuharren und die Kranken zu pflegen. Außerdem hatte er keine Kinder und keine Frau zu umsorgen. Seine Mutter schickte er über den See nach Überlingen, wo die Familie ein weiteres Stadthaus besaß. Würde er sterben, gäbe es niemanden, dessen Leben von dem seinen abhing. Außerdem kannte Andreas zu viele Kranke seit seiner Kindheit. Mit einigen hatte er schon die Schulbank gedrückt. Er sorgte sich um sie und wollte ihnen, soweit es in seiner Macht stand, helfen. Immer wieder sah er auch vom Tod gezeichnete Mütter, Väter und Kinder, die nach einigen Tagen gesund vom Krankenlager aufstanden. Diese Erlebnisse gaben ihm die Kraft, in der Stadt zu bleiben und mit Gottes Hilfe, welche ihm zuweilen so fern schien, zu heilen.

Allmählich bereitete die Versorgung der Konstanzer mit Nahrungsmitteln Schwierigkeiten. Als sich im Umland das große Sterben in der Stadt herumsprach, erlosch das bunte Treiben auf dem Marktplatz. Die Händler zogen in gesunde Orte, um ihre Waren anzupreisen. Zahlreiche Bäcker, Metzger und andere Lebensmittelhändler schlossen ihre Läden, entweder weil sie krank wurden oder keine Waren mehr hatten.

Andere, wie Clas Flar, der wie durch ein Wunder dem Tod entkam, profitierten durch Wucherpreise von der Not. Andreas war entsetzt! Wie konnte man sich auf Kosten der Armen und Geschwächten so bereichern! Er selbst nahm nur von den Patienten ein Honorar, von denen er wusste, dass sie es bezahlen konnten.

Der Himmel war blau, die Sonne strahlte über die Gesichter. Die Lädine dümpelte im leichten Wind über den See. Das gleichmäßige Plätschern, die Ruhe und die Wärme ließen in Andreas das beinahe vergessene Gefühl von Genuss und Lebensfreude aufkommen.

Vor drei Tagen hatte Abt Eglolf Blarer von der Benediktinerabtei St. Gallen, ein Verwandter von Bürgermeister Ulrich Blarer, nach Andreas rufen lassen. Richilus hatte die Erlaubnis bekommen, Konstanz für zwei Tage zu verlassen, um dem dringlichen Ruf aus dem Kloster Folge zu leisten. Einige Mönche hatten Anzeichen von Pestbeulen. Andreas sollte sie untersuchen und gegebenenfalls Ratschläge zur Eindämmung der Seuche im Kloster erteilen. Er war über See und Land in die Abtei gereist, hatte die Patienten untersucht und behandelt und bei den Benediktinern genächtigt. Am Abreisetag hatte Reichlin letzte Ratschläge erteilt, damit sich die Krankheit nicht weiter ausbreite, und war anschließend zum Klosterhafen nach Steinach geritten, um das Boot zurück nach Konstanz zu erreichen.

Außer der Besatzung waren drei weitere Fahrgäste an Bord gekommen. Jetzt unterhielt man sich über das derzeit wichtigste Thema, die Pest: Wer war erkrankt oder gar verstorben, wer verschont geblieben, wer verhielt sich wie im Umgang mit der Krankheit? Während des Gesprächs schweifte Andreas' Blick zum Himmel. Dabei beobachtete er, wie sich der Horizont im Westen dunkellila verfärbte.

»Habt Ihr den Himmel gesehen, haben wir ein Unwetter zu befürchten?«, wandte sich Andreas an den Steuermann.

»Ist weit weg, kann kommen oder auch nicht!« Der Steuermann schien von der Wetterlage wenig beeindruckt.

Kurze Zeit später mischte sich das erste Grollen unter die Stimmen, und daraufhin sprengte ein heftiger Donner die Unterhaltung. Doch der Steuermann nahm wenig Notiz. Der Wind frischte auf. Die Lädine beschleunigte ihre Fahrt. Die herannahenden Luftmassen ließen den See unruhig werden. Böen aus verschiedenen Richtungen erschwerten es, den Kurs zu halten. Die kleinen Wellen begannen mehr und mehr zu tanzen und zu hüpfen. Immer höher reckten sie sich. Allmählich begann weißer Schaum die schwappenden Wogen zu bekrönen. Die Stimmen der Fahrgäste wurden zunächst lauter, um sich gegen das Surren des Windes und das Knarren und Knattern von Boot und Segeln durchzusetzen, verstummten dann aber aus Furcht vor dem mit zunehmender Geschwindigkeit heranrollenden Gewitter.

Für die alten Griechen poltert jetzt Zeus. Er wirft wütend und verärgert seine Blitze über die Sterblichen. Poseidon schickt den Sturm und die aufgewirbelte See, dachte Andreas insgeheim, noch in der Hoffnung, der Allmächtige würde das Unwetter an ihnen vorbeiziehen lassen. Doch der dunkle Teil des Himmels rückte unbarmherzig näher. Ein zuckender, weit ausgreifender Blitz spaltete das Firmament, es folgte noch einer und noch einer … Immer schneller, lauter und krachender antwortete der Donner.

»Wir legen in Arbon an!«, schrie der Steuermann der Mannschaft zu. Der tosende Wind packte seine Worte und blies sie über den See. Eigentlich hatten sie die kleine Stadt schon passiert. Doch der heftige Westwind setzte sich durch. Das Ruder wurde gelegt, das Schiff gewendet, und im Nu blähte der Sturm das Rahsegel und forderte von dem Tuch vollen Einsatz. Laut knatterte, ächzte, stampfte, knallte, sprang das Schiff im tosenden Wind über den unberechenbaren See mit den stetig wachsenden Wogen.

»Sollen wir die Segel bergen?« Angstvoll wirbelte die Frage eines jungen Besatzungsmitgliedes durch die Luft.

»Nein!«, schrie der Steuermann, »dann haben wir keine Fahrt und keine Kontrolle mehr.«

In diesem Moment – es blitzte, es knallte und donnerte – peitschte eine Orkanböe dem Kapitän das Steuerruder aus der Hand. Das Schiff trieb quer, und eine große Welle erfasste es seitwärts. Dann ging alles unsagbar schnell: Die Fässer wurden aus ihrer Verankerung gerissen und brachten die Lädine in Schieflage. Wassermassen schwappten ins Innere und bemächtigten sich des ziellos treibenden Nachens. Andreas spürte plötzlich keinen Boden mehr, nur noch ein Aufplatschen und ein Untertauchen.

»Allmächtiger Herr im Himmel, ich will nicht jämmerlich ertrinken – ohne einen Erben, der meinen Namen trägt«, schoss es ihm durch den Kopf. »Anna«, dachte er, »wenn ich überlebe, heirate ich sie.«

Dieser Gedanke gab ihm neue Kraft. Er strampelte, zappelte, versuchte, das Wasser zu verdrängen, kam wieder hoch, tauchte unter und versuchte, nach etwas zu greifen, das vor ihm schwamm. Seit Wochen führte er den Kampf ums Überleben gegen den schwarzen Tod. Hatte der Allmächtige vorgesehen, dass er jetzt ertrank? Da erreichte Andreas mit ausgestreckten Armen ein Fass, um welches er sich verzweifelt klammerte. Immer wieder spritzte das ihn erbarmungslos umklammernde Wasser in Mund, Nase und Ohren. Panisch japsend und prustend blickte er sich um. Doch die Lädine war verschwunden. Er bemühte sich, die Situation zu erfassen. Hatte der See das Boot verschluckt? Wo war die Besatzung? Wo waren seine Mitfahrer? Die Fässer trieben umher. Das unablässige Auf und Nieder des Wassers gönnte dem havarierten Medicus keinen Überblick. Geschwächt von den Anstrengungen der letzten Wochen, den panischen Gedanken, der flehenden Seele und den kämpfenden Gliedern in den schweren, nassen Kleidern, sah er nur noch das rettende Land vor Augen. Bemüht, mit Armen und Beinen die Richtung vorzugeben, spürte er nach einiger Zeit, die ihm wie die Unendlichkeit vorkam, die unebenen Steine unter seinen schuhlosen Füßen. Erschöpft und unterkühlt schleppte er sich ans Ufer, blieb am Rand des Sees liegen und verfiel in eine tiefe Bewusstlosigkeit.

»Das ist der Herr Richilus, der Medicus aus Konstanz!«, hörte Andreas Stimmen um sich herum. Im flackernden Licht einer Fackel sah er mehrere Köpfe auf sich gerichtet. Der Arzt rieb sich die Augen, versuchte seine Gedanken zu sortieren und einen klaren Kopf zu bekommen. Allmählich schälte sich aus den Umrissen ein bekannter Gesichtszug heraus. Vor ihm stand Rudolf von Mötteli.

»Wie geht es Euch, Richilus?«, fragte Mötteli freundlich. »Wir haben das Unglück beobachtet und unsere Leute zur Rettung geschickt. Doch bis wir unsere Boote gerichtet hatten, konnten wir die Lädine nicht mehr ausmachen.«

»Wo bin ich?«

Der Sturm, das Gewitter – langsam bekam der Alptraum des vergangenen Tages Konturen.

»Wir haben Euch am Ufer gefunden und in mein Schloss gebracht. Macht Euch keine Gedanken, nach den anderen wird gesucht. Ward Ihr in Begleitung auf dem Schiff?«

»Gott sei Dank nicht!«, antwortete Andreas.

Er war also in Arbon gelandet und damit auf sicherem Boden. Die Stadt unterstand der Oberhoheit des Bischofs von Konstanz. Dem Mötteli gehörte das Schloss, in dem Andreas sich befand.

»Gleich erhaltet Ihr eine warme Suppe. Ihr seid heute Nacht unser Gast. Schlaft Euch aus. Morgen haben wir eine Jagdgesellschaft geladen, und wenn Ihr Euch danach fühlt, leistet uns Gesellschaft!«

Daraufhin verließ der Herr mit seinem Gefolge den Raum. Die Schritte verhallten in Andreas' Ohren, während er sich umblickte. Er lag auf einem Bett in einer Kammer des Schlosses. Außer einem Stuhl, auf dem eine brennende Kerze stand, waren keine Möbel darin untergebracht.

Ich bin gerade dem Tod entronnen, in der Stadt wütet die Pest, und hier geht man zur Jagd, dachte Reichlin. Er hatte weder Lust noch genügend Kraft, um an einem solchen Ereignis teilzunehmen. Über diesen Gedanken fiel er erneut in einen tiefen Schlaf.

Lautes Pferdegetrappel, bellende Hunde, Stimmengewirr sowie die warmen, hellen Sonnenstrahlen auf seinem Gesicht weckten den Medicus am nächsten Morgen. Er reckte und streckte seine angestrengten Glieder. Der Alptraum des vergangenen Tages kam ihm in den Sinn, und er sehnte sich nach einem friedlichen Zuhause. Mit Schrecken dachte er an die Seuche, die ihn in Konstanz erwartete.

Er blickte aus dem geöffneten Fenster und traute seinen Augen nicht. Im Schlosshof waren neben Rudolf von Mötteli und Lütfried Muntprat, jeweils mit Gemahlin, weitere bekannte Gesichter von Konstanzer und Ravensburger Familien versammelt. Eigentlich war es nicht erstaunlich, dass die Gesellschaft der Patrizier sich hier traf, denn Rudolf von Mötteli hatte das Bürgerrecht von Ravensburg. Wie die Muntprats war auch er einer der drei Regierenden der Großen Ravensburger Handelsgesellschaft. Außerdem erkannte der Medicus seinen Freund Hans von Ulm, den Alten von Ulm, und das neben Hans konnte nur Johann Muntprat sein, den er seit Jahren nicht mehr gesehen hatte. Und dann war da noch – der Medicus schaute zweimal hin –, Anna. Sie trug ein langes Kleid in zartem Rosa. Das helle Grau des Kragens wiederholte sich an der umgeschlagenen Innenseite der Ärmel. Eine goldene Kette zierte ihren Hals, ein dunkler Gürtel betonte ihre schmale Taille, während eine weiße Haube ihre blonden Strähnen schmückte.

»Ah, der Medicus ist erwacht! Kommt, gesellt Euch zu uns! Wir haben eines unserer besten Pferde für Euch reserviert. Die

Jagdbekleidung liegt in Eurem Zimmer«, rief Mötteli von unten hoch.

Andreas, dem am Abend zuvor die Jagd und das Vergnügen so fern lagen, war in Windeseile angezogen.

»Ah, da ist unser Schiffbrüchiger! Wir haben schon von Deinem gestrigen Abenteuer gehört. Gott sei Dank, weilst Du noch unter uns!«, begrüßte ihn Hans in alter Frische, als er im Hof erschien. Reichlin stellte fest, dass die Damen und Anna sich zurückgezogen hatten.

Ein Diener hielt Andreas einen prachtvollen schwarzen Hengst bereit.

»Während wir Hasen, Rehe und Fasanen jagen, bereiten die Frauen uns eine Mahlzeit im freien Feld. Was haltet Ihr davon, Richilus? So kommt Ihr wieder zu Kräften und vergesst die scheußlichen Erlebnisse von gestern.«

Da hatte der Mötteli sicher Recht. Andreas stieg in den Sattel, gab seinem Pferd die Sporen, und unter lautem Gebell der Hunde setzte sich die Gesellschaft über Felder und Wiesen Richtung Wald in Bewegung. Die edlen Rösser waren mit kostbaren roten und blauen Satteldecken und Zaumzeug prächtig geschmückt. Die Männer trugen knielange Jagdkleider aus edeln Stoffen. An ihren Gürteln hingen die Jagdhörner und Schwerter. Andreas dachte, während er sein Pferd in einen leichten Trab versetzte, an seinen Freund Leon Battista Alberti. Für den Italiener war ein Edelmann nicht nur gebildet und gelehrt, er sollte auch ein guter Reiter sein, jagen musste er können, denn das diente der Charakterbildung und vermied die Ausbildung von Faulheit, Feigheit und Ausschweifung, wie der Italiener sich ausdrückte.

Andreas ritt zu seinem Freund Hans von Ulm. Gemeinsam, ins Gespräch über Alltägliches vertieft, setzten sie den Weg fort. Einige Bauern waren zur Unterstützung gerufen worden. Sie bildeten Ketten und trieben das niedere Wild aus seinen Unterschlüpfen und Verstecken. Wenige Tiere ließen sich an diesem Morgen blicken, und man blies zum Rückzug, nachdem ein paar Kaninchen erlegt waren. Plötzlich durchdrang den Wald lautes, aufgeregtes Hundegebell und Jagdgeheul. Andreas ritt mit Hans in die Richtung, aus der das Getöse kam, als ihnen ein junger Reiter aufgeregt entgegensprengte:

»Schnell, Medicus, kommt schnell, wir brauchen Eure Hilfe! Ein riesiger Keiler hat den Johann Muntprat angegriffen. Er ist schwer verletzt!«

Andreas und Hans gaben ihren Pferden die Sporen und folgten dem aufgeregten Jungen.

Als sie den Unglücksort erreichten, bot sich ein grausames Bild: Der Keiler lag zuckend am Boden, die Hunde umringten ihn mit lautem Gebell. Daneben stand zitternd das Pferd des jungen Muntprat mit geweiteten, angstvollen Augen und Nüstern sowie einer offenen Verletzung in der Flanke. Nicht weit entfernt lag Johann blutüberströmt leblos am Boden. Neben ihm kniete sein Vater, in tiefer Verzweiflung nach Hilfe rufend. Rudolf von Mötteli und die anderen Herrn waren Randfiguren in diesem tragischen Schauspiel.

»Macht Platz, lasst mich zu ihm!«, bahnte sich Andreas den Weg. Sein medizinisches Instrumentarium lag auf dem Grund des Bodensees. Er beugte sich zu dem Verletzten, suchte nach Johanns Atem und fühlte nach dem Puls.

»Er lebt! Wir müssen die Blutung stillen!« Andreas untersuchte den leblosen Körper, riss sich das Hemd vom Leib und presste es auf die klaffende, bluttriefende Wunde am Bauch. »Ich benötige heiße Öl- und Kräutermischungen zur Wundversorgung. Wir bringen ihn zum Schloss!« Andreas verband die Verletzung notdürftig mit weiteren Kleidungsstücken, ließ sich einen Mantel reichen, den er über den eigenen entblößten Oberkörper zog, und bestieg sein Pferd. Gemeinsam mit dem alten Muntprat und Hans von Ulm hievten sie den Schwerverletzten vor Andreas in den Sattel. Im Schloss angekommen, ließ sich Reichlin aus Küche und Wald verschiedene Öle und Kräuter bringen, rührte einen Trank zur Stärkung des geschwächten Körpers an, flößte diesen dem Patienten ein und tränkte darin die Wergtücher, mit denen er die Wunde nach einem erneuten Abfließen des Blutes verband. Mehr konnte er nicht tun. Reichlin folgte der Bitte des alten Muntprat, noch eine Nacht über die Gesundheit von dessen Sohn zu wachen.

Geschockt von dem traurigen Ereignis, ließen die übrigen Gäste ihre Habe in die edlen Kutschen und auf die bereitliegenden Boote packen und traten vorzeitig den Heimweg an. Andreas hatte keine Gelegenheit mehr, Anna oder ihren Bruder zu sehen. Als Johann am nächsten Tag das Bewusstsein zurückerlangte und Anzeichen der Besserung zeigte, überließ Andreas die weitere Versorgung einem Wundarzt aus Arbon. Reichlin borgte sich ein Pferd, welches ihn über den Landweg zurück nach Konstanz brachte. Zuvor hatte er noch erfahren, dass der Brautvater während des im Anschluss an die Jagd geplanten Festabends den Hochzeitstermin seiner Tochter Anna von Ulm mit Johann Muntprat offiziell bekannt geben wollte …

Die Tage wurden kürzer und kühler. Der Nebel hüllte den See in ein graues Nichts. Genau so schnell, wie die Pest nach Konstanz gekommen war, verschwand sie wieder. Keiner wusste, wo sie herkam und wo sie hinging. Eines Tages erhielt Andreas zu seiner großen Freude Post von Enea.

»Eneas Silvius salutem plurimam dicit, grüßt Andreas Richilus, den Medicus von Konstanz.

Wie Du weißt, herrschte in den vergangenen Monaten die Pest in Basel. Zahlreiche Prälaten des Konzils und eine unendliche große Zahl an Bürgern hat die Seuche in den Tod gerissen. An einem Tag wurden über 300 Kadaver begraben. Ich habe einige carissimos amicos, teure italienische und deutsche Freunde, verloren. Auch mich hat die Pest nicht verschont. Als ich spürte, dass sie mich packte, habe ich meine Freunde zu mir gerufen, und ich bat sie, sich von mir zu entfernen, da sie sich in die Gefahr der Ansteckung brachten, wenn ich im Sterben lag. Einige flohen tatsächlich, andere blieben trotz der Todesgefahr bei mir. Ich habe meinen deutschen Diener Johannes Steinhof und meinen italienischen Diener Pietro di Giuliano gefragt, welchen Arzt sie mir empfehlen könnten, nachdem ich vergeblich versucht hatte, Dich, amicum meum, zu errei-

chen, aber keine Antwort erhielt. Sie teilten mir mit, wohlwissend, dass es keine sichere Heilung von der Pest gab, dass derzeit ein gelehrter Arzt aus Paris in der Stadt sei, der aber keine glückliche Hand habe, sowie ein unwissender Deutscher, der vom Schicksal begünstigt sei.

Es wird Dich mit Sicherheit interessieren, wie der deutsche Arzt mich geheilt hat. Ich hatte Pestbeulen in der linken Leiste. Also hat er mich am linken Fuß zur Ader gelassen. Dann durfte ich den ganzen Tag und einen Teil der Nacht trotz größter Müdigkeit nicht schlafen. Außerdem gab der Arzt mir ein Pulver, dessen Zusammensetzung er nicht verraten wollte. Auf den Schnitt des Aderlasses und die Beulen brachte er Wurzeln von grünem, saftigem Rettich und feuchter Erde an. Ich glaube nicht, dass das sehr wirkungsvoll war. Doch das Fieber stieg und verursachte ein fürchterliches Kopfweh. Ich ließ nach dem Priester rufen, um zu beichten, die Kommunion und die letzte Ölung zu bekommen. Da fiel ich ins Delirium, und man sagte mir, dass ich auf Ansprache mit Sätzen ohne Sinn reagiert habe. Du wirst es nicht glauben, aber man verbreitete schon die Nachricht, ich sei gestorben.

Doch dann geschah ein Wunder. Die göttliche Liebe hatte Mitleid mit mir, und nach sechs Tagen war ich genesen. Ich bot dem Arzt sechs Ducaten an. Doch er war ein außergewöhnlich guter Mann und wies eine solche Summe mit den Worten zurück: ›Wenn Du möchtest, dass ich soviel Geld annehme, werde ich sechs arme Kranke ohne jede Bezahlung behandeln.‹ Er schwor, dass er das machen würde.

Der Herrgott wollte mich noch nicht bei sich haben, darum werde ich weiter für ihn und das Konzil kämpfen. Wir haben weltverändernde Dinge geplant, über die ich Dich noch nicht informieren kann. Aber Du wirst auch in Konstanz bald davon hören.

Valde, Lebe wohl!«

Damit schloss er den Brief.

Eneas erstes Schreiben, mit der Bitte nach Basel zu kommen, hatte Andreas in den Wirren der Zeit nie erreicht. Er wusste, dass auch dort Hunderte von Seelen ins Totenreich gezerrt worden waren, war aber mit der Katastrophe in der eigenen Stadt so beschäftigt gewesen, dass er dem Freund nicht hätte zu Hilfe eilen können. Was schrieb Enea außerdem? Er habe weltverändernde Dinge geplant? Andreas konnte sich keinen Reim aus diesen Andeutungen machen. Es blieb ihm keine Zeit, darüber nachzudenken, denn der Bischof verlangte nach ihm.

Im Bischofspalast herrschte höchste Aufregung. Seine Exzellenz konnte den Medicus aufgrund von wichtigen, unerwarteten Unterredungen mit dem bischöflichen Beraterstab nicht empfangen.

Andreas interessierte, was die geistlichen Gemüter in Aufruhr versetzte. Einige Gesandte des Basler-Konzils hatten sich vor dem Bischofspalast versammelt. Reichlin gesellte sich zu ihnen und erkundigte sich nach ihrem Auftrag.

»Es gibt einen neuen Papst«, verkündete einer der Herren auskunftsfreudig.

»Ich wusste nicht, dass Papst Eugen gestorben ist«, wunderte sich Andreas.

»Genau gesagt, gibt es zwei Heilige Väter!«

»Zwei heilige Väter?«, wiederholte Andreas ungläubig.

»Ja, es heißt, das Konzil hat Eugen IV. abgesetzt und einen neuen Papst gewählt.«

»Ich wusste nicht, dass man einen Papst absetzen kann!« Andreas kam aus dem Staunen nicht heraus.

»Amadeus VIII., Herzog von Savoyen, ist jetzt Papst Felix V.!«

»Der Herzog von Savoyen ist Papst Felix V.?«, fragte Andreas ungläubig. »Und was sagen Eugen, sein Gefolge und der Vatikan dazu?« Was den Medicus aber viel mehr interessierte, war die Frage, ob Eneas Andeutungen etwas damit zu tun hatten? »Kennt Ihr Piccolomini, den Italiener, Schreiber am Konzil?«

»Ihr meint den Sekretär des neuen Papstes, Enea Silvio Piccolomini? Selbstverständlich kenne ich ihn«, ereiferte sich ein junger Gesandter. »Er hat dem Konklave in Basel als Zeremonienkleriker und Notar angehört. Er begleitete auch die Konzilsgesellschaft, die dem Herzog von Savoyen mitteilte, dass er zum Papst gewählt wurde. Dieser weilte nämlich am Genfer See in seiner Einsiedelei in Ripaille. Und ich gehörte dieser Gesandtschaft auch an«, fügte er stolz hinzu. »Piccolomini bezeugte als Notar, dass Amadeus die Wahl angenommen hat.«

Ein Konklave, also eine Versammlung der Kardinäle zur Papstwahl, in Basel und nicht in Rom? Andreas verstand die Welt nicht mehr. Und Piccolomini war der Sekretär dieses neuen Papstes?! Unglaublich! Was wohl Nikolaus dazu sagen würde, der ja Anhänger von Papst Eugen war?

Plötzlich vergaß Andreas die Neuigkeiten, denn in diesem Moment sah er Anna über den Münsterplatz eilen.

»Darf ich fragen, wie es Dir und Deiner Familie geht, Anna?« Anna errötete, als Andreas auf sie zuging und sie ansprach.

»Es geht uns gut. Wie Du weißt, waren wir während der Schreckenszeit auf Burg Marbach und damit in Sicherheit.«

»Wie geht es Johann Muntprat?« Andreas konnte sich die Frage in Erinnerung an den Jagdunfall nicht verkneifen. Er wusste, dass der junge Mann dank seiner Hilfe überlebt hatte.

»Ich habe gehört, es geht ihm gut«, antwortete Anna. »Ihr habt ihm das Leben gerettet.«

Andreas fiel auf, dass Anna zunächst rot und dann bleich geworden war.

»Geht es Dir wirklich gut, Anna?«

»Ja!«, doch plötzlich standen der jungen Frau die Tränen in den Augen.

»Was ist los, Anna?«

»Ich muss weiter, Andreas! Auf Wiedersehen.«

Andreas konnte den Gruß kaum erwidern, da waren Anna und ihre Zofe schon verschwunden.

Hans…, dachte Andreas, Hans von Ulm schuldete ihm noch einen Gefallen, und wenn es nur die Auskunft über Annas Wohlergehen war. Er würde ihn am Abend im Wirtshaus treffen.

»Bei einem ausgesprochen bösen Weib muss man zuerst versuchen, mit freundlichen Worten und Ermahnungen eine Besserung zu erreichen. Fruchtet das nicht, dürft ihr nicht nur, sondern müsst ihr körperlich züchtigen, damit sie fügsam und gehorsam wird.

Versucht's erst mit der Hand. Und wenn das nicht hilft, so schlagt sie besonders morgens im Bett mit der Gerte. Und will die Gerte nichts helfen, so besorgt Euch einen Prügel vom Mispelbaum und gerbt ihr damit die Lende...«

Andreas blieb stehen und hörte kopfschüttelnd die mit schwerer Zunge formulierten Worte des Clas Flar.

»Recht hat er!«, lallte eine weitere raue Stimme.

»Ah, der Herr Medicus.« Flar bemerkte, dass Andreas in der Tür stand. Eigentlich war das Wirtshaus kein Aufenthaltsort für die Zünftler. Doch der alte Wirt war vor kurzem gestorben, und Flar hatte wohl die Unerfahrenheit des jungen Wirtssohns ausgenutzt und sich mit seinen Anhängern Zugang verschafft. Andreas schenkte dem angetrunkenen Flar keine Beachtung und sah sich in dem mit einigen Kerzen erhellten, verräucherten Raum um. Zwei weitere Tische waren im hinteren Teil der Schankstube von Männern besetzt, welche Andreas nicht kannte. Vermutlich handelte es sich um Durchreisende. Hans war nicht zu sehen.

»War Hans von Ulm heute Abend hier, Walter?«, wandte sich Reichlin an den jungen Weinschenk.

»Nein, Herr Medicus, ich hab' ihn nicht gesehen!«, antwortete dieser freundlich. Es war nicht zu übersehen, dass er die Gesellschaft des Flar und dessen Konsorten mit beinahe ängstlichem Misstrauen beobachtete und Andreas für dessen Anwesenheit dankbar war.

»Er und seine Freunde kommen meist später. Wollt Ihr bei einem Glas Dünnbier Platz nehmen, Doktor, und auf ihn warten?«

»Ihr wartet auf den Ulmer?«, mischte sich Flar ungefragt ein. »Na, da bin ich mal gespannt, ob der sich noch in die Öffentlichkeit wagt!«

Man merkte, wie Flar bemüht war, seine Zunge in den Griff zu bekommen. Andreas versuchte, den Worten des Merzlers keine Beachtung zu schenken. Doch schien dieser etwas zu wissen, was noch nicht bis zu Reichlins Ohren vorgedrungen war, und er wurde, ohne es zu wollen, neugierig. Er nahm an einem Tisch Platz, um auf Hans zu warten.

»Ein Dünnbier, Herr Medicus?«, fragte Walter.

»Ja!«

»Ja, ja, die Familie von Ulm…«, begann Flar erneut herausfordernd, während seine Saufkumpanen ihr Gerede über Weiber und Wein unter lautem Rülpsen fortsetzten. »Ich würde mir in Zukunft überlegen, mit welcher Familie ich verkehre«, provozierte Flar erneut. Unverkennbar brannte es Clas unter den Nägeln, Andreas etwas Unerfreuliches honigsüß mitzuteilen. Er rang förmlich nach den richtigen Worten, um sein Wissen dem Arzt mundgerecht und möglichst treffsicher vor den Latz zu knallen.

Andreas war froh, dass Walter ihm in diesem Augenblick das Bier brachte und er nicht auf Flars Reden reagieren musste.

Dieser fuhr ohne zu zögern fort:

»Da würde ich mir ein Beispiel am Muntprat nehmen, der will mit dem alten Heinrich und dessen Brut nichts mehr zu tun haben!« Flar genoss sichtlich den Augenblick. Andreas' Muskeln spannten sich gegen seinen Willen an. Er spürte, wie ihm das Blut in den Kopf stieg.

Beherrsch Dich! Bleib ruhig! Am Besten, Du gehst wieder, sagte er zu sich selbst. Doch wie mit einer unsichtbaren Kette verankert, blieb der Arzt verkrampft auf seinem Stuhl sitzen.

»Aber das interessiert Dich ja nicht!«, fuhr Flar fort. »Trotzdem«, Clas stand auf und schlurfte zu Andreas' Tisch, »ich glaube, Du hast noch nicht gehört, was passiert ist, aber als Konstanzer sollte man das wissen!«, lallte er.

»Ich habe Dich nicht gebeten, an meinen Tisch zu kommen, Flar!«

»Aber ich glaube, Du wirst es gleich tun, Reichlin! Sonst muss ich laut erzählen, was für ein Ungemach die Familie von Ulm umgibt!« Flar hatte ein hinterhältiges Lächeln auf den Lippen und erschien plötzlich erstaunlich nüchtern und klar.

Andreas wurde kurz unsicher. Sollte er den vom Wein so gesprächigen Merzler an seinen Tisch sitzen lassen?

»Walter«, rief er entschlossen, »zahlen!«

Andreas legte dem Wirt das Geld auf den Tisch, stand auf und begab sich grußlos zum Ausgang.

»Du wolltest doch schon immer wissen, was mit der alten Ulmerin passiert ist, hab ich Recht?«, polterte Flar dem Medicus hinterher.

Das war es also, es ging um Annas Mutter. Natürlich hatte Andreas Interesse daran, zu wissen, was mit ihr passiert war. Schließlich war ihr Verschwinden äußerst geheimnisumwittert. Doch aus dem lästerlichen Mundwerk des Merzlers wollte Andreas nichts erfahren.

»Du wirst es nicht glauben, aber durch Zufall habe ich gehört, was sich zugetragen hat, und nicht nur ich, sondern, wie es scheint, der Muntprat auch. Ich bin der Meinung, Du als guter Freund vom Ulmer solltest wissen, mit wem Du es zu tun hast.« Clas torkelte Andreas bis zur Tür hinterher.

»Lass mich in Ruhe, Clas! Dein Geschwätz interessiert mich nicht!« Andreas bestieg sein Pferd, gab ihm die Sporen, galoppierte nach Hause und ließ den hämisch lachenden Flar im Türrahmen stehen.

Vor der Haustür angekommen, besann er sich. Es war noch nicht zu spät, bei den Ulmern vorbeizureiten und Hans vor Flars Getratsche in der Stadt zu warnen. Reichlin wendete sein Pferd.

Die Magd öffnete die Tür des herrschaftlichen Patrizierhauses. Andreas hatte Glück, der junge von Ulm war in der Stube.

»Andreas!«, rief er sichtlich erfreut, »was führt Dich zu uns?«

»Sei gegrüßt, Hans! Ich hoffe, Euch geht es gut und alle sind gesund!«

»Schon Recht, Andreas. Wir sind gesund. Anna schwächelt ein bisschen. Sie ist in letzter Zeit so blass.«

»Hat sie Kummer?« Andreas versuchte, beiläufig zu klingen.

»Ach, Andreas, ich möchte nicht darüber reden. Es ist keine schöne Geschichte.«

»Weißt Du, Hans, das ist der Grund, warum ich gekommen bin«, begann Andreas vorsichtig. »Flar erzählt beim Schankwirt seltsame Dinge über Eure Familie.«

»So, was erzählt er denn?«

»Zum Beispiel – ich sag es ungern, aber ich glaube, Du solltest es wissen – dass die Muntprats nichts mehr mit Euch zu tun haben wollen. Was ist los? Was ist passiert? Anna war dem Johann versprochen!«

»Nun, wie soll ich anfangen? Es, es geht um unsere… Mutter«, man merkte, wie schwer ihm das Wort über die Lippen glitt. »Wir durften und wollten nicht darüber reden. Doch der Johann hat die Geschichte über sie erfahren. Ich weiß nicht wie – vielleicht von Clas, der seine Nase in alle Angelegenheiten steckt, die ihn nichts angehen.«

»Hans, ich bin Arzt und Dein Freund. Als Medicus habe ich gelernt, zu schweigen. Es hilft, sich jemandem anzuvertrauen.«

Eine Pause hüllte die Stube in Schweigen. Dann begann Hans zu erzählen:

»Kanntest Du meine Mutter?«

Andreas dachte an den Zwischenfall vor vielen Jahren auf dem Marktplatz und erinnerte sich schemenhaft an eine schlanke, hochgewachsene Frau mit dunklen Augen, welche in die Kostbarkeit der Stoffe versunken war und das Treiben um sich herum vergessen hatte. Erst jetzt fiel ihm auf, dass damals Hans und nicht die Mutter zum Trösten des Mädchens gekommen war.

»Nur flüchtig«, antwortete Reichlin.

»Ich erinnere mich an sie als eine schöne Frau. Doch sie kümmerte sich wenig um uns und unseren Vater, lebte in ihrer eigenen Welt. Vater war schon damals oft auf Burg Marbach und ließ sie ob ihrer Eigensinnigkeit allein in Konstanz zurück. Sie schrie uns oft an, war ungeduldig. Ich glaube, sie war überfordert mit dem Haushalt und den Dienstboten. Dann war sie eines Tages weg, spurlos verschwunden. Keiner weiß, wo sie sich seit damals aufhält. Es gibt Vermutungen, und diese werden jetzt vermutlich durch Flar wieder geschürt: Sie soll mit einem Landstreicher aus Augsburg, Martin soll er heißen, die Stadt verlassen haben. Damit sie nicht erkannt wurde, heißt es, hat sie sich wie eine Bettlerin in eine Decke gehüllt. Sollte das wahr sein, wäre mein Vater ruiniert. Diese Geschichte, von der niemand weiß, ob sie wahr ist, muss dem Johann Muntprat zugetragen worden sein. Der Kerl glaubt das und hat, auch im Namen seines Vaters, sein Ehegesuch zurückgezogen. – Was für eine Schande für unsere Familie! Ich glaube aber, diese Geschichte kam dem Johann genau recht, weil er es doch vorzieht, eine Humpis zu ehelichen. Ist ja verständlich, die Verbindung ist besser für die Geschäfte der Familie. Anna geht nächste Woche zu den Dominikanerinnen.«

Anna ins Kloster, Andreas traute seinen Ohren nicht.

»Du kennst meine Verehrung für Deine Schwester, Hans. Sie wird nicht ins Kloster gehen. Dafür sorge ich, denn ich werde Deinen Vater erneut um ihre Hand bitten.«

Die vermögensrechtlichen Fragen waren schnell geklärt, und die Morgengabe, welche Andreas seiner Braut bot, war überaus großzügig bemessen. Die finanziellen Angelegenheiten wurden in einem schriftlichen Ehevertrag zwischen Anna und Andreas festgehalten. Das Verlöbnis und die Trauung mit dem priesterlichen Segen zelebrierte das Paar im kleinen Kreis beider Familien im Haus der von Ulm.

1442

Vollkommenheit in Aachen

»Was hat Konstanz zahlen müssen, dass Du zum königlichen Berater ernannt wirst?«, wollte Andreas von Ulrich Blarer wissen. Blarer vertrat den Konstanzer Rat in Aachen bei der Krönung des neuen Königs und anschließend in Frankfurt auf dem Reichstag. Gemeinsam mit Ulrich Eiseh, dem Vertreter der freien Reichsstadt Überlingen, waren sie in Aachen auf der Suche nach einem Wirtshaus, in welches man noch Zugang hatte, ohne von den Menschenmassen erdrückt zu werden.

»Richilus, wir reisen nach Aquisgrana zur Krönung und begleiten den König zum Reichstag nach Frankfurt!« Damit hatte Heinrich von Hewen Andreas vor einigen Wochen überrascht. Nach dem Tod Kaiser Sigismunds bestiegen mit Albrecht II., der nur ein Jahr regierte, und jetzt Friedrich die Habsburger den Thron. Reichlin freute sich über die Aussicht, als Arzt des Bischofs an diesem Spektakel in Aachen, der Stadt Karls des Großen, teilzunehmen.

»Ich frage mich, was Überlingen gezahlt hat, dass Eiseh die gleiche Ehre zuteil wird?«, gab Blarer die Frage weiter an Eiseh.

»Reden wir nicht darüber«, antwortete der Überlinger, »es zahlt sich für uns als Reichsstädte aus. Der König gibt uns Privilegien. Ein gutes Einvernehmen mit Seiner Majestät ist stets von Vorteil.«

»Macht Platz! Macht Platz!«, hallte es plötzlich durch die Straßen. »Macht den Weg frei für den Herzog Friedrich II. von Sachsen.«

Die Menschen stoben auseinander, und eine gewaltige Staubwolke kam auf die Bodenseeler zu, die sich ebenfalls zum Straßenrand begaben und den sich nähernden Tross beobachteten. Auf einem prächtig geschmückten Pferd kam in einem kostbaren, wehenden, wappengeschmückten Umhang der Herzog herangeritten.

Ihm folgte ein schier endloser Zug, bestehend aus wohl mehr als 30 Reitern, beinahe 100 Schützen, unzähligen Fußsoldaten, Bannerträgern sowie weiterem Volk.

»Im Gefolge des Pfalzgrafen bei Rhein sollen 700 Reiter sein«, rief Eiseh Blarer und Reichlin durch das Getöse von Hufgetrappel und marschierenden Füßen zu, während er seinen staubigen Umhang ausklopfte.

»Die erlassenen Privilegien lässt sich der Kaiser ebenfalls gut bezahlen«, nahm Blarer das Gespräch wieder auf, als der Herzog mit seinem Gefolge vorbeigezogen, eine Unterhaltung in normaler Stimmlage wieder möglich war und sie immer noch kein geeignetes Wirtshaus gefunden hatten.

»Dabei ist die Reichssteuer, die wir zahlen müssen, hoch genug«, fiel ihm Eiseh ins Wort.

»Das haben wir in Konstanz geschickt gelöst. König Sigismund hat am Konstanzer Konzil aufwändig Hof gehalten und bei Stadt und Bürgern ein Darlehen von 6000 Gulden aufgenommen.«

»Aus welch' einer reichen Stadt Ihr kommt, dass Ihr einen solchen Betrag übrig habt!« Eisehs Bemerkung klang ironisch.

»Nichts für ungut«, antwortete Blarer. »Seit damals sind wir im Besitz unserer eigenen Reichssteuer. Der Kaiser hat sie an uns verpfändet. – Das war ein ausgezeichneter Handel für Konstanz. Der König sieht uns als des Reiches lieben Getreuen. Wir huldigen ihm, nicht dem Bischof, und wir sehen uns als des Heiligen Römischen Reiches Stadt – wie Überlingen.«

»Fühlst Du Dich in deiner Position als Stadtarzt und als Arzt des Bischof nicht hin- und hergerissen?«, fragte Eiseh Andreas.

»Nein, lass es mich so ausdrücken: Bischof Heinrich von Hewen ist ein intelligenter Mann. Er spielt sein Amt nicht gegen die Stadt aus. Was ihm allerdings nicht gefällt, ist, dass Konstanz ihm das Recht streitig machen will, zu bestimmen, wer an den Pranger gestellt wird oder Geldbußen bei alltäglichen Verbrechen bezahlen muss. – Meistens aber«, lenkte er zu Blarer gewandt ein, »arbeitet der Rat der Stadt mit dem Bischof sehr wirkungsvoll zusammen. Und das betrifft auch meine Stellung als Hof- und Stadtarzt.«

»Seine Majestät kommt! Seine Majestät kommt! Die königlichen Banner wurden vor der Stadt gesichtet«, jubelte es plötzlich durch die Straße. Kaum vernommen, kamen die ersten Vorreiter, welche das Volk und die Passanten von der Straße jagten und zu einer lebenden, buntbewegten Mauer am Straßenrand zusammentrieben. Majestätisch, mächtig, unaufhaltsam nahmen die vornehmen Reiter, gekleidet in ihre herrschaftlichen, farbenprächtigen Mäntel, auf ihren edlen Pferden Kontur an. Immer lauter wurde das zu einem Dröhnen verschmelzende Trappeln der Hufe. Was ist das für ein Erlebnis, bei so einem Ereignis dabei zu sein!, dachte Andreas.

Unter dem Jubel der Massen näherte sich der König auf seinem schneeweißen Ross. Die Banner des Reiches und der Adler Österreichs wehten stolz im Wind. Seine Majestät ritt in Begleitung dreier Kurfürsten, des Herzogs von Sachsen und der Erzbischöfe von Trier und Mainz in die Stadt ein. Zahlreiche Menschen kamen aus den Häusern auf die Straße und geleiteten den König feierlich auf seinem Weg zum Münster. Die drei Herren vom Bodensee nutzten die Gelegenheit, um endlich einen Platz im nächstliegenden Wirtshaus zu bekommen.

Schon wenige Tage später stand Andreas, umgeben von der jubelnden Menge, vor dem Aachener Gotteshaus und sah, wie der frisch gekrönte König mit dem Szepter in der Hand die kaiserliche Kirche verließ und sich mit den Kürfürsten Richtung Rathaus begab. Der Medicus hatte während der Krönungszeremonie keinen Zutritt zum Münster erhalten. Jetzt beobachtete er, wie die Bischöfe, Grafen, Herzöge sowie die Fürsten Seiner Majestät folgten und das Gotteshaus sich leerte.

Die Neugier trieb Andreas in die stimmungsvolle, von Kerzenschein erhellte, kaiserliche Kirche. Schon beim Blick durch das Portal eröffnete sich ihm eine andere, aber nicht unbekannte Welt. Hier in Aachen hatte er jedoch ein solches Bauwerk nicht erwartet. Seine Augen schweiften über die reich mit Blattwerk geschmückten Säulen, wie er sie allein aus Italien kannte. Darauf lasteten mit verschiedenfarbigen Steinen gezierte Bögen. Ein mit kostbaren Mosaiken geschmücktes kuppelähnliches Gewölbe schloss den Raum himmlisch nach oben ab. Padua und San Antonio mit seinen Kuppeln und Säulen kamen ihm in den Sinn. Das Aachener Gotteshaus wirkte so italienisch! Wie viele Geschosse hatte es hier? Auf wie vielen Umgängen konnte man den Raum umkreisen?

»Breite, Länge und Höhe der Kirche sind gleich«, hörte Andreas eine fremde Stimme neben sich.

»Die von Gott gesandte Vollkommenheit und die Harmonie wird in unserem irdischen Dasein mit Zahlen ausgedrückt.«

Diesen Satz hatte Andreas schon einmal gehört – von Leon Battista Alberti!

»Die Pfalzkapelle Karls des Großen nimmt direkten Bezug auf das Abbild des himmlischen Jerusalems«, fuhr die Stimme fort, welche einem Mönch in dunkler Kutte gehörte, »dem Ort der Seligen, den der Evangelist Johannes in seiner Apokalypse beschreibt. Der innere Umfang des Oktogons weist zwölf mal zwölf Fuß auf. Die Zwölf verweist in der Bibel auf die zwölf Stämme Israels, die zwölf Apostel und auf die zwölf Monate eines Jahres. Die Kirche ist als Achteck mit einem sechszehneckigen Umgang konzipiert. Die Zahl acht gilt als heilige Zahl und symbolisiert Harmonie und Vollkommenheit. Seht Ihr die Säulen?«

Andreas kam nicht dazu, auch nur ja zu sagen, denn die Stimme neben ihm erklärte ruhig weiter:

»Vor über 600 Jahren hat Karl der Große die kostbaren Marmorsäulen aus Rom über die Alpen nach Aachen schaffen lassen, um sich die Kapelle zu erbauen. Denn Ihr müsst wissen, unser Aachen ist das neue Rom nördlich der Alpen. Die Mosaike kommen aus Ravenna in Italien. Und die Marmorplatten für den Thron Karls des Großen, auf dem vorhin der neugekrönte König saß, stammen vom Heiligen Grab in Jerusalem.«

Jerusalem und die Grabeskirche würde er nie sehen, aber immerhin kannte Reichlin nun schon zwei Bauten, denen dieses im gelobten Land liegende Werk als Vorbild diente. Denn in Konstanz stand die kleine Mauritius Rotunde, die Bischof Konrad vor bald 500 Jahren, allerdings in französischen Formen, nach der allerheiligsten Grabeskirche Christi in Jerusalem hatte bauen lassen.

»An Weihnachten des Jahres 800 ließ sich Karl, bald 400 Jahre nach dem endgültigen Zerfall des weströmischen Reiches, zum römischen Kaiser krönen – aber nicht hier, sondern natürlich in Rom, wie alle römischen Kaiser. Denn er sah sich als Nachfolger der Cäsaren und orientierte sich bewusst an den großartigen Bauwerken der mächtigen Kaiser der Antike. Allerdings war er ein christlicher Kaiser, der die Atmosphäre des Heiligen Jerusalem spüren wollte. Er hatte ja als Beschützer des Papstes und des christlichen Glaubens den Thron bestiegen. Sein Leichnam liegt übrigens in einem wunderschönen römischen Sarkophag, den er extra von Italien hierher transportieren ließ.«

Andreas staunte. Die Gedanken zum Bauen erinnerten ihn an seine italienischen Freunde, an Alberti, Enea und den Paduaner Kreis.

»Wo ist denn der Sarkophag?«

Andreas' Frage verhallte ungehört. Der Mönch war genauso klanglos verschwunden, wie er erschienen war.

Reichlins Gedanken schweiften zu Alberti. Der Italiener hatte erkannt, wie bedeutend für Vitruv der Zentralbau war, mit den runden Formen und den mehreckigen Ableitungen. Ja, die Vollkommenheit der Baukunst verkörpert Macht von außen und bemächtigt sich dessen, der sich im Bauwerk befindet. Außerdem lässt es, wie Andreas feststellte, den Bauherrn unsterblich werden …

Im Anschluss an die Zeremonie der Königskrönung in Aachen reiste Bischof Heinrich von Hewen mit seinem Arzt im Gefolge zum Reichstag nach Frankfurt. Hier versammelten sich unter dem Vorsitz von Seiner Majestät die Stände des Heiligen Römischen Reiches deutscher Nation: die Kurfürsten, die Reichsgrafen, die Reichsprälaten und die Vertreter der Reichsstädte, zu denen auch Konstanz und Überlingen gehörten.

Bischof Heinrich hatte sich auf der langen Reise heftige Kopfschmerzen zugezogen. Andreas schlängelte sich auf seinem Pferd durch das Menschen- und Pferdegedränge in Richtung Stadt-Apotheke, da ihm die Kräuter für das Heilmittel, sein berühmtes Arcanium, ausgegangen waren. Sein Blick haftete dabei auf dem neuerbauten Rathaus, dem sogenannten Frankfurter Römer. Gedankenverloren bewunderte er beim Vorbeireiten die Fassade mit dem imposanten, zum Platz hin ausgerichteten Giebel und den Arkadenbögen im Erdgeschoss.

»Ah, il medico di Constanza!«, erschall plötzlich ein lauter Ruf hinter Andreas.

Aus den Gedanken aufgeschreckt, wandte er sich um und erblickte auf einem herantrabenden Ross Enea Silvio Piccolomini, gehüllt in einen wehenden, mit päpstlichem Wappen versehenen Mantel.

»Was für eine Überraschung! Der poeta laureatus persönlich!«, freute sich Andreas. Sie begrüßten einander voller Freude und ritten ein Stück des Weges gemeinsam. Es hatte sich herumgesprochen, dass der Italiener als Sekretär und Gesandter von Papst Felix und dem Konzil am Reichstag teilnahm und vor einigen Tagen von König Friedrich zum Dichter gekrönt worden war.

»Ah, der Herr Medicus ist gebildet und kennt den berühmten Brauch unserer Vorfahren!« Piccolomini begann zu schwärmen: »Schon Vergil und Horaz waren die gekrönten Dichter von Rom. Als Sieger von Wettbewerben der Poesie erhielten sie den Lorbeerkranz als höchste Auszeichnung. Julius Cäsar und Augustus krönten ihre Dichter auf dem Kapitol, gleich Triumphatoren. Wie die Kaiser im Krieg höchste Meisterschaft bewiesen, so verdienten sich diese hervorragenden Poeten ihre Lorbeeren durch das Studium des Geistes.«

»Es ist mir klar, Enea, dass Deiner Eloquenz kein anderer unserer Zeit gleichkommt. Doch wie hast Du des Königs Aufmerksamkeit gewinnen können?«, unterbrach Andreas den Dichter.

»Ich trat vor dem König auf und gab ihm eine Kostprobe meiner Liebesgedichte. Seine Majestät amüsierte sich aufs Prächtigste, so dass ich es wagte, dreist zu werden. Ich schlug Friedrich vor, mich zum Dichter zu krönen. Und, Du glaubst es nicht, Friedrich war begeistert von der Idee. Es ist zwar außergewöhnlich, dass diese Handlung in Frankfurt und nicht in Rom vorgenommen wird, doch Friedrich ist ein kluger Mann. Er hat verstanden, dass ein gelehrter Redner seinem Ansehen nur von Vorteil sein kann.«

Piccolomini schwellte die Brust, und der kleine Mann wuchs mit diesen Sätzen im Sattel. Selbst sein säuberlichst gestriegelter Schimmel erhob den prächtigen, mit päpstlichem Zaumzeug geschmückten Kopf und stellte stolz die Ohren.

»Und welche Privilegien bringt Dir der Lorbeerkranz?«, fragte Andreas interessiert.

»Ruhm und Ehre, amicus meus! – Außerdem darf ich überall öffentlich die Werke der Alten und meine eigenen Dichtungen vortragen. Ich bin gleichgestellt mit einem Professor der Künste und habe die offizielle Befugnis, Vorlesungen an den Universitäten zu halten, zum Beispiel in Wien. Außerdem steht der gekrönte Dichter selbstverständlich über dem Magister.«

»In Wien?«, fragte Andreas erstaunt, »wie kommst Du auf Wien?«

»Kannst Du Geheimnisse behalten?«, fragte Enea den Medicus mit durchdringendem Blick.

»Meine Lippen sind verschlossen wie eine uneinnehmbare Ritterburg!«, entgegnete Andreas. Inzwischen hatten sie ihre Pferde im Getümmel zum Stehen gebracht.

»Ich habe tatsächlich vor, nach Wien zu gehen.«

»Aber Du arbeitest für Papst Felix und für das Konzil. Willst Du etwa wie Nikolaus das Konzil verlassen?«

»Der König hat mich gefragt, ob ich als Sekretär in seine Dienste trete. Eigentlich graut es mir davor, nach Wien, in diese Stadt von Barbaren, zu gehen. Dort herrscht literarische Rohheit, und wieder bin ich unter fremden Sitten und Menschen in einem fremden Land, fern meiner geliebten Heimat. Bevor ich zustimme, werde ich Papst Felix fragen, ob er in meine Entlassung aus seinem Dienst einwilligt. Am Konzil gibt es viele Unstimmigkeiten und

Zankereien. Wohl fühle ich mich dort schon lange nicht mehr, und«, fügte er hinzu, »die Bezahlung ist auch schlecht. Dennoch möchte ich nicht mit Felix und meinen Freunden brechen.«

»Und was erwartet Dich beim König?«

»Auch das ist mir unbekannt. Im Streit zwischen Konzil und Päpsten verhält sich Friedrich ziemlich neutral.«

»Aber eben nur ziemlich. Es ist bekannt, dass er Felix nicht als Papst anerkennt. Du begibst Dich also mit mehr als einem Fuß auf die Gegenseite. Beginnst Du, Nikolaus' Wechsel zu Papst Eugen zu verstehen?«, wagte Andreas zu fragen, der sich an Piccolominis ungehaltene Äußerungen über Krebs aufgrund des Frontwechsels von Nikolaus zu Papst Eugen beim letzten Zusammentreffen erinnerte.

»Nikolaus ist ein brillanter Geist. Dennoch habe ich kein Verständnis für seinen Stimmungswechsel.«

Kaum hatte Enea die Sätze ausgesprochen, traute Andreas seinen Augen nicht. Er erkannte im Gedränge Nikolaus mit seinem Gefolge. Als der Cusaner sie erblickte, lenkte er seinen Braunen direkt auf den Sekretär und den Medicus zu. Andreas freute sich, den Kommilitonen und Weggefährten nach so vielen Jahren wiederzusehen. Er hatte gehört, dass Krebs als Vertreter Papst Eugens in der Stadt war. Es versprach, spannend zu werden. Schließlich vertrat der eine den römischen Papst und der andere dessen größten Gegner, den Konzilspapst, dessen Anerkennung in Rom verweigert wurde.

»Was für eine Freude, Dich zu sehen!«, rief Enea Nikolaus mit italienischer Unbekümmertheit über den Platz zu. Auch Nikolaus konnte ein Lächeln über das sprudelnde Temperament des einstigen Freundes nicht verbergen. Ein inneres Band, ein tiefes Gefühl von Bewunderung und Respekt, verknüpfte die beiden Seelen, das hatte Andreas schon immer gespürt. Vielleicht würde Enea doch noch sein italienisches Herz für den römischen Papst, den Heiligen Vater seiner Heimat, öffnen!

»Sei gegrüßt, Andreas, es ist eine Freude, Dich zu sehen! Stehst Du immer noch als Medicus im Dienst des Bischofs von Konstanz?«, begrüßte er zunächst auf Deutsch seinen Landsmann, um dann auf Lateinisch, etwas distanziert Enea zugewandt, fortzufahren:

»Es ist mir eine Ehre, den Poeta laureatus zu begrüßen! Du bist als Vertreter des Herzogs von Savoyen auf dem Reichstag?«

»Nein, amicus meus, im Dienst von Papst Felix V.«

»Wir haben nur einen Papst, und das ist Eugen! Wenn der Herzog von Sayoen weiterhin Anhänger hat, werden wir nie eine Einigung und Frieden in unserer verletzten Kirche bekommen. Nur gemeinsam haben wir die Kraft der Vernunft zur Annäherung an den verborgenen Gott!«

Andreas befürchtete, dass nun doch noch Unstimmigkeiten das seltene Zusammentreffen trüben könnten.

»Ich habe gehört, Du sitzt wieder an einem neuen Buch, Nikolaus«, versuchte Andreas das Thema der Schreibkunst aufzunehmen, das ihm spontan geeignet erschien. »Woher nimmst Du als päpstlicher Gesandter, der tagelang im Sattel sitzt und immer wieder nördlich und südlich der Alpen unterwegs ist, nur die Zeit dafür, um Deine Gedanken in Worte zu fassen?«

»Ja, Andreas, das ist in der Tat ein Problem. Ich muss lernen, mich kürzer zu fassen. Gerade ist meine Schrift *De coniecturis*, Mutmaßungen, fertig geworden. Viele nächtliche Stunden habe ich bei Kerzenlicht mit der Abfassung zugebracht.«

Enea und Nikolaus waren beide schriftstellerisch tätig. Doch während der Italiener die antiken Schriften nacherlebte, in rhetorischen Formulierungen schwelgte und ästhetische Meisterwerke schuf, grübelte der Deutsche bei den klassischen Versen über den theologischen und philosophischen Fragen. Bei ihm trat das Ästhetische, die Suche nach schönen Worten, hinter dem Ethischen, dem Sinnieren über den Sinn der Welt, zurück.

»Es tut mir leid, Freunde«, Andreas stellte erschrocken fest, dass er wegen des unerwarteten Wiedersehens die Zeit vergessen hatte, »der Bischof wartet auf seinen Heiltrank. Ich muss mich sputen!«, verabschiedete er sich eilig von Krebs und Piccolomini. – Es sollten einige Jahre vergehen, bis es in der ewigen Stadt zu einem erneuten Zusammentreffen kommen sollte …

1446

Die Welt dreht sich weiter…

»Hast Du gehört?«, fragte Anna ihren Gemahl, »der Flar hat sein Eheweib hinter verschlossenen Türen verdroschen?!«

»Ja, Bürgermeister Ulrich Blarer hat es mir erzählt. Clas musste vor ihm geloben, dass er seine eheliche Wirtin nicht mehr grundlos schlecht behandelt, nicht mehr schlägt und vor allem nicht hinter verschlossenen Türen straft. Er darf sie nur noch öffentlich vor Leuten züchtigen. Wenn er jetzt dagegen verstößt, wird er wegen Körperverletzung und wegen Eidbruch bestraft.«

»So ist das richtig! Auch wenn ich die Johanna nicht mag. Sie hat so einen gewalttätigen Mann nicht… au…!«, kam es unterdrückt und unerwartet mitten im Satz aus Annas Mund. Sie wurde zu einer kurzen Sprechpause gezwungen, bemühte sich aber, den heftig aufkommenden, ziehenden Schmerz zu unterdrücken, versuchte ihren Gesichtsausdruck zu kontrollieren, atmete möglichst unauffällig tief durch, um nach kurzer Zeit fortzufahren: »… verdient!« Sie war dankbar, dass Andreas ihre Unpässlichkeit nicht bemerkt oder einfach nicht beachtet hatte. Denn bis zur Geburt sollten noch wenige Wochen vergehen. Sie wollte und durfte ihrem Gemahl nicht lästig sein. Anna hatte Andreas bereits einen männlichen Erben als Erstgeborenen, zwei weitere Söhne und zwei Töchter geboren. Und damit war diese Eheschließung mehr als erfüllt. Wie durch ein Wunder überstanden alle Kinder die ersten Lebensjahre. Reichlin konnte aufgrund von Heilkräuterkuren und seiner großen ärztlichen Erfahrung einen Teil zur Gesundheit der Söhne und Töchter beitragen. Er war ein strenger Vater. Zärtlichkeit zu zeigen war für ihn undenkbar! Das war weibisch und würde seine Autorität vor der Ehefrau, den Kindern und den Bediensteten in Frage stellen. Wichtig war, dass er seine Söhne zu gebildeten, ehrsamen und gottesfürchtigen Männern erzog. Dies gelang nur, wenn sie Härte, Disziplin und Gehorsam lernten und, wenn nötig, auch körperlich gezüchtigt wurden.

»Die Appenteggerin erzählte mir, dass die Flarerin am liebsten ihrem Mann weglaufen würde. Aber sie denkt an die Kinder, die sonst allein bei dem Kerl bleiben müssten. Außerdem, was machen abgehauene Weibsfrauen, wenn sie aus der Stadt verbannt werden? – Da ertragen sie doch lieber die tyrannische Vormundschaft ihrer Ehemänner. Außerdem hat der Flar ein Verhältnis mit einem ledigen Frauenzimmer, von dem bald jeder weiß. Sein Weib möchte aber nicht, dass es öffentlich wird, dann müssten ja beide vor Gericht. Johanna ist froh, solange er von ihr ablässt!«

»Hat der Georg schon seine Aufgaben gemacht und in der Bibel gelesen?«

Andreas hatte genug vom Weibergewäsch. Es war ihm viel wichtiger, dass sein Sohn den schulischen Pflichten nachkam.

Anna wandte sich an die Magd:

»Wo ist der Georg? Er soll sofort kommen!«

Wenig später stand Andreas' ältester Sohn in der Stube.

»Setz Dich und lies uns aus der Bibel vor!«, forderte Andreas ihn auf.

Georg ging wie einst sein Vater auf die Konstanzer Domschule, um später, so plante Andreas, ebenfalls sein Studium in Italien zu absolvieren.

Der Vater legte dem Jungen die kostbare Abschrift der Bibel vor die Augen, und dieser begann flüssig zu lesen.

»Du hast nicht genug geübt, Sohn!«, warf der Vater ihm vor, als Georg zum ersten Mal ins Stocken geriet. »Wenn Du den nächsten Satz nicht fehlerlos liest, gibt es drei Stockhiebe, und Du beginnst nochmal von vorne!«

Georg hatte den Satz noch nicht beendet, da klopfte es an die Tür.

»Zu Diensten«, die junge Zofe betrat leise und schüchtern das Zimmer, »der Bruder des Herrn Medicus lässt sich melden«, hauchte sie kaum hörbar.

»Mein Bruder?«, staunte Andreas. »Lass ihn eintreten!«

Hinter der Zofe erblickt er das vertraute Gesicht.

»Heinrich!« Andreas freute sich sichtlich, und der Unmut über die Lernstunde mit dem Sohn war im Nu verflogen.

Heinrich begrüßte zuerst Anna, um dann Andreas zu umarmen.

»Das ist mein Sohn Georg«, wies Andreas auf den jungen Studiosus, der schon vom Tisch aufgesprungen war, um dem Onkel artig die Hand zu reichen.

»Anna, nimm den Jungen und verlasst das Zimmer! Ich möchte mit Heinrich allein sein! Wir haben uns viel zu erzählen.«

Georg war sichtlich erleichtert und verschwunden, kaum hatte Andreas den Satz zu Ende gesprochen. Auch Anna war froh, sich entschuldigen zu dürfen, denn mit dem Bruder sprach Andreas sicherlich nur über Männerthemen, und das langweilte sie. Außerdem hatte sie das Bedürfnis, sich aufs Bett zu legen, denn sie spürte schon wieder dieses unangenehme Ziehen im Rücken.

»Seit wann bist Du in der Stadt? Wie geht es Dir? Was gibt es Neues aus Wien?«

Heinrich stand seit einigen Jahren in königlichen Diensten, und Andreas konnte seine Neugierde, den Hof Friedrichs betreffend, nicht zurückhalten.

»Ich bin nur für ein paar Tage auf der Durchreise in Konstanz.«

Nachdem Heinrich Andreas einige Neuigkeiten vom Königshof verkündet hatte, fragte er Andreas:

»Hast Du schon von Eneas Wandlung gehört?«

Als Präfekt am königlichen Hof in Wien hatte Heinrich Reichlin täglich Umgang mit Grafen, Herzögen und bedeutenden Gesandten des Reiches. Er traf zuweilen auch mit dem viel beschäftigten Enea zusammen, der tatsächlich im Anschluss an den Frankfurter Reichstag mit König Friedrich an dessen Hof nach Wien gezogen war.

Aus Heinrichs Stimme war herauszuhören, dass er darauf brannte, sein Wissen über den Italiener auszuplaudern:

»Du wirst es nicht glauben. Er sagt, er habe sich an Venus den Überdruss geholt. Weißt Du, was das heißt? Er hat der körperlichen Liebe abgeschworen. Die Welt der weiblichen Schönheit interessiert ihn nicht mehr! Eros wird seinen Geist nicht mehr zu Gedichten inspirieren. Stell Dir vor, er ist Priester geworden!«

»Enea lebt im Zölibat?«, fragte Andreas ungläubig. »Das hält er nicht aus!«, war sein spontaner Kommentar.

»Und noch etwas, er ist beim König der Anwalt von Papst Eugen. Ja, Du hast richtig gehört! Sein geballter Ehrgeiz gilt nun der Festigung der päpstlichen Macht. Zum Lohn für seine herausragenden Verdienste ist er im Gespräch, zum Bischof von Triest ernannt zu werden.«

Andreas hätte gern mehr über Piccolomini erfahren, doch da stürmte Annas Zofe unaufgefordert ins Zimmer und rief, dass sich die Geburt ankündigte. Im Nu herrschte große Aufregung im Hause Reichlin. Es wurde nach der Hebamme gerufen. Reichlin war als Arzt gefordert, sie zu unterweisen. Sein Bruder Heinrich empfahl sich kurzerhand in gebotener Höflichkeit.

Tatsächlich erblickte der jüngste Sohn des Andreas Reichlin wenige Stunden später das Licht der Welt. Mutter und Säugling überstanden die Strapazen ohne ernsthafte Komplikationen. Am darauffolgenden Tag wurde das Kind im Kreise der Familie auf den Namen Clemens getauft.

1447 – 1453

Die Macht der Baukunst

Im März des Jahres 1447 plagte Bischof Heinrich von Hewen ein starker Husten, und er hatte nach seinem Leibarzt rufen lassen. Andreas setzte soeben sein Hörrohr auf die Brust des Geistlichen, als die Tür zum bischöflichen Schlafgemach infolge eines energischen Klopfens mächtig erschüttert wurde.

»Tretet ein!«, befahl der Bischof.

Ein päpstlicher Gesandter betrat den Raum.

»Ihr kommt aus Rom? Wir erwarten Euch schon mit höchster Spannung! Sprecht, ist der Heilige Stuhl wieder besetzt?«

Kaum hatte Heinrich den Satz beendet, überfiel ihn ein erneuter Hustenanfall.

»Seine Exzellenz, der Hochwürdigste Herr Bischof, habemus Papam! Wir haben einen neuen Papst!«, verkündete der Bote, nachdem von Hewen sich beruhigt hatte. Papst Eugen war im letzten Monat gestorben. Der Gegenpapst Felix V. residierte in Lausanne und Genf, wurde aber beinahe nirgends anerkannt. Zwei Jahre später sollte er gegenüber dem neugewählten Papst zurücktreten.

»Die Herren Kardinäle haben den Italiener Tommaso Parentucelli, den Kardinal von Bologna, zum Pontifex Maximus gewählt.«

Der Gesandte überreichte dem Geistlichen eine Pergamentrolle mit dem päpstlichen Siegel. Der Bischof brach das Siegel und las laut das Schreiben, in dem der neue Papst versicherte:

»Es wird mein ernstes Streben sein, die apostolische Kammer auf ihre alte, bessere Einrichtung zurückzuführen und Missbräuche zu beseitigen. Man möge zu Gott flehen, dass der Allerhöchste mit seiner Gnade mir beisteht, die Kirche gut zu regieren, das Seelenheil zu fördern und die Christenheit gegen die Angriffe der Ungläubigen zu schützen.«

Andreas konnte es kaum glauben. Er hatte mit der Wahl des Kardinals Domenico Capranica zum Heiligen Vater gerechnet, der allgemein als Papst favorisiert worden war und den er aus seiner Studienzeit in Padua kannte. Doch Andreas erinnerte sich auch an den Italiener Parentucelli, der wie Enea und Leon Battista Alberti im Gefolge von Nikolaus Albergati vor vielen Jahren am Basler Konzil teilgenommen hatte. Tommaso war jetzt also das Weltoberhaupt der Kirche, und dies, obwohl er erst seit knapp drei Monaten den roten Kardinalshut trug. Andreas wusste, dass dieser Mann Gelehrsamkeit, literarische Bildung, Tugend und ein Leben in Frömmigkeit und Sittsamkeit miteinander verband, und er war ein ausgezeichneter Redner. Seine Wahl zum Papst war eine freudige Überraschung.

»Drei Wahlgänge bedurfte es, bis der Heilige Stuhl wieder besetzt war«, ergänzte der Sekretär.

»Tommaso Parentucelli …«, wiederholte der Bischof mit einem Lächeln. Auch er freute sich, dass ein Gleichgesinnter den Papstthron bestieg.

»Er nennt sich Niccolo, Nikolaus V.«

Andreas wusste, wie eng Tommaso mit Nikolaus Albergati befreundet war und wie sehr er den asketischen Kartäuser verehrt hatte. Jetzt nannte sich der neue Papst nach ihm. Wie sehr muss ihn der vor wenigen Jahren eingetretene Tod des Kardinals geschmerzt haben!

Nikolaus Krebs, Enea Silvio, Leon Battista Alberti – sie alle würden wie Andreas über die Wahl des neuen Papstes jubeln. Wie gern würde er dieses großartige Ereignis gemeinsam mit seinen humanistischen Freunden feiern. Es sollte einige Zeit vergehen, bis sich unverhofft die Gelegenheit für ein Wiedersehen ergab…

Sechs Jahre später…

Es war ein strahlender Tag in der ewigen Stadt. Andreas konnte es kaum glauben: Er war in Rom. Im Gefolge Seiner Exzellenz Bischof Heinrich von Hewen hatte der Arzt den weiten Weg über die

Alpen gen Süden angetreten. Der Streit mit dem jungen Tunichtgut Herzog Sigmund von Österreich um das Churer Bistum gipfelte in Verleumdungen und Anschuldigungen gegen von Hewen, und dies hatte den Anlass zu der Reise gegeben. Der erzürnte Bischof wollte die unschönen Auseinandersetzungen endgültig bereinigt wissen und hierfür persönlich beim Papst vorsprechen. Das geistliche Oberhaupt sollte den Zwistigkeiten ein Ende setzen.

Andreas war begeistert von der Gelegenheit, nach so vielen Jahren wieder nach Italien und mit sicherem Geleit gar bis in die ewige Stadt zu reisen. Sein Bruder Heinrich und sein Konstanzer Freund Brisacher hatten Andreas von der Papststadt vorgeschwärmt. Beide gehörten im Jahr zuvor dem Gefolge Friedrichs III. an, als dieser zur Kaiserkrönung von Wien nach Rom zog.

An diesem Morgen waren die Gefahren und Anstrengungen der letzten Wochen, die eisige Kälte während der beschwerlichen Überquerung der verschneiten Alpen, die zahlreichen Gräber an den Wegrändern, die von grausamen Epidemien in den italienischen Städten zeugten, die Angst vor Überfällen, welche die Reisegesellschaft immer wieder in Unbehagen versetzte, vergessen.

Reichlin hatte aus bischöflichen Kreisen gehört, dass sein Studienfreund Nikolaus in die erlauchten Kreise des apostolischen Stuhls aufgestiegen war und sich derzeit in Rom aufhielt. Krebs hatte es also geschafft! Aufgrund seiner herausragenden diplomatischen Erfolge in Konstantinopel hatte ihn noch Papst Eugen zum Kardinal ernannt. Die offizielle Zeremonie war jedoch erst zwei Jahre später in Rom erfolgt, und zwar im Januar 1450 durch Papst Nikolaus V., einst Tommaso Parentucelli. Andreas hatte gehört, dass der Cusaner, sage und schreibe, 1000 Golddukaten für die standesgemäße Ausstattung der Reise in die ewige Stadt erhalten hatte.

Gegen Abend begab sich Andreas zum Vatikanspalast vor den Toren Roms und ließ sich bei Seiner Eminenz melden. Erfurcht erfasste den Konstanzer, als er den ehemaligen Studienfreund in dem roten Kardinalsmantel und mit dem Kardinalshut auf dem Kopf auf sich zukommen sah.

»Ich kann es kaum glauben, der Medicus aus Konstanz ist hier in Rom, was für eine Überraschung!«, begrüßte ihn der Cusaner freundlich.

»Eure Eminenz!« Andreas verbeugte sich demütig vor dem mächtigen Geistlichen.

»Aber, Andreas, wir sind Freunde, Du kennst meinen Namen!«, zeigte sich der deutsche Kardinal vertraut und hocherfreut, seinen ehemaligen Kommilitonen wiederzusehen.

»Ich gebe zu, ich bin sehr stolz auf diesen kirchlichen Titel und auf die römische Kirche, denn nur durch meine Leistungen, durch mein erfolgreiches Eintreten für den Papst beim Basler Konzil, meine Verdienste auf der Gesandtschaftsreise nach Konstantinopel, und nicht durch adelige Herkunft, bin ich soweit gekommen. – Aber ich bin noch immer ein gottesfürchtiger Mensch, und wir sind Freunde!«, wiederholte er. Nach der herzlichen Begrüßung und den üblichen Wiedersehensworten nahm Nikolaus Andreas mit in den Trakt der Audienzgemächer des Papstes. Er wusste, dass sich der Heilige Vater nach den öffentlichen Empfängen gern ein wenig Zeit für seine Freunde nahm.

Die Türen des Audienzsaales waren weit geöffnet. Zahlreiche Menschen passierten den erhöht stehenden Papstthron und ließen sich von Nikolaus V. segnen.

Als der Heilige Vater den Kardinal und Andreas erblickte, hieß er die beiden mit lauter Stimme willkommen und bat sie zu warten. Der Konstanzer erkannte Parentucelli in dem purpurnen päpstlichen Gewand und mit der prunkvollen Tiara auf dem Kopf kaum wieder. Erst allmählich nahm er die vertauten Gesichtszüge wahr und erkannte in dem mächtigsten Mann der Kirche den kleinen, schmächtigen Mann, mit scharf geschnittenem Gesicht und blitzenden, schwarzen Augen. Seine Gesichtsfarbe war bleich, gezeichnet von der Anstrengung des verantwortungsvollen Amtes, die Stimme aber volltönend. Es dauerte nicht lange, da wurden die beiden Deutschen gebeten, zu seiner Heiligkeit vorzutreten.

Andreas tat es dem Cusaner gleich und küsste dem Papst, der Sitte gemäß, den Ring und die Füße. Seine Heiligkeit forderte sie auf, sich zu erheben. Dann stand auch der Heilige Vater auf und entließ alle übrigen Anwesenden mit den Worten:

»Ich bin nicht willens, heute weiter Audienz zu erteilen!«

Der Papst bedeutete Reichlin und Krebs, ihm zu folgen. Sie begaben sich in dessen Gefolge durch lange Gänge in ein schlichtes Gemach, welches auf einen Balkon führte.

Während die Blicke über die ins Abendlicht getauchte Dachlandschaft von Rom, über den Tiber mit den ruhig dahingleitenden Handelsschiffen bis hin zur untergehenden Sonne schweiften, sprach Nikolaus V.:

»Ich bitte Gott, er möge mir weiterhin die Gnade geben, den Frieden herzustellen und während meines Pontifikats keine andere Waffe zu gebrauchen als die, welche mir Christus zu meiner Verteidigung gegeben hat, das heilige Kreuz!«

Inzwischen brachten die päpstlichen Diener Bänke und einen Tisch, damit der Ponitfex und seine Gäste Platz nehmen konnten.

Nach einer kurzen Pause fragte Papst Niccolo, auf Andreas deutend:

»Wer begleitet Euch, Kardinal?«

»Heiliger Vater, kennt Ihr ihn nicht mehr? Es ist der Medicus Andrea de Constantia. Er ist der Leibarzt von Bischof Heinrich von Hewen vom Bistum Konstanz. Er war Studiosus Patavinus, ein deutscher Student in Padua. Seine Heiligkeit traf ihn vor vielen Jahren am Basler Konzil. Vielleicht habt Ihr gehört, unser Freund Bischof Piccolomini hielt damals eine Lobrede auf seine medizinischen und philosophischen Künste.«

»Ah, ein Medicus! Mein Vater war Arzt in meiner Heimat Sarzana an der ligurischen Küste. Als er gestorben ist, war ich noch ein kleiner Junge.«

Andreas dachte an seinen Vater Joss und daran, dass ihn dieses Schicksal mit dem Papst verband.

»Meine Mutter war arm«, fuhr der Heilige Vater fort, »daher musste ich mein Studium in Bologna unterbrechen. Meine Arbeit als Hauslehrer führte mich nach Florenz. Fortuna meinte es gut mit mir, denn dort lernte ich, was Schönheit ist, die vom Menschen geschaffen wird. Donatello, Fra Angelico, Ghiberti und der großartige Brunnelleschi wirkten in der Stadt am Arno durch Gottes Hand. – Dann lernte ich Nicolo Albergati kennen…«, fuhr er fort, seine Lebensgeschichte in knappen Sätzen zu erzählen.

»Du erinnerst Dich, Andreas, dass auch Leon Battista und Enea zeitweise zum Gefolge des Kardinals Albergati gehörten«, erläuterte Nikolaus Andreas.

»Meine Bewunderung und meine Liebe gehört noch immer Nicolo Albergati, Gott hab ihn selig!« Der Papst seufzte tief. »Ich begleitete den Kardinal 23 Jahre lang bis zu seinem Tod vor ungefähr zehn Jahren. Es war eine wunderbare Zeit. Wir reisten zusammen nach Basel zum Konzil und verbrachten gemeinsam viel Zeit in Rom und Florenz. – Ah, Florenz…«, das Gesicht des Heiligen Vaters erheiterte sich bei der Erinnerung, »…was für eine Stadt. Die pittori, scultori und architetti, die Maler, Bildhauer und Architekten, welche dort arbeiten, haben göttliche Sinne und Hände«, kam er erneut ins Schwärmen.

»Und die Buchhändler haben sensationelle Handschriften«, fügte Nikolaus Krebs hinzu.

»Ja, Du sagst es Nikolaus, ich habe Unmengen von Florene bei ihnen zurückgelassen. Aber wer kann diesen wunderbaren, einzigartigen Schriften widerstehen? – Ich war nach Albergatis Tod im Dienst von Papst Eugen auch in Deutschland«, wandte er sich an Andreas. »Ein interessantes Land.« Mehr fiel ihm dazu jedoch nicht ein. »Die unvergesslichen alten Zeiten! Lasst uns heute Abend feiern. Es ist ein wunderbarer Tag! Ich habe erfahren, Bischof Piccolomini und mein Berater Leon Battista Alberti sind in der Stadt. Alberti wohnt in der Nähe von San Celso bei der Brücke über den Tiber. Ich lasse nach den Beiden rufen und den besten Wein bringen.«

Andreas konnte es kaum fassen. Er saß auf einem Balkon im päpstlichen Palast, an dem heiligsten und schönsten Ort der Welt. Die ewige Stadt lag unter ihm. Die untergehende Sonne umspielte sein Gesicht. Er befand sich nicht nur in Gesellschaft des Papstes und des Kardinals, nein, er sollte auch Enea und Leon Battista wiedertreffen. Der Medicus atmete tief durch und genoss den Augenblick in vollen Zügen.

Es dauerte nicht lange, da erschienen Piccolomini und Alberti. Es folgte eine angemessene Begrüßungszeremonie zwischen Papst, Bischöfen, Medicus und apostolischem Berater.

Andreas besann sich der Vergangenheit. Alle waren sie einst als einfache Bürger auf die Welt gekommen. Jetzt hielten sie die Fäden zu weltbewegenden Veränderungen des irdischen Lebens der Menschheit in den Händen. Auch der Heilige Vater war sich dessen bewusst:

»Hat es nicht gewisse stolze Herrn betroffen gemacht, dass ein Priester, der vorher die Glocken geläutet hat, Papst geworden ist?«, fragte er lächelnd seinen Gästen zugewandt.

Dem Papst war es eine Freude, seine italienischen und deutschen Freunde gastlich zu bewirten, auch wenn er selbst sehr enthaltsam in Speis und Trank war und den ausgezeichneten Wein mit viel Wasser mischte.

»Dort drüben«, der Heilige Vater wies auf eine ferne Anhöhe, »ist das Kapitol mit dem Jupitertempel, dem bedeutendsten Heiligtum der Römer. Die Ruinen des Tempels sind uns als unvergessliche Zeugnisse der Macht ihrer Erbauer erhalten, wie auch die Überreste der römischen Theater und der Kaiserpaläste auf dem Palatin. Zum Teil erahnen wir heute noch ihre einstige Schönheit und wirkungsvolle Größe. Was wüssten wir ohne diese Bauwerke über die Herrschaft, die Religion, die Kultur, den unermesslichen Reichtum der Ungläubigen?«, fragte der Papst in die Runde. »Die Alten wussten, wie man für die Ewigkeit in Erinnerung bleibt. Außerdem bestärkten die Kaiser mit der Errichtung großartiger Tempel das Volk in seinem Glauben. Und genau danach müssen wir streben, wenn wir die Einheit der Kirche für die gesamte Christenheit erreichen wollen. Wir erbauen ein neues Rom, damit niemand mehr die Macht der Päpste anzweifelt!«

Entschlossenheit prägte die Sätze Seiner Heiligkeit.

»Selbstverständlich«, ergänzte Alberti, »gilt das nicht nur für den Heiligen Stuhl, ehrwürdiger Vater, auch Ihr, als Bauherr, werdet, Ihr verzeiht, nach Eurem Tod in aller Munde bleiben. Denn wir stimmen ja alle darin überein, dass man der Nachwelt den Ruf der Weisheit und auch der Macht hinterlassen muss. Deshalb errichten wir, wie Eure Heiligkeit bereits erwähnte, große Bauten, um der Nachwelt groß zu erscheinen.«

»Und dabei zählen Sorgfalt und gewissenhaftes Planen des Bauherrn sogar mehr als Gewandtheit und Gelehrsamkeit des Fachmanns«, ereiferte sich Enea.

»Aber wir bauen nicht aus Prachtliebe oder leerer Ruhmsucht, mein Freund Leon Battista. Zu unseren Aufgaben gehört es auch, die Ruinen aufzuräumen, die Straßen und Brücken zu pflastern und Instand zu halten, um die Verkehrswege zu sichern. Wir müssen die Denkmäler unserer Vorfahren pflegen und konservieren, die Stadtmauern und die Wasserleitungen wiederherstellen, damit den Lebensbedürfnissen unserer Bürger Genüge geleistet wird.« Der Papst hielt kurz inne, um dann seiner Stimme noch mehr Gewicht zu verleihen: »Das bedeutendste Unternehmen zur Wiederherstellung des Ansehens des Papstes ist die Wiederherstellung der Pracht der Kirche – und damit meine ich, des bedeutendsten Gotteshauses der Christen: Wir werden den Chor und das Querhaus der Peterskirche neu bauen und das Langhaus restaurieren. Außerdem werden wir den päpstlichen Palast hier im Vatikan erweitern. Es ist unser Bestreben, in Rom ein Zentrum für Literatur und Kunst, eine Stadt der Weisheit mit der größten Bibliothek der Welt zu errichten!«

»Mit Verlaub bitte ich um Euer Gehör, Heiliger Vater!«, unterbrach Leon Battista forsch den Papst. »Ihr wisst, ich empfehle Euch einen Neubau von St. Peter. Wir sind jedoch gezwungen, hierfür die altchristliche Basilika komplett niederzureißen. Die Kirche ist baufällig. Ein geringer Stoß oder eine kleine Bewegung wird sie in kurzer Zeit in sich zusammenfallen lassen. Das Bauwerk birgt eine große Gefahr für alle Pilger, und die Wiederherstellung würde enorme Gelder verschlingen.« Alberti trank einen kräftigen Schluck des ausgezeichneten roten Weins, um dann seinen Illusionen freien Lauf zu lassen:

»Das neue Gotteshaus wird alle Pracht, Großartigkeit, Fortschritte der Künste und menschliche Kenntnisse in sich vereinen. Die Planung wird nicht nur die Kirche, sondern den gesamten Vatikan mit Palast, Plätzen und Gärten einbeziehen, mit dem Grab des Heiligen Petrus gleichzeitig als End- und Mittelpunkt. Sie wird alles Gewesene in den Schatten stellen. Die Papststadt wird durch ein großartiges Triumphtor zugänglich sein und durch Mauern wohl befestigt!«, beschrieb Alberti seine großartigen Ideen. »Hallen, Wandelgänge, Wasserstellen, Pflanzen, Kapellen, Prachträume für Kardinäle, Kurienangestellte und eine große Bibliothek umfassen meine Pläne.«

Andreas war sprachlos ob dieser gigantischen Vorhaben. Er dachte an die zahlreichen Baustellen mit aufwändigen Gerüsten, die er in der Stadt gesehen hatte, und wusste, dass es im Sinne des Papstes war, solche Visionen zu verwirklichen.

»Eure Heiligkeit betonte noch als Tommaso Parentucelli immer wieder, dass Ihr, wenn Ihr je zu Reichtum kommen solltet, Künstler und Wissenschaftler freigiebig unterstützen würdet, soweit sich diese den idealen Bestrebungen widmeten«, erinnerte sich der Cusaner an die gemeinsamen Tage in der Vergangenheit.

»Ja, ich wollte das Geld für zwei Dinge ausgeben«, bekräftigte der Papst, »für Bücher und Bauen ..., und Bücher können einen ruinieren. Habt Ihr schon die Abschrift des Matthäusevangeliums bestellt, welches Ihr einst als erster nach Italien brachtet, Cusaner?«

»Nein, noch nicht. Dafür habe ich einen neuen Brief des Heiligen Augustinus entdeckt. Leider fehlt mir die Zeit, ihn genauer zu studieren, denn wie Ihr wisst, Heiliger Vater, widme ich mich momentan ebenfalls der Baukunst. Wie ich Eurer Heiligkeit bereits berichtete, plane ich in meinem Heimatort in Kues an der Mosel ein Hospital für arme Männer aus allen Ständen. Mein Bruder Johann hat sich schon um den Erwerb eines Grundstücks gekümmert. Es liegt direkt an der Mosel, wunderschön, um nicht zu sagen paradiesisch. Wir errichten die Anlage zu Ehren unseres verstorbenen Vaters unter dem Titel St. Nikolaus Hospital. Unser

Entwurf enthält eine Kirche und eine große Bibliothek. – Bevor Ihr den Stuhl des Heiligen Vaters einnahmt, habt Ihr in Florenz und für die Medici diverse Bibliotheken entworfen. Als ausgewiesener Kenner von Bibliothekseinrichtungen könnt Ihr mir sicherlich einige Ratschläge geben, Eure Heiligkeit«, bemerkte der Cusaner.

Andreas wurde hellhörig.

»Wie gesagt, wird auch die vatikanische Bibliothek gerade unter meiner Regie geplant. Ihr könnt Euch bei meinem Sekretär darüber informieren«, hörte er den Papst reden.

»Was schreibt Vitruv über die Anlage und Einrichtung einer Bibliothek beziehungsweise was können wir in Deinem Buch darüber lesen?« Der Kardinal richtete seine Frage an Alberti, denn immer, wenn man eine Auskunft zur Architektur der Römer und Griechen benötigte, wusste Leon Battista eine Antwort. Er zitierte immer noch gern aus Vitruvs *Zehn Büchern über die Architektur.* Der Florentiner war fasziniert von dieser schriftlichen Fundgrube aus der Römerzeit und verfasste seit einigen Jahren, nach diesem Vorbild, die modernen *Zehn Bücher über die Baukunst.* Dabei war er bemüht, die mutmaßlichen Irrtümer des Römers richtigzustellen. Andreas staunte über dieses großartige Buchprojekt Albertis, denn in Deutschland überlieferten die Baumeister ihre Bautraditionen innerhalb der Werkstätten von Mund zu Mund, oft als wohlgehütete Geheimnisse, und die Bauhüttenbücher wurden vom Baumeister unter Verschluss gehalten.

Alberti dagegen verbreitete seine Erfahrungen und Studien in Form eines Buches als schriftliche Anleitung für mächtige Bauherrn und gebildete Architekten.

»Die Vitruvhandschrift, die mir vorliegt, ist leider sehr unvollständig und unverständlich. Und Vitruv irrt in vielen Dingen«, beschwerte sich Leon Battista von Neuem. »Doch in diesem Fall halte ich seine Meinung für vernünftig. Er schreibt, dass die Bibliotheken, wie übrigens auch die Schlafzimmer, gegen Osten gerichtet sein müssen, denn ihre Benutzung erfordert die Morgensonne. Die kostbaren Werke werden so vor den feuchten Südwestwinden, welche die Bücherwürmer und den Schimmel hervorbringen, geschützt. Vitruv schreibt auch, wie wichtig es ist, einen Bau mit Rücksicht auf den besonderen Stand einer Person zu errichten. In Florenz ist ein Konkurrenzkampf unter den mächtigsten, zum Teil bitter verstrittenen Familien ausgebrochen: Wer die aufwändigste Fassade an seinem Palast hat, fühlt sich als die mächtigste Familie in der Stadt. Eine Stadtburg konkurriert mit der anderen. Nehmen wir den zurzeit von mir geplanten Palast für den Kaufmann Giovanni Rucellai in Florenz als Beispiel.« Ein nicht geringes Maß an Selbstbewunderung sprach aus Albertis Worten: »Die geplante Fassade entwerfe ich so, dass alle, die an dem Bauwerk vorbeikommen, sehen, was für eine herausragende Persönlichkeit Signor Rucellai ist. Ja, meine Idee ist einzigartig: Ich projiziere Säulenordnungen, wie sie die Außenseite des Kolosseums zieren, auf die Palastfassade. Unglaublich, oder? Es liegt auf der Hand, dass der Bauherr der Nachwelt damit ein Zeichen seiner Weisheit und seiner Macht hinterlässt!«

Andreas hatte sich allmählich daran gewöhnt, dass die Namen herausragender Baumeister in Italien berühmt waren. Architekten wurden sie hier genannt, und sie waren sehr gebildet. Viele hatten wie Brunelleschi eine Lehre hinter sich gebracht, zuweilen bei Goldschmieden oder Bildhauern. Außerdem studierten sie antike Texte und untersuchten die römischen Ruinen, wühlten im Boden nach den zeitweise tief vergrabenen Überresten von Tempeln, Arenen, Thermen und Palästen, stets auf der Suche nach dem harmonischem Gleichmaß der römischen Baukunst.

Inzwischen war Andreas auch bewusst geworden, dass Alberti sicherlich der innovativste Architekt seiner Zeit war und für ungewöhnlich mutige Einfälle stand. Er war aber nicht nur ein ausgewiesener Kenner der Baukunst, er war ein Intellektueller, ein Theoretiker und ein Praktiker, kurz, ein Uomo universale, ein Universalgenie, der auf allen Gebieten, sei es in der Kunst, der Architektur, der Politik, der Reiterei oder des Benehmens, bewandert war.

Alberti hatte Jura in Bologna und, wenige Jahre nach Andreas, auch in Padua studiert. Er hatte schon zahlreiche Bücher geschrieben über die Malerei, die Baukunst, sogar über das Familienleben, und wurde seit vielen Jahren von Fürsten, Kardinälen und Päpsten auf allen Gebieten um Rat gefragt.

Als Architekt war er ausschließlich für den Entwurf der Bauwerke zuständig. Die Ausführung überließ er den Baumeistern, vor allem dem Florentiner Bernardo Rossellino, der eben dabei war, den Palazzo Rucellai nach seinen Plänen zu errichten.

Überaus stolz auf seinen außergewöhnlichen Einfall fuhr Leon Battista fort:

»Auf die Idee mit den Säulen an der Fassade ist auch Michelozzo, der gerade für Cosimo de Medici in Florenz einen Palast baut, nicht gekommen. Michelozzo erzählte mir, Cosimo wollte zuerst keine Fassade mit Quadersteinen als Zierde, da ihm ein solch festungsartiges Äußeres nicht geeignet erschien für die Baukunst eines Bürgers. Außerdem hielt er den finanziellen Aufwand für zu hoch, denn er wollte nicht für den Pomp, sondern für den Gebrauch bauen. Zum Glück ließ er sich eines Besseren belehren. Meiner Meinung nach muss ein Mann wie Cosimo de Medici seine Macht und seinen Reichtum leben und den Bürgern offenbaren. Bei ihm ist es kein Pomp. Er ist kein Aufschneider. Er ist ein Mäzen und Förderer der Künste, und das muss er den Bürgern seiner Stadt zeigen. Denn nur das kann gut geheißen werden, was der Stellung eines jeden angemessen ist, und falsche Bescheidenheit ist fehl am Platz.« Alberti erläuterte weiter: »Was veranschaulicht Macht und Geld besser als eine kostbare Gebäudeansicht, wie sie die alten Römer an ihren riesigen Arenen oder an den prunkvollen Triumphbögen oder Toren verwirklichten? Nehmen wir die Fassade des Marktes von Kaiser Augustus hier in Rom. Das Zusammenspiel der einzelnen Quader wird zum Ornamentum, zum Schmuck des Bauwerks.«

Andreas war beeindruckt von Albertis Ausführungen zur Darstellung der Macht eines Bauherrn mit Hilfe einer Palastfassade. Er hatte auf dem Weg nach Rom einen Gang durch Florenz gemacht, nachdem er gehört hatte, welch gigantische Bauprojekte die Florentiner Familien ins Leben riefen. Albertis Entwurf für die Fassade des Rucellai-Palastes war dort in aller Munde. Doch das Gebäude war noch mit Gerüsten verkleidet, und Andreas hatte nur eine vage Vorstellung von dem, was sich dahinter verbarg.

»Eine Säulenordnung, die Symbol und Ausdruck einer heidnischen Kultstätte ist, an einem Bürgerhaus in Deutschland als Ornamentum, als Zierschmuck anzubringen, das ist unvorstellbar«, brachte sich Andreas in die Diskussion ein. »Abgesehen davon, welcher wohlhabende Bürger hätte Vergnügen daran, für sein Bürgerhaus so viel Geld zu verschwenden und den Prunk den übrigen Bürgern vorzuführen? Eine entsprechende Stiftung zum Seelenheil wird viel lieber getätigt und hilft dabei, Gott im Himmel einen Schritt näher zu kommen.«

Andreas sprach hier als Konstanzer Bürger. Er dachte an die Patrizierhäuser in seiner Stadt. Diese waren zwar auch nicht klein, aber sie passten sich hoch und eng in die Straßenfluchten ein. In Florenz dagegen beherrschten die mächtigen, meist freistehenden, quadratischen Paläste die Straßen. Während in Deutschland die hohen Giebel aus den Mauerfluchten heraus spitz gegen den Himmel ragten, verliefen in Florenz die gleichmäßigen Linien der mächtigen Palastgebälke parallel zur Straße.

Die Idee, der Nachwelt mit einem Palast ein Denkmal zu setzen, fesselte den Konstanzer. Der Mut der Florentiner zur Selbstdarstellung war verlockend. Andreas hatte inzwischen schon viele Jahre mit seinen italienischen Bekannten, den Welterneuerern, verbracht und war vertraut mit ihrer Lebensanschauung. Insgeheim festigte sich in ihm der Wunsch, seine angesehene Position nicht nur in dieser weltbeherrschenden Runde in Rom, sondern auch als Arzt in der Heimat entsprechend vorzuführen.

»Aber weißt Du, welchen Bauten in Deutschland meine Bewunderung gilt, Andreas?«

Enea sang den Namen des Deutschen mit einem zungenvibrierenden, rollenden R.

»Nein, aber sag' es mir!«

»Den Hallenkirchen mit ihren wunderbaren hohen und weiten

Fenstern mit Säulchen und Steinblumen. Wenn die Sonne scheint, lassen sie soviel Licht herein, dass sich die Besucher von einem Haus aus Glas umschlossen wähnen. Ich liebe es!«, schwärmte Enea weiter. »Dies gibt es so allein bei den deutschen und österreichischen Kirchen. Was meint Ihr, was die Menschen sagen würden, wenn man den deutschen Baustil nach Italien importierte?«

»Was meinst Du«, stellte Andreas die Gegenfrage, »was man spricht, wenn man den italienischen Baustil nach Deutschland entführt?«

Beide waren sich einig, dass das eine spannende Frage sei, die es zu verfolgen galt. Wie könnte man Ideen aus dem anderen Land in die eigene Landessprache umsetzen? Auf welche Weise konnte man den Baumeistern, welche die Kirchen und Paläste auf der anderen Seite der Alpen nie gesehen hatten, die Vorstellungen des fernen Landes vermitteln?

Andreas und Enea beschlossen, sollten sie eines Tages die Möglichkeit haben, große Bauten zu entwerfen, darauf zurückzukommen.

»Die Stadtpaläste haben aber einen großen Nachteil. Sie sind umgeben von Straßen und Häusern. Um sie herum fehlt der Ausblick in die göttliche Schöpfung der Landschaft«, brachte Enea seine Liebe zur Natur ins Gespräch. »Ich bin ein Mensch, der das Land liebt. Gern würde ich mir ein Landhaus, eine Villa, wie Plinius sie in seinen Briefen erwähnt, errichten, und zwar mitten in der Stadt. Plinius war ein Genießer. Er beschreibt seine Güter mit wunderbaren Aussichten in alle Himmelsrichtungen, mit zahlreichen Wohnräumen und herrlichen Außenanlagen, in denen laut die Vögel zwitschern. Die Gärten sind mit symmetrisch geschnittenen Buchsbäumen und Akanthus geziert. Es gibt dort Weinreben und Wiesen mit Bäumen von natürlicher Schönheit. Plinius lässt ein Paradiso terrestre, ein irdisches Paradies, entstehen. – Wie man mir sagte«, Enea wandte sich Alberti zu, »errichtest Du, mein lieber Freund, Leon Battista, derzeit auch ein Landhaus für den jungen Giovanni de Medici in Fiesole bei Florenz?«

»Ja, Giovanni ist ein großartiger Freund von mir. Daher habe ich für ihn ein ganz besonderes Gebäude entworfen. Es würde Dir gefallen, lieber Enea!«, ereiferte sich Alberti. »Wir planen ein Landhaus mit einem Ausblick bis nach Florenz zur neu erbauten Domkuppel unseres verehrten Brunnelleschi. Ebenmaß, Proportion und Harmonie werden den Betrachter hinreißen.

Die Grundform der Villa ist ein einfaches Quadrat. Ihre Höhe beträgt die halbe Seitenlänge des Grundrisses. Aufgrund der ausgedehnten Gartenanlagen benötigen wir keinen Innenhof, sondern einen zentralen Saal in der Villa, auf den beinahe alle Räume münden. Ich nenne diesen Raum den Schoß des Hauses. Außerdem wird Giovanni seine kostbaren Bücher in einer Bibliothek unterbringen und studieren können. Am großartigsten aber ist der Entwurf für die terrassierten Gärten. Mit großem Aufwand wird der Boden aufgeschüttet, eingeebnet, und Stützmauern werden konstruiert. Buchsbäume, Obstbäume, Wasserspiele und Volieren für Vögel dienen zur Erheiterung von Augen und Ohren, genauso, wie Plinius es beschrieb. In dieser herrlichen Natur wird Giovanni Lust wandeln, zu Gastmählern einladen, Freunde verköstigen, Lesungen veranstalten. Ich nenne die gesamte Anlage im Sinne der Alten eine Villa Suburbana.«

Was für ein prachtvolles Anwesen würde dort entstehen! Andreas malte sich in Gedanken dieses Paradies auf Erden aus.

»Es ist spät!«, erhob Nikolaus V. nach einem herzhaften Gähnen seine ehrwürdige Stimme. »Lasst uns zu Bett gehen!«

Die Gäste entschuldigten sich ehrfurchtsvoll, den Heiligen Vater von seiner nötigen Bettruhe abgehalten zu haben. Unter Einhaltung der Ehre erweisenden Zeremonie verabschiedeten sich die Freunde umgehend, aber standesgemäß, vom Papst.

»Wir befinden uns gerade auf dem kapitolinischen Hügel«, erläuterte Nikolaus dem Arzt die jetzt mit Weingärten bepflanzte Anhöhe mitten in Rom, welche inzwischen Monte Caprino genannt wurde. Der Cusaner begleitete seinen deutschen Freund auf Erkundungstour durch die antiken Überreste der ewigen Stadt. Andreas kannte die Welt der Römer, ihre Anschauungen und ihren

Sinn für Ästhetik vor allem aus den überlieferten Handschriften. Doch was er hier in Rom an Baukunst erlebte, übertraf seine Vorstellungskraft. Zwar waren es oft nur Ruinen, die von der Vergangenheit zeugten. Doch Reichlin ließ seiner Phantasie freien Lauf und stellte sich das bunte Treiben der Heiden zwischen ihren prächtigen Palästen, Tempeln und Triumphbögen vor weit über tausend Jahren vor. Das großartige, kreisrunde Pantheon mit der himmlischen Kuppel und der großen, runden Öffnung, durch welche Gott persönlich zu blicken schien, hatten sie bereits besucht. Nikolaus hatte Andreas ausführlich die mathematischen Harmonien erklärt, die dieses Gebäude der Vollkommenheit so nahe brachten. So sei die Höhe des gesamten Bauwerks gleich dem Durchmesser.

»Es ist ein geschichtsträchtiger Ort, auf dem sich einst der ehrwürdige Tempel Jupiters erhob«, fuhr Nikolaus jetzt fort, und sie trieben ihre Pferde in Richtung einer Großbaustelle.

»Und an dieser Stelle war einst das Tabularium, das Staatsarchiv des römischen Reiches. Der Papst lässt hier den Palast für die Senatoren errichten und nutzt dafür die Überreste des ehemaligen Prachtbaus.«

Gemeinsam ritten sie hinab zum Campo Vaccino, dem ehemaligen Forum, der einst größte und prunkvollste Markplatz der ewigen Stadt, auf dem sich vor vielen Jahrhunderten der Senat und das Volk versammelt hatten. Jetzt weideten dort zwischen den Trümmern von Tempeln und Basiliken zahlreiche Schweine und Büffel, die sich an dem wild wuchernden Gras erfreuten.

Andreas staunte: Wie klein fühlte er sich zwischen den langen, wohlgeformten Säulen mit dem mächtigen, reichverzierten Giebel des Concordiatempels, zwischen den gewaltigen Überresten der Basilika Aemilia und dem Triumphbogen des Septimius Severus mit den in Steinen gehauenen Bildergeschichten. Er sah den Rundtempel der Vesta und dachte an die Worte Albertis über kirchliche Rundbauten. Sie ritten vorbei an den mächtigen Kassettendecken der großartigen Gewölbe der Konstantinsbasilika, durch die Triumphbögen der Kaiser Titus und Konstantin und erreichten das gewaltige Monument des Kolosseums. Die Fassade war mit kostbaren, aufwändig behauenen Travertinquadern ummantelt. Säulenordnungen gliederten die Rundbögen der Fassade der gigantischen, ovalen, mehrgeschossigen Arena – hier holte sich Alberti also die Ideen für seine Entwürfe. Die Vorstellung, dass im Kolosseum einst blutrünstige Galdiatorenkämpfe unter den Augen des Kaisers und der Volksmassen stattgefunden hatten, bemächtigte sich des Deutschen.

Nikolaus und Andreas besuchten nach einer kurzen Pause in der Arena die Thermenbauten der Kaiser Diokletian und Caracalla. Wo er hinsah, erblickte Reichlin Marmor, prachtvolle Säulenwälder und kostbare Mosaike. Zahlreiche Fassaden waren mit Quadern aus Travertin geschmückt. Die ruinöse Baupracht war überwältigend. Das Verständnis des Deutschen für Alberti und dessen Schwärmereien für die prunkvollen, gewaltigen Werke der Römer begann zu wachsen.

Auch Bischof Heinrich von Hewen war nach seiner Audienz beim Papst beeindruckt von den Bautätigkeiten im Vatikan. Davon angesteckt, wollte auch er als geistlicher Herr über die Stadt Konstanz und das gesamte Erzbistum bauliche Spuren hinterlassen. Nach seiner Rückkehr sollte der Bischof sofortige Maßnahmen zum Weiterbau des Konstanzer Münsters ergreifen. Er beauftragte den aus einer bekannten Berner Baumeisterfamilie stammenden Vinzenz Ensinger mit dem Weiterbau des Gotteshauses und dem Neubau der Bibliothek über der Domschule im Kreuzgang.

1454 – 1456

Der Medicus von Überlingen

»Das kann doch nicht wahr sein!«. Wutentbrannt verließ Andreas das Rathaus. »Ich werde meine Apotheke nicht aufgeben!«

Seit Beginn seiner Tätigkeit als Stadtarzt in Konstanz hatte Reichlin eine eigene Apotheke in seinem Haus und versorgte seine Patienten mit den selbst hergestellten Mitteln. Doch jetzt, es traf Andreas völlig unerwartet, verbot ihm der Rat im Interesse der Apotheker, Arzneimittel zu verkaufen. Allein Wasser, Kräuter, Latwerge oder Ähnliches waren ihm erlaubt abzugeben, und dies nur kostenlos.

»Die Apotheker Storfried und Mantz haben ihre Freude«, murmelte Andreas vor sich hin. Seit geraumer Zeit hatte er heftige Auseinandersetzungen mit den Beiden. Mit dem Wachsen von Andreas' Leumund, Wunder wirkende Pillen, Salben, Tränke und vieles mehr herzustellen, wuchs sein fürstlicher Patientenstamm. Er wurde mit seinen Heilmitteln zu den Grafen von Werdenberg gerufen, die auf Schloss Heiligenberg residierten, zu den Grafen von Hewen, der Verwandtschaft des Bischofs, und zu vielen weiteren Persönlichkeiten von Adel. Die genesenen Herrschaften entlohnten Andreas reichlich. Mit dem Anwachsen seines Vermögens wuchs die Zahl seiner Feinde. Die beiden Apotheker der Stadt hatten weniger Einnahmen, und ihr Geschäft lief schleppend.

Auch Flar, er gehörte dem großen Rat an, beäugte den Erfolg des Arztes mit stetig wachsendem Widerwillen:

»Wir müssen den Apothekern zur Seite stehen!«, polterte er. »Der Richilus häuft sich ein Vermögen an, nimmt mit seinen, ach, so heilbringenden Arzneien die Armen und Kranken aus, und unsere Apotheker können kaum überleben. Wir müssen seinen Handlungen einen Riegel vorschieben. Wer weiß, was für Hexenkräuter er verwendet und woran der Schwartz gestorben ist, dem er auch so ein Allheilmittel verabreicht haben soll?!«

Wie sein Schwager Hans von Ulm – er hatte einen Sitz im kleinen Rat – Andreas später erzählte, hätten zahlreiche Räte dem Clas Flar beigepflichtet, die Apotheker der Stadt zu stärken. Auch der Bürgermeister Hans von Cappel sah sich gezwungen, einzugreifen, damit diese die Stadt nicht verließen.

»Und der Mantz soll jetzt auch noch die Steuer-, Wacht- und Reisefreiheit erhalten, solang' er mit seiner Apotheke in der Stadt ist.« Andreas schüttelte den Kopf. Er darf aber nicht arzten, hatte der Rat gesagt. »Das ist doch lächerlich! Der kann gar nicht arzten!«, murmelte Reichlin wütend vor sich hin.

Als Andreas, immer noch ungehalten über die neu erlassene Vorschrift des Rates, sein Haus betrat, kam ihm sein Sohn Clemens aufgeregt und mit gerötetem Gesicht entgegengerannt. Andreas hatte den Jungen dazu erzogen, seinem Vater mit Höflichkeit und Zurückhaltung zu begegnen. Und da der Arzt ohnehin in gereizter Stimmung war, verpasste er seinem Sohn ohne Vorwarnung eine schallende Ohrfeige.

»Habe ich Dich nicht gelehrt, dass man seinen Vater mit Achtung und Respekt begrüßt und ihm nicht wie ein liederlicher Bauerntölpel entgegen stolpert?«, brach es aus Richilus heraus.

Clemens hielt sich die Wange. Er war es nicht gewohnt, dass sein Vater ihn ins Gesicht schlug. In seltenen Fällen spürte er die Rute zur Züchtigung auf seinem Hintern. Da ging es ihm nicht anders als seinen Freunden. Doch der harte Schlag ins Gesicht ließ ihn verstummen. Die Tränen, die sowieso schon in seinen Augen gestanden hatten, überfluteten lautlos seine geschundene Backe.

Andreas brannte die Hand, und als er die rote, nasse Wange seines Sohnes sah, drang ein Stich in sein Herz, und reuiges Bedauern stieg in ihm hoch. Doch es galt, dies nicht zu zeigen. Er würde als schwacher Vater, dessen Wort und Hieb nichts zählt, dastehen.

»Herr, Herr«, rief in diesem Moment Lena Andreas entgegen.

»Was ist los«, polterte Andreas, »was sind heute alle so ungestüm?«

Doch bevor er die Zofe zurechtweisen konnte, hörte er ihr erleichtertes und dennoch unheilverkündendes: »Gott sei Dank, Ihr seid endlich da!«

»Was soll das heißen?«, fragte Andreas, dessen Gefühle von Wut und Mitgefühl sich plötzlich in Angst und Sorge wandelten.

»Man hat Euch doch gerufen, Herr, wisst Ihr nicht Bescheid?«

»Sprich endlich, was ist?«

»Eure Frau Gemahlin ist schwer verletzt. Sie ist nicht bei Sinnen!«

Andreas wurde bleich:

»Anna? Sie ist verletzt? Wo ist sie? Was ist passiert?«

»Sie wurde von einem Fuhrwerk überfahren, als sie die Straße queren wollte.«

»Wo ist sie?«

»Man hat sie hierher gebracht, sie liegt in ihrem Bett. Schnell, Ihr müsst zu ihr!«

Andreas rannte an der Magd vorbei, die Stiegen hoch. Clemens hatte die ganze Zeit dabeigestanden. Er spürte für einen Augenblick den Stoff des Mantels seines Vaters, der ihn beim Vorbeirennen streifte. Plötzlich brach es aus ihm heraus. Er setzte sich auf die Treppe, weinte laut und bitterlich. In seinem Kopf war das Bild der Mutter, wie sie blutverschmiert und leblos auf den Armen eines fremden Mannes die Treppe hoch in ihr Gemach getragen worden war. Er hatte mitbekommen, wie die Erwachsenen in heller Aufregung nach seinem Vater schickten.

»Bete für deine Mutter!«, hatte ihm Lena gesagt. Dann endlich war der Vater gekommen, seine Hoffnung, das Licht in der Dunkelheit seines jungen Gemüts, der Mann, dem all seine Bewunderung galt – und der hatte ihm eine Ohrfeige mitten ins Gesicht verpasst. Er vermisste den Trost und die Liebe der Mutter. Er fühlte sich einsam und verlassen. Keiner war da, mit dem er hätte reden können. Seine Brüder waren noch in der Domschule und seine Schwestern zum Beten ins Münster geschickt worden.

Das Bild der leblosen Mutter brannte sich in sein Gehirn. War sie schon im Himmel? fragte er sich. Was bedeutet eigentlich der

Tod?, kam es dem Kleinen in den Sinn. Viele Jungen und Mädchen in der Stadt hatten ihre Geschwister verloren. Zuweilen waren sogar die Mütter mit den kleinen Brüdern oder Schwestern im Arm begraben worden. Erst kürzlich ertrank einer seiner Freunde im Bodensee. Immer wieder herrschte Trauer in den Familien anderer.

»Bitte, lieber Gott, lass die Mutter nicht sterben«, flehte er den Allmächtigen an.

»Ich salbe diese Lippen mit dem Heilmittel geweihten Öles, im Namen des Vaters und des Sohnes und des Heiligen Geistes; dank der Güte und des Erbarmen Gottes soll durch diese Salbung gereinigt werden, was Du durch überflüssiges Reden gesündigt hast.«

Mit geweihtem Öl bezeichnete der Priester Annas Lippen und fuhr in ähnlicher Weise mit weiteren Körperteilen wie Augen, Ohren, Hals, Brust, Händen und Füßen fort.

»Ego te absolvo a peccatis tuis. In nomine patris et filii et spiritus sancti.«

Ein gemeinschaftliches »Amen!« drang durch den Raum. Es waren die Worte, mit denen der Priester die letzte Messe für Anna schloss. Rund um ihr Bett leuchteten Kerzen.

Andreas hatte sich mit seinen Kindern, Annas Vater, ihrem Bruder Hans und dem Priester um das Lager der Sterbenden versammelt. Jedes Kind hatte der Mutter mit Tränen in den Augen einen Kuss auf die Stirn gegeben. Jetzt wurde gebetet. Hin und wieder durchbrach ein Schluchzen der Kinder die Psalmen. Es folgten weitere gemeinsame Gebete, welche die zum Tode Geweihte vor den Nachstellungen finsterer Dämonen schützen sollten.

»Doch bei Dir ist Vergebung«, beteten die Anwesenden weiter. »Meine Seele wartet auf den Herrn. Denn beim Herrn ist Erlösung in Fülle.«

Unmerklich, still und leise wechselte Anna vom Schlaf hinüber zum Tod.

»Die Kerzen stehen für Jesus ...« Andreas hatte die ganze Zeit Annas Hand gehalten und immer wieder ihren Puls gefühlt. Plötzlich spürte er nichts mehr. Er schluckte, versuchte, einen klaren Gedanken zu fassen, war bemüht, den Schreck, die Angst, den Schmerz und die Trauer vor den Kindern zu verbergen. Er beugte sich über Anna, suchte ihren Atem. Nichts! – Vollende den Satz! Was hast Du gerade gesagt? schoss es ihm durch den Kopf.

»Die Kerzen stehen für Jesus, der sich selbst als Licht der Welt bezeichnet hat.«

Es kam ihm vor, als würde jemand anderes für ihn sprechen.

»Schlaf und Tod«, fuhr Andreas fort, »sind bei dem griechischen Dichter Hesiod Zwillinge der Mutter Nacht. Auch Jesus und Paulus haben Tote als Schlafende bezeichnet.« Laut und mit kräftiger, überzeugender Stimme war er bemüht, den Kindern und sich selbst mit dem Glauben Trost zu spenden:

»Eure Mutter ist eingeschlafen. Doch sie wird bald mit der Auferstehung der Toten zu neuem, ewigem Leben auferweckt werden. Denn das Leben wird im Tod verändert, nicht aber genommen.«

Wenige Tage später trugen Andreas und seine Kinder Anna in St. Stephan in Konstanz zu Grabe, in dieselbe Kirche, in der er als kleiner Junge der Beerdigung seines Vaters beigewohnt hatte.

Einige Zeit später, Ende März des Jahres 1455, es war ein kalter, regnerischer Tag, erfuhr Andreas vom Tod von Papst Nikolaus V. Beschäftigt mit dem Kummer und der Trauer in seiner eigenen Familie, hatte er wenig Zeit und Muße, über das Weltgeschehen nachzudenken. Dennoch berührte ihn der Tod Parentucellis. Denn der schmächtige Papst mit dem Gichtleiden war ein großer Geist gewesen und hatte viele Träume gehabt. Seine baulichen Vorhaben, den päpstlichen Palast im Vatikan und das gigantische Neubauprojekt der Peterskirche, sollte er nicht vollenden. Doch seine Ambitionen wurden zukunftsweisend.

Ein greiser Katalane aus dem Geschlecht der Borgia – Reichlin kannte ihn nicht – sollte für die kommenden drei Jahre als Kalixtus III. die päpstliche Würde erhalten.

Alles war so unerwartet, aus heiterem Himmel über Andreas hereingebrochen. Mit den Konstanzer Ratsherrn hatte er sich zerstritten, nachdem Flar weiter gegen ihn hetzte. Der wohlgelehrte Arzt war nicht bereit, seine Apotheke zu schließen. Denn mit dem Storfried und dem Mantz wollte er nicht zusammenarbeiten. Dabei war ein einvernehmliches Verhältnis zwischen Arzt und Apotheker im Hinblick auf die Heilung der Patienten unerlässlich.

Reichlin stand mit seiner Trauer um die geliebte Frau und seinen vom Verlust der Mutter gezeichneten Söhnen und Töchtern allein da. Diese benötigten dringend eine leitende Hand, und der Haushalt musste weitergeführt werden. Anna hatte die Erziehung der Kinder und das Lenken und Unterweisen des Personals bestens gemeistert. Andreas merkte nach mehreren Monaten, dass er allein nicht zurecht kam und dass vom Rat, vor dem er einst voller Überzeugung den Eid als Stadtarzt abgelegt hatte, keine Unterstützung zu erwarten war. Doch Reichlin war nicht an Konstanz gebunden. Warum sollte er nicht in eine andere Stadt gehen, in welcher seine Arbeit gewürdigt und geschätzt wurde?

Seine Mutter war vor einigen Jahren über den See nach Überlingen gezogen. Schon seit Vater Joss dort Arzt und Lehrer war, besaß die Familie in der Reichsstadt Ländereien und ein Haus. Andreas beschloss, bei den Überlingern vorstellig zu werden.

»Der ehrsame, vorsichtige und wohlgelehrte Magister Andreas Reichlin, Doktor der freien Künste und der Arznei!«, kündigte der Rathausdiener den Medicus an. Aufrecht, mit wehendem Mantel und Barett, trat Andreas, sich eines würdigen Auftritts bewusst, in den Überlinger Ratssaal. Die bewundernden, aber auch neugierigen Augenpaare der anwesenden Räte waren auf ihn gerichtet. Was wollte der berühmte Arzt aus Konstanz vor dem Überlinger Stadtrat?

Der Bürgermeister der Reichsstadt erhob sich und begrüßte den Medicus sichtlich erfreut.

»Welch' Ehre gebührt uns durch Eure Anwesenheit, verehrter Herr Doktor. Was führt Euch, den vereidigten Stadtarzt von

Konstanz und den Medicus des Bischofs, vor den Rat unserer Reichsstadt, ehrenwerter Magister Reichlin?« Die Stimme des Bürgermeisters drang voller Hochachtung durch den schlichten Rathaussaal.

»Verehrter Bürgermeister, verehrter Rat«, Andreas blickte vom Bürgermeister zu den übrigen anwesenden Herren, »um es kurz zu machen, ich spiele mit dem Gedanken, das Bürgerrecht von Überlingen zu erwerben!«

Ein Raunen durchströmte den Saal. Andreas kannte einige Räte durch die engen nachbarlichen Beziehungen zwischen Konstanz und Überlingen. Die wohlhabenden Konstanzer Bürger hatten wie Andreas Verwandte oder Besitz im Reichsgebiet der Stadt. Außerdem trafen sich die Patrizierfamilien als Mitglieder der ehrenwerten Konstanzer Gesellschaft zur Katz und der gleichgestellten Überlinger Löwenzunft immer wieder zu gesellschaftlichen Anlässen. Zur Zeit des Streits zwischen den Konstanzer Zünftlern und den Patriziern hatten Letztere ja in Überlingen sogar Zuflucht gefunden.

»Ihr wollt Konstanz und den Bischof verlassen und nach Überlingen ziehen?«, nahm der Bürgermeister das Gespräch wieder auf.

»Es kommt auf die Bedingungen und Zugeständnisse Eurer Reichsstadt an.«

Andreas spürte zu seiner Freude, dass er hier gern gesehen war. Er konnte es wagen, fordernd zu werden.

»Nennt uns Eure Vorstellungen!«

»Nun, zunächst möchte ich nur solange Bürger von Überlingen sein, wie ich mich hier wohl fühle. Es liegt mir daran, das Bürgerrecht aufgeben zu dürfen, wann immer es mir gefällt. Außerdem bitte ich, sowohl von der Steuer als auch vom Wachdienst befreit zu werden und frei reisen zu können. Wichtig ist mir weiterhin, dass mir zur rechtschaffenen Ausübung meines Berufes eine Apotheke in der Stadt zur Verfügung steht, denn in Padua habe ich die Arzneiheilkunde studiert, und mein Wissen dient dem Wohl der Patienten. Außerdem möchte ich, dass meine Söhne und Töchter, sollte mir etwas zustoßen und sollten sie nicht in einer anderen Stadt ansässig sein, ein Jahr lang diese mir zugestandenen Freiheiten in Überlingen genießen können.«

»Ratsschreiber, habt Ihr die Forderungen und Wünsche des ehrsamen Herrn Medicus notiert?«

Der Ratsschreiber notierte mit dem Federkiel die letzten Worte von Andreas. Dann blickte er hoch und erwiderte:

»Ja, Herr Bürgermeister!«

»Wohlan, dann lasst uns darüber beratschlagen. Ist es Euch genehm, morgen wieder nach Überlingen zu kommen, unseren Beschluss zu hören?«

»Es steht leider nicht in meiner Macht, die Nacht in dieser Stadt zu verbringen oder den morgigen Tag nochmal das Schiff hierher zu nehmen. Ich verweile jetzt noch einige Zeit. Es wäre mir angenehm, die Angelegenheit heute zu regeln.«

»In Ordnung, Herr Medicus. Dann werden die übrigen Anträge eben warten müssen. Wir erwarten Euch erneut, wenn die Osannaglocke unseres ehrwürdigen Gotteshauses elf Mal schlägt.«

»Wir erfüllen Euch gern jede Eurer Forderungen …« Andreas war zur angesetzten Stunde in den Ratsaal zurückgekehrt, und der Bürgermeister verkündete das Ergebnis der Beratung, »… allein einen Apotheker, den Jörg Tucher, haben wir schon! Er ist ein ehrenwerter Bürger unserer Stadt. Er ist für das Anfertigen von Arzneien zuständig. Wir sind uns sicher, dass eine Zusammenarbeit mit ihm vorteilhaft für Euch ist.«

Andreas stieg das Blut in den Kopf, denn genau das war es ja, was er nicht wollte, einen Apotheker, der von seiner Heilkunst profitieren sollte: »Ich benötige keinen Apotheker! In Konstanz habe ich über zwei Jahrzehnte die Heilmittel unter meinem eigenen Dach selbst hergestellt, und Ihr wisst um ihre außergewöhnliche Wirkung.«

»Selbstverständlich, Herr Medicus, hat sich Euer wunderbringendes Mittel gegen die Pest und das Arcanium gegen den Kopfschmerz bis in unsere Stadt herumgesprochen. Es ist in der ganzen

Region bekannt. Dennoch, wir haben den Tucher und eine gut geführte Apotheke in der Stadt.«

Andreas spürte, wie es allmählich in ihm brodelte. Er bemühte sich, die folgenden Worte sorgsam zu wählen und ruhig vorzutragen:

»Verehrter Herr Bürgermeister, meine Herren Räte! Die Herstellung von hervorragenden Heilmitteln ist eine Kunst, deren Grundlagen ich in Italien bei einem der gelehrtesten und weisesten Professoren, die an den Universitäten in Europa die Arzneikunde unterrichten, gelernt habe. Dieses Grundwissen, kombiniert mit unendlich vielen wissenschaftlichen Untersuchungen, mit der Erprobung verschiedener Mischungen von Heilkräutern und Säften zum Teil an meinem eigenen Leib kosteten mich nicht nur zahlreiche, schlaflose Nächte, sondern auch viele Tage der Übelkeit, des Unwohlseins und mehrfach beinahe das Leben. Sollte Herr Tucher diese Kunst auch beherrschen wollen, möge er nach Italien reisen oder ähnliche zeitraubende und gefährliche Untersuchungen anstellen. Ich werde ihm meine Rezepte mit Sicherheit nicht weitergeben!«

Er sprach's und verließ wutentbrannt den Raum und das Rathaus, preschte, ohne auf die Menschen zu achten, welche er anrempelte und welche ihm kopfschüttelnd nachblickten, über den mit Buden, Händlern und Käufern überfüllten Fischmarkt durch die Gasse, an der Gred vorbei, hinunter zum Fährhafen. Er wollte soeben das Boot nach Konstanz besteigen, als er eine laut rufende Stimme hinter sich hörte:

»Herr Doctor, Herr Doctor, allergnädigster Herr, wartet bitte! Die Ratsherren bitten Euch um Gehör!«, hallte es durch die schmale Gasse zum See.

Mit einem Fuß schon im Boot, drehte sich Andreas, wie auch die übrigen erstaunten Passanten, um und erblickte den heranstürmenden, abgehetzten Ratsdiener.

»Bitte, Herr Richilus, der Rat möchte Euch ein Angebot unterbreiten!«

Andreas besann sich kurz und setzte den Fuß wieder an Land.

Die übrigen Fahrgäste stiegen ein, und der Fährmann blickte Reichlin fragend an.

»In Ordnung, fahrt los, ich nehme das nächste Boot!«

»Wir sind uns Eurer Erfolge in der Heilkunst bewusst, wissen, dass Ihr aus einer Familie stammt, die eng mit unserer kaiserlichen Stadt und Seiner Majestät verbunden ist. Euer ehrsamer Herr Vater, Gott hab ihn selig, praktizierte hier als Medicus und Schulmeister. Euer Bruder dient am Hof des Kaisers. Es wäre uns eine Ehre, würdet Ihr, als vortrefflicher, ausgezeichneter Doktor der Künste und der Medizin, das Bürgerrecht unserer Stadt erwerben. Es ist unsere Absicht, Eure hervorragenden medizinischen Fähigkeiten der Stadt zu vollem Nutzen zukommen zu lassen. Daher haben wir Folgendes überlegt, verehrter Magister Richilus«, ergriff der Bürgermeister demütig das Wort, nachdem Andreas den Ratsaal wieder betreten hatte. »Ihr erhaltet eine eigene Apotheke und einen eigenen Apotheker nach Eurer Wahl. Euer Apotheker hat wie Ihr Steuer-, Wacht- und Reisefreiheit. Ihr dürft Eure Apotheke mit allem bestücken, was Ihr benötigt, einkaufen und verkaufen, was andere Apotheken im Bistum gewöhnlich vertreiben. Gift und schädliche Arzneien dürft Ihr nicht abgeben, und bei der Verordnung neuer Arzneimischungen sollt Ihr Euch um besondere Sorgfalt bemühen. Wenn Euch die Stadt Schaden oder Kummer bereitet, lasst es den Bürgermeister oder den Rat wissen. Wir verlangen von Euch, dass Ihr, sofern Ihr das Bürgerrecht annehmt, Eurem Bürgermeister und Rat treu seid. Als Arzt sollt Ihr Arme und Reiche gleich gut behandeln. Es ist Eure Aufgabe, Herr Medicus, die Seuchen- und Leprakranken zu beschauen, das Siechenhaus außerhalb der Stadt bei St. Katharina und das Heilig-Geist-Spital zu betreuen. Wenn Ihr zu schwangeren Frauen gerufen werdet, müsst Ihr zu ihnen gehen und die Hebammen entsprechend unterweisen. Zu Pestzeiten dürft Ihr als besoldeter Arzt die Stadt nicht verlassen. Sind diese Vorgaben in Eurem Sinn, Herr Medicus?«

Andreas dachte kurz nach. Er würde jemanden finden, mit dem er zusammenarbeiten konnte. Und bis dahin würde er, wie in

Konstanz, die Apotheke selbst führen. Denn die Aussicht, sich in dieser Stadt niederzulassen, hatte ihn schon gefangen, zumal seine Wurzeln hier lagen:

»Ihr habt es schon erwähnt, verehrter Bürgermeister und Rat, dass mein Vater Jodokus, bevor er als Arzt in Konstanz sesshaft wurde, hier in Überlingen als Doktor der Arzneien und als Schulmeister tätig war und meine Mutter sich inzwischen wieder in Eurer Reichsstadt niedergelassen hat. Daher kann ich mir vorstellen, zu den genannten Bedingungen hier in der Stadt mit meinen Kindern ansässig zu werden.«

»Kommt am Dienstag nach dem Sankt Gallen Tag wieder, das ist der 19. Oktober des Jahres 1456, dann erhaltet ihr das Bürgerrecht unserer Stadt mit Brief und Sigel.«

Andreas entschied, seine Söhne Georg, Jakob und Matthias in Konstanz zu lassen, da sie ihre Schulausbildung an der Domschule fortsetzen sollten. Er sah vor, dass sie bald, wie einst er selbst, mit dem Studium in Heidelberg begannen, um dann eine italienische Universität zu besuchen. Die übrigen drei Kinder zogen mit ihm über den See ins Haus der Familie Reichlin in die Pars Prima von Überlingen.

Für Clemens engagierte der Medicus einen Privatlehrer.

»Ich möchte mit anderen Kindern eine Schule besuchen! Ich will zurück nach Konstanz und dort wie meine Brüder auf die Domschule gehen!«, lag ihm Clemens immer wieder in den Ohren.

In Überlingen gab es allein die Elementarschule, in der die Grundlagen des Lesens, Schreibens und Rechnens unterrichtet wurden. Eine Lateinschule, welche für das Studium an den Universitäten vorbereitete, fehlte. Schon Andreas' Vater Joss wusste als Studierter, wie wichtig die alten Sprachen als Voraussetzung dafür waren, sich in ganz Europa verständigen zu können, vor allem im Hinblick auf ein Universitätsstudium in Italien. Nur mit einer ausgezeichneten Schulbildung konnte man sich den Platz in der gehobenen Gesellschaft sichern. Andreas dachte an Nikolaus und Enea, die dank ihrer Bildung den Aufstieg in hohe Kirchenämter geschafft hatten. In ihm reifte der Gedanke, den Überlinger Rat von der Gründung einer Lateinschule zu überzeugen. Es war sein Ziel, Clemens in der Reichsstadt zusammen mit anderen Kindern aus der Region in Latein und Griechisch unterrichten zu lassen und ihn mit den Gedanken von Ovid, Aristoteles, Plinius, Homer und anderen antiken Dichtern und Philosophen auf ein Universitätsstudium vorzubereiten.

Die Töchter Magdalena und Elisabeth litten sehr unter dem Verlust der Mutter. Wie sie einst Anna in der Haushaltsführung unterstützten, so halfen sie jetzt ihrer Großmutter.

Andreas war klar, dass der Einzug bei seiner Mutter nur eine vorübergehende Lösung war. Er benötigte ein neues Eheweib, eine Hausfrau, welche sich um die Kinder und Bediensteten kümmerte.

»Der Medicus kommt, der Medicus kommt!«

Kindergeschrei drang durch die Räume des Waisenhauses am See, welches zum Komplex des Heilig-Geist-Spitals gehörte. Andreas lächelte, als er die Jungen und Mädchen auf sich zustürmen sah. Die bemitleidenswerten kleinen Gestalten freuten sich sichtlich über das Erscheinen des Arztes. Ihre schmalen, zarten Ärmchen klammerten sich an Andreas' Mantel. Es waren Kinder, deren Eltern an Krankheiten, Unfällen oder bei Raubüberfällen gestorben waren. Zuweilen verloren sie ihre Väter und Mütter auch an den Henker. Wie die armen und alleinstehenden Alten, so wohnten auch die Waisen in eigenen Räumlichkeiten des Heilig-Geist-Spitals.

»Wollt ihr Euch wohl benehmen und den Herrn Doktor so begrüßen, wie es seinem Rang und seiner Ehre als Stadtphysikus der freien Reichsstadt Überlingen zusteht!«, schallte eine laute, strenge Frauenstimme durch den Gang. »Maria, Maria! Wo steckst Du?«, schrie sie weiter.

Eine junge Schwester eilte heran.

»Nimm die Bälger, züchtige sie und schließ sie in die Kammer, damit sie lernen, sich ordentlich zu benehmen!«

Die Kinder waren beim Anblick der Meisterin verstummt. Jetzt folgten sie geduckt und voller Angst vor den angedrohten Schlägen der jungen Schwester.

»Ah, Herr Medicus«, wandte sich die Meisterin in freundlichem Tonfall Andreas zu. »Welch Freude, Euch zu sehen. Kommt in mein Zimmer. Unser Spitalpfleger, Ratsherr Erhard Keller, ist auch da. Wie jeden Samstag machen wir gemeinsam die Abrechnung. Ihr wisst, dass Ihr für die Betreuung des Spitals einen Gulden in der Woche erhaltet?«

»Herr Doktor! Wie gut es tut, Euch zu sehen! Habt Ihr Euch gut eingelebt in unserer Stadt?«, begrüßte Keller den Medicus, nachdem sie den Raum betreten hatten.

»Es geht mir ausgezeichnet. Ich habe viel zu tun und bin sehr zufrieden mit meiner Arbeit.«

»Ihr habt viel zu tun, das bedeutet Wohlstand. Wenn ich die Kosten für Fleisch, Schmalz und Wein vom Markt sehe und die für die Handwerker und Taglöhner, welche wir in dieser Woche wieder haben, das verursacht mir Kopfschmerzen.«

»In Konstanz und Umgebung heißt es, das Überlinger Spital sei sehr wohlhabend.«

»Natürlich sind wir nicht arm. Aber wir haben auch immense Ausgaben für das Wohl unserer Bedürftigen. Es liegt uns am Herzen, dass sie ein erträgliches Leben führen. Ihr, Medicus, könnt dem Allmächtigen dankbar sein! Er hat Euch auf die Sonnenseite des Daseins gesetzt. Ihr solltet aber auch dafür sorgen, dass es Euch im Jenseits gut geht!« Der Spitalpfleger machte eine kurze Gedankenpause, um dann fortzufahren: »Ihr solltet mal wieder etwas für Euer Seelenheil tun, was meint Ihr?«

Ratsherr Keller war ein gutmütiger, etwas rundlicher, kleiner Mann, der hinter seinen Augen ein schelmisches Lächeln verbarg.

Andreas war klar, worauf dieser hinaus wollte. Er fragte daher ohne Umschweife:

»Habt Ihr etwas Konkretes im Sinn?«

»Erst einmal möchte ich Euch über unser Haus und unsere Aufgaben informieren. Als Spitalpfleger lenke ich für unsere Stadt die Geschicke der Einrichtung und fühle mich dafür verantwortlich. Ihr wisst, Medicus«, holte er aus, »wir haben viele Bedürftige: die armen Waisenkinder, welche Ihr soeben gesehen habt, die Alten, die Geistesverwirrten, die Kranken, die Verletzten, die Gebärenden, und dann verwalten wir auch noch das Siechenhaus außerhalb der Stadt. All diese armen, von unserem Herrn geprüften Seelen brauchen unsere Hilfe. Außerdem müssen wir unsere Gebäude erhalten. Das sind neben den Unterbringungsräumen das Bad, die Wirtschafts-, Vorrats- und Verwaltungsgebäude, die Stallungen sowie die Räume für unsere Bediensteten. Den Nahrungsmittelbedarf für die Bewohner und Almosenempfänger decken wir mit den Erträgen unserer Ländereien außerhalb der Stadt. Pfründner, Knechte und Mägde betreiben dort die Landwirtschaft. Gegen Bezahlung verköstigen wir auch Überlingens Schmiede und Küfer. Lasst uns in den Krankensaal gehen. Dort wartet Arbeit auf Euch, Herr Richilus: Bis zu 80 bedürftige Leute können wir aufnehmen. Wir trennen sie nach Alter und Geschlecht.«

Die kleine Gruppe verließ den Verwaltungstrakt und begab sich zur sogenannten Unteren Stube, dem Krankensaal des Spitals. Schon von weitem hörten sie das laute Stöhnen und Schluchzen, welches aus dem großen Raum drang. Beim Betreten stellte Andreas fest, dass beinahe alle der in Reih und Glied aufgestellten Betten belegt waren. In der Regel wurden hier ausschließlich die armen Notleidenden aufgenommen. Die Patrizier und andere wohlhabende Bürger zogen es vor, sich zu Hause behandeln zu lassen.

Kaum hatten sie den Saal betreten, kam eine Krankenmagd aufgeregt auf die Gruppe um den Spitalpfleger zugestürmt.

»Gott segne Euch, Herr Ratsherr!«, begrüßte sie ihn. »Soeben brachten zwei Knechte einen Patienten, dessen Bein von einer Kutsche halb abgefahren wurde. Wir müssen uns beeilen, sonst verblutet er.«

Nachdem Andreas das blutverschmierte, gequetschte Bein begutachtet hatte, war klar, dass hier allein der Baderchirurg helfen konnte, denn der war für die Amputationen zuständig.

Nach der Behandlung von weiteren Verletzten und Kranken

und dem Erkunden der übrigen Räumlichkeiten im Spital verabschiedete sich Andreas von dem Spitalpfleger und der Meisterin und begab sich zum Siechenhaus auf dem Berg bei St. Katharina außerhalb der Stadt.

Auf Reichlins' Schellen öffnete der Siechenpfleger die Tür. Er war selbst eine vom Aussatz befallene, erbarmungswürdige Gestalt und hatte sein Gesicht in ein Tuch vermummt.

»Herr Medicus!«

Andreas blickte in freundlich lächelnde Augen.

»Welch Ehre, dass Ihr uns von Gott und der Welt Verlassenen einen Besuch abstattet. – Tretet ein, wenn Euch vor der Ansteckung nicht bang ist!«, forderte der Sieche den Arzt auf. »Die meisten Bewohner sind derzeit draußen auf dem Feld. Nur einer ist im Haus. Er war einmal ein Herr, jetzt ist er verschlossen, geht selten raus und liest am liebsten in seinen mitgebrachten Handschriften. Weiß der Herrgott, was da drin steht. – Vielleicht könnt Ihr ihm helfen, seinem Trübsal zu entweichen!«

Andreas betrat die Stube. Am Tisch saß ein Mann. Als er Andreas sah, verhüllte er unverzüglich das Gesicht mit der geröteten, knotigen Haut und der von kleinen Geschwülsten befallenen Nase.

»Woher kenne ich diese großen, dunklen Augen?«, schoss es Reichlin durch den Kopf.

»Du erkennst mich nicht, Andreas?« Die verbitterte, leere Stimme schien seine Gedanken zu lesen.

»Ich bin es, Georg Besserer!«, kam es unter dem Leinentuch hervor.

Die Besserers waren eine alt eingesessene Überlinger Familie. Georgs Bruder Klaus saß im Überlinger Rat. Andreas kannte die Familie von gegenseitigen Besuchen in Konstanz und Überlingen.

Es war dem Aussätzigen peinlich, Andreas anzusehen. Vergeblich versuchte er, seine verknoteten Finger und Hände im Siechenrock zu verstecken.

»Seit wann bist Du hier, Georg?« Andreas bemühte sich, sein Entsetzen darüber, den jungen Patrizier hier anzutreffen, zu verbergen. Viele Bürger waren davon überzeugt, dass das Siechtum die Strafe Gottes für ein lasterhaftes Leben in Unzucht und Völlerei sei. Selbstverständlich verbrachte Georg einige Zeit im Wirtshaus und sprach dort dem Alkohol zu. Zuweilen hatte man ihn auch aus dem Freudenhaus schleichen sehen –, aber dabei konnte man viele Überlinger beobachten. Warum hatte Gott gerade ihn als Sündenbock ausgesucht? Oft stammten die Siechen aus ärmlichen Verhältnissen. Sie lebten in beengten Wohnhäusern, meist schliefen mehrere Personen in einer Bettstatt. Die Fenster waren in diesen ärmlichen Häusern mit geölten Leinwänden verhängt. Doch die Familie Besserer hatte ein großes Haus mit Glasfenstern.

»Die Siechenschau …«, er stockte, räusperte sich und war bemüht um eine feste Stimme, »das Urteil und die Einweisung erfolgten im letzten Sommer. – Seitdem lebe ich in der Hölle!« Georg brach plötzlich schluchzend auf seinem Stuhl zusammen. »Ich, ich kann nicht mehr, Andreas, warum hat der Allmächtige mich bestraft?« Immer wieder unterbrach ein verzweifeltes Schütteln die Sätze des Aussätzigen. »Meine Familie, mein Beruf, alles muss ich hinter mir lassen. Meine Kinder haben Angst vor mir. Meine Frau empfindet Abscheu bei meinem Anblick. Sie haben mich noch nie besucht!« Vom Tränenfluss unterbrochen, ließ er seinem Schmerz freien Lauf.

»Das dürfen sie auch nicht, Georg!« Andreas versuchte, mit beruhigender Stimme auf ihn einzugehen. »Die Gefahr der Ansteckung und Ausbreitung der Krankheit ist zu groß. Sie werden bestraft, wenn sie mit Dir essen und trinken!«

»Kannst Du Dir vorstellen, wie mein Weib hier mit mir und den anderen nasen- und fingerlosen Siechengestalten ein Festmahl einnimmt? – Immerhin bin ich Pfründner. Für stattliche 300 Gulden habe ich mich eingekauft, ich kann hier leben wie ein Fürst …«, Georg fasste sich allmählich und verfiel dabei in einen sarkastischen Tonfall: »… und muss nicht mit dem Bettelvogt auf Betteltour in die Stadt gehen. – Nicht auszudenken, wenn mich meine Familie mit Klapper und Siechenstock sehen würde«, fügte er hinzu. »Die Einzigen, die vorbeikommen und aus der Ferne nach meinem Befinden fragen, sind meine Mutter und meine kleine

Schwester Barbara. Zuweilen kommen auch meine Schwester Ursula und mein Bruder Klaus. Er hat gute Chancen auf das Amt des Bürgermeisters. Es ist sicherlich für die Wahl nicht zuträglich, einen Bruder im Siechenhaus zu haben. – Mutter und Barbara machen sich viel zu viel Sorgen um mich. Das belastet mich zusätzlich. Ich kann sie nicht in den Arm nehmen, nicht trösten. Wenn ich ihnen sage, sie dürfen sich durch meine Krankheit nicht ihr Dasein auf dieser Erde verpfuschen lassen und mögen mich aus ihrem Gedächtnis streichen, sehe ich geradezu die Tränen in ihren Augen. – Gott ist mit Dir, ruft dann meine Mutter über die Straße aus dem Kutschfenster heraus. Er will Dich nur prüfen. Das Leid, welches Du jetzt erträgst, wird im Jenseits Dein Heil sein. So versucht sie, mich zu besänftigen. Doch die Prüfung, die Gott mir auferlegt, ist kaum zu ertragen, und das spürt sie. Meine Mutter und meine Schwester leiden zu sehen, ist genauso unerträglich wie die Lepra. – Würdest Du mir einen Gefallen tun, Andreas?«

»Aber selbstverständlich, alles, was Du wünschst, Georg!« Andreas war froh, auf irgendeine Weise helfen zu können.

»Geh zu meiner Mutter, sag ihr, mir geht es gut. Ich bin hier bei den Siechen …«, wieder kam dieses spöttische, ironische Lachen, »in guter Gesellschaft und hab' mein Schicksal akzeptiert. Sag ihr bitte, als Oberpfründner erhalte ich gutes Essen, ausreichend Fleisch und Wein, ein regelmäßiges Bad in unseren Badstuben. Ich werde bei Bedarf geschröpft und zur Ader gelassen. Dennoch steht mein Entschluss fest: Ich werde mich in ein Siechenhaus in einer anderen Stadt einkaufen, dort, wo mich keiner kennt.« Dann fügte er seufzend, aber bestimmt hinzu: »Meine Mutter und Barbara brauchen also nicht mehr vorbeikommen. Denn in Kürze bin ich weg!«

Nach dem Besuch im Siechenhaus beschloss Andreas, an den See zu reiten. Er wollte allein sein, Zeit zum Nachdenken haben und die untergehende Herbstsonne genießen. Jedes Mal, wenn er die Wachen am Oberen Tor passiert hatte, vergaß er für kurze Zeit das Leid seiner Patienten. Denn der Blick, der ihn hier oben auf dem Blutschenberg empfing, war unbeschreiblich. Die Stadt, der See, das ständig wachsende Münster lagen ihm zu Füßen. Hier oben lebten die Patrizier und wohlhabenden Bürger der Stadt. Auch die Familie von Andreas besaß auf der Anhöhe ein Grundstück. Er dachte an Alberti, denn seit seinem Umzug nach Überlingen hatte sich wieder die Idee, einen Palast nach eigenen Vorstellungen zu bauen, in seinem Kopf festgesetzt. Wie hatte Alberti gesagt:

»Ich möchte, dass die Häuser der Freien die würdigste Stelle einnehmen, von wo aus man alle Vorzüge und Annehmlichkeiten der Luft, der Sonne und der Aussicht ganz ungezwungen genießen kann und ein bequemer Zugang vom Felde zum Haus sich bietet. Der Gast wird bei seiner Ankunft die Stadt, das Meer, die Gipfel der Berge und herrliche Gärten unter seinen Augen haben.«

War hier nicht genau der Ort, den Alberti beschrieb? Außerdem würde sein Anwesen von allen Einfahrtswegen, ob vom See, von Pfullendorf, Owingen, von Aufkirch oder von Salem kommend, schon von weitem sichtbar sein. Und er selbst konnte gleich einem Stadtherrn beobachten, wer sich der Reichsstadt näherte. Genau hier war der Ort für einen Palast, wie er ihn sich erträumt hatte. Nach dem Vorbild der Palazzi der Medici und der Ruccelai würde hier in Überlingen, und damit zum ersten Mal nördlich der Alpen, die moderne Architektur als Wiedergeburt der Antike Einzug halten.

Andreas trieb sein Pferd vorwärts und ritt den Berg hinunter. Die Straße war ungewöhnlich belebt. Heute sollte der Mörder Hans Schmied seiner gerechten Strafe zugeführt werden. Der Arzt bahnte sich seinen Weg durch das aufgeregte Getümmel. Die Bürger lechzten geradezu nach dem Spektakel. Schmied würde zunächst beim Gesellschaftshaus zum Löwen, auf dem Foro piscium, dem Fischmarkt, dann am Obertor und zuletzt an der Waldstatt jedes Mal mit einer glühenden Zange gegriffen und zuletzt aus der Stadt gejagt werden.

Reichlin war nicht nach Belustigungen dieser Art zumute. Hoch zu Ross grüßte er die bekannten Gesichter, überquerte den Graben und verließ die Stadt wieder durch das Hölltor im Osten. Er trieb seinen Rappen an den Baumgärten des Johann Wetzel, den Mühlen sowie der Bleiche vorbei und erreichte das Herrschaftsgebiet der Reichsabtei Salem. Vor der Kapelle St. Cosmas und Damian stieg er vom Pferd, betrat das kleine Gotteshaus und sprach für Georg Besserer ein Gebet zu den Heiligen der Ärzte. Nach der Zwiesprache mit dem Allmächtigen fühlte er sich erleichtert und ritt weiter zum Seeufer. Hier in Nussdorf glitt das Ufer sanft ins Wasser hinab. Andreas' Augen schweiften über die wogende Wasseroberfläche. Allein der Anblick des Sees war wohltuend, frisch und weckte neue Kräfte. Die vielfältige Farbenpracht und die Ruhe in der Bewegung verkörperten für den Arzt das Leben.

Der Allmächtige hat mit dem See Vollkommenes geschaffen, ließ er seine Gedanken schweifen. Auf diese Vollendung der Schöpfung wollte er täglich blicken. Erneut kam Reichlin sein Traum von einem Palast mit Garten als Paradies auf Erden in den Sinn.

Morgen würde er dem Bader seinen üblichen Besuch zum Haarewaschen, Schneiden und zum Rasieren abstatten. Dort würde er vermutlich den Ratsherrn Engelin treffen und konnte diesen nach einer möglichen Erweiterung seines Grundstücks, dieses wunderbaren Fleckchens Erde auf dem Blutschenberg, fragen.

Wie geplant, saß Andreas am nächsten Tag in einem Zuber in der Männerstube des Überlinger Bades hinter dem Kirchhof. Das warme, mit Kräutern angereicherte Wasser umspülte wohlig seinen Körper. Der Bader hatte ihm die Haare gewaschen und geschnitten. Jetzt schliff er das Rasiermesser für die Gesichtspflege.

»Reinlichkeit tut nicht nur gut, sondern Sauberkeit, häufiges Baden, Schröpfen und Aderlass beugen auch Krankheiten vor. Aber kaum verlässt man diese Anstalt der Reinlichkeit, überfällt einen der Gestank und der Unrat auf den Gassen unserer Stadt. Überlingen sollte unbedingt die Schweine von den Straßen fernhalten!«

Andreas sprach den Satz zu Ratsmitglied Engelin, der im Zuber neben ihm saß und von einem Badeknecht soeben einen Eimer Wasser über den Kopf geleert bekam.

»Was sagtest Du?«, prustete er unter dem Wasserschwall hervor.

»Ich sagte, wir müssen die Schweine von den Straßen in der Stadt fernhalten! Sie verursachen zu viel Mist und Gestank.« Andreas brachte die Worte noch zu Ende, bevor der Bader das Messer an seinen Hals setzte.

»Wie stellst Du Dir das vor?«, fragte sein Nebenmann, nachdem ein Knecht dessen Gesicht mit einem Handtuch getrocknet hatte.

Andreas wagte nicht zu reden, solange das Rasiermesser seiner Kehle so nahe war.

»Unser Überlingen ohne Schweine, das soll sich mal einer vorstellen«, mischte sich der Bader ein. »Vergiss nicht, wir brauchen den Mist der Viecher zum Kompostieren.«

»Aber doch nicht den Schweinedreck! Außerdem sollten wir die Misthaufen von den Straßen in die Hinterhöfe verlegen lassen!«, forderte Andreas, während der Bader von ihm abließ, um das Messer zu reinigen.

»Ja, der Gestank ist zuweilen unerträglich! Du hast Recht, Medicus, wir sollten im Rat einen Beschluss fassen. Auch sollten wir uns über die Darm- und Blasenentleerung der Bürger in der Öffentlichkeit Gedanken machen. Es ist zwar schon besser als früher, da es jetzt mehr Gruben zur Verrichtung der Notdurft gibt. Aber die Kinder und die alten Leute lassen es ja ungeniert laufen. Kürzlich hab ich die runzlige Enderle gesehen, wie sie ihre Pisse hemmungslos auf der Straße ausgeschüttet hat.«

»Die Italiener haben nach dem Vorbild der Römer Abwasserleitungen. Da sammelt sich die Notdurft zumindest in Kanälen. Es gibt dort auch zahlreiche Privathäuser mit eigenen Gruben. Wenn ich ein Haus baue, werde ich mir auch einen eigenen Abort zulegen.«

»Möchten die Herren nach der Rasur speisen, oder sollen wir noch schröpfen?«, unterbrach der Bader das Gespräch.

Andreas und der Ratsherr beschlossen, an diesem Tag auf das Schröpfen zu verzichten.

Wenig später brachte ihnen der Badergeselle Wein und geräucherten Fisch, angerichtet auf zwei Tabletts, welche er über den jeweiligen Zuber stellte.

»Jetzt fehlen uns nur noch die Frauen zum vollkommenen Genuss«, brachte Ratsherr Engelin nach dem ersten Glas Wein leutselig zur Sprache.

»Dazu müsst ihr ins Frauenhaus. Überlingen hat im Gegensatz zu anderen Städten sittliche Badestuben. Da haben die Weiber bei den Mannsbildern, und umgekehrt, nichts verloren«, mischte sich der Bader ein. »Wir sind ein ehrsames Haus in einer gottesfürchtigen Stadt!«

»Schon gut, schon gut, sollte nur ein Scherz sein«, beschwichtigte der Ratsherr.

»Sollten wir in der Lage sein, die Miasmen, die üblen Gerüche und die verdorbene Luft aus der Stadt zu verbannen, so wird das auch die Verbreitung von Krankheiten mindern«, nahm Andreas das Thema der Reinlichkeit erneut auf.

»Wie Recht Du hast, Andreas! Seit drei Tagen liegt ein Schweinekadaver am unteren Markt. Der stinkt gotteslästerlich. Der Henker gehört selbst gehängt, weil er seiner Pflicht, die Leichen wegzuräumen, unzuverlässig nachkommt«, entlud der Ratsherr lauthals seine Wut.

»Da hat aber auch der Bettelvogt seine Pflicht nicht erfüllt. Er hat die Aufsicht über die Reinhaltung der Straßen und des Markplatzes«, ergänzte Andreas.

»Wir können dankbar sein, dass unser Brunnenknecht alle Tage umsichtig darauf achtet, dass wir gutes und reines Quellwasser in der Stadt haben und dass an den Brunnen saubere Schöpfbehälter verwendet werden und weder Wäsche noch Geschirr darin gewaschen wird!«

»Von wegen eigenem Abort, um nochmal auf die eigene Grube zu sprechen zu kommen – Du planst, ein Haus zu bauen, Medicus?«

Andreas war froh, dass der Engelin das Bauprojekt zur Sprache brachte.

»Ja, und zwar ganz in Eurer Nähe beim Oberen Tor. Ich möchte mein Grundstück erweitern und das, welches an Eures grenzt, hinzukaufen.«

»Du bist vermögend«, sprach der Ratsherr, »das dürfte kein Problem sein. Das Grundstück gehört dem Spital.«

1458

Der unsterbliche Ruhm des Bauherrn

Es war ein heißer Tag im Monat August. Wie mit Tausenden von kleinen Sternen versehen, glitzerte der Bodensee in der sich neigenden Sonne. Eine kräftige Brise kräuselte die Wasseroberfläche zu kleinen, munter hüpfenden Wellen. Die Lädine bewegte sich flott in Richtung der Reichsstadt Überlingen. Andreas hörte kaum das Plätschern des Sees am Rumpf des Schiffes, das Schlagen der Wanten und das Knattern und Rauschen von Mast und Segel. Er war tief in Gedanken versunken. Seine fünfzehnjährige Tochter Magdalena, die ihn nach Konstanz begleitet hatte, versuchte, seine Aufmerksamkeit zu wecken. Sie hatte sich zum Plaudern mit ihren Freundinnen getroffen. Jetzt brannte sie darauf, ihrem Vater die Neuigkeiten aus der Damenwelt vom anderen Seeufer zu erzählen. Magdalena hatte erfahren, was sich in den letzten Tagen und Wochen in der Stadt zugetragen hatte, welche Frauen als Hexen beschimpft oder gestraft wurden wegen zu kurzer Ärmel, zu kleiner Kopftücher oder zu langer Kleider. Außerdem hatte sie erfahren, dass Klara Appentegger als Kupplerin tätig war. Sie hatte ihrem Bruder verholfen, die Tochter des Tettikoven zu heiraten, die bis dahin Nonne war. Magdalena hatte auch brandaktuelle Informationen über die neueste Mode in Italien erhalten. Denn die Väter der jungen Konstanzerinnen, die über die Alpen ziehenden reichen Kaufleute, mussten ihren heranwachsenden Töchtern stets detailgenau beschreiben, welche Kleider die Italienerinnen zur Schau trugen. Dabei hatten sich die Freundinnen über das feurige Glühen in den Augen der Väter beschwert, die von den rassigen, dunklen, wohlgekleideten Schönheiten aus dem Süden schwärmten. Auch versuchte Magdalena ihrem Vater mitzuteilen, dass sie sich von ihm ein neues Kleid wünschte.

Doch Andreas hörte Magdalenas Stimme kaum. Seit er das Bürgerrecht von Überlingen angenommen hatte und dort als

Stadtarzt und Apotheker tätig war, reiste er immer wieder über den See nach Konstanz, um sich dort mit seinen Freunden aus der Gesellschaft zur Katz zu treffen.

Diesmal war es ein besonderer Besuch in Konstanz gewesen. Andreas hatte die letzten Tage mit einer inneren Spannung erlebt.

Vor wenigen Wochen, am 6. August des Jahres 1458, hatte Papst Kalixtus III. das Zeitliche gesegnet. Reitende Eilboten waren in alle Länder ausgeschickt worden, um von dem weltbewegenden Ereignis Mitteilung zu machen. Innerhalb weniger Tage hatte das apostolische Schreiben Konstanz erreicht. Wieder trat das Konklave in Rom zur Wahl zusammen. Wieder wartete die Welt auf einen neuen Papst.

27 Kardinäle hatte das Kollegium beim Tode des Kalixtus umfasst. Aus diesem Kreis sollte der neue Papst gewählt werden. Andreas kannte mit Kardinal Nikolaus Krebs, der jedoch zur Papstwahl nicht in Rom war, Kardinal Enea Silvio Piccolomini und Kardinal Domenico Capranica drei der Purpurträger persönlich. Einer der aussichtsreichsten Kandidaten war, wie schon einige Jahre zuvor, der gelehrte und kluge, aber kränkelnde Capranica. Doch zwei Tage vor dem Konklavebeginn überfiel den ehemaligen Lehrer und Herrn von Nikolaus und Enea der Tod. Die Kardinäle standen unter Schock. Doch für Trauer blieb wenig Zeit, denn der leere Papstthron rief nach einer neuen Heiligkeit.

Drei Tage berieten, diskutierten, wählten die Kardinäle hinter verschlossenen Türen. Dann war die Sensation perfekt.

Andreas hatte an diesem Morgen beschlossen, einen Ausflug nach Konstanz zu machen, um Neuigkeiten über das Konklave zu erfahren. Selbstverständlich war der Bischofspalast hierfür der beste Anlaufpunkt.

Die Spekulationen über die Wahl des neuen Heiligen Vaters liefen hier auf Hochtouren. Andreas überlegte, ob Piccolomini Chancen hätte, den Papstthron zu besteigen. Doch auch Enea erfreute sich nicht mehr bester Gesundheit. Außerdem war er mittellos.

Als die im Konstanzer Bischofpalast anwesenden Herrn kaum noch damit rechneten, erschien ein völlig erschöpfter apostolischer

Reiter und überreichte Bischof Heinrich von Hewen die Pergamentrolle mit dem päpstlichen Siegel, welche den Namen des neuen Papstes preisgab. Mit Spannung beobachtete Andreas, wie der Bischof das Siegel brach und das Pergament auseinander rollte.

Es stand darin geschrieben, dass beim zweiten Wahlgang am dritten Tag Kardinal Enea Silvio Piccolomini, Bischof von Siena, 12 Stimmen der 18 anwesenden Kardinäle auf sich vereinigen konnte. Er nannte sich Pius II.

Andreas traute seinen Ohren nicht. Schließlich verband ihn mit dem neuen Pontifex Maximus eine jahrzehntelange Freundschaft, und der neue Papst hatte einst auf ihn, Andreas Reichlin, eine Lobrede gehalten.

Jetzt, auf dem Schiff, kamen dem Arzt die Diskussionen, die sie einst in Basel, Konstanz und Rom führten, in den Sinn. Er erinnerte sich an die zahlreichen Gespräche, die sie miteinander über die Literatur, die Wissenschaft, die Natur und selbstverständlich die Baukunst führten. Als er an die frivolen Sprüche dachte, die Enea in jungen Jahren von sich gab, an die erotischen Zitate antiker Schriftsteller, glitt ein Schmunzeln über sein Gesicht. Welche Pläne würde der Papst nun verwirklichen? Was würde Nikolaus von Kues, der Bischof von Brixen und Freund des Enea, sagen? Die Neugier trieb ihn. Andreas beschloss, sowohl dem Papst als auch Nikolaus einen Brief zu schreiben. Er musste einfach erfahren, was in den Köpfen dieser Herren vorging: ob und wie Enea die Wiedergeburt der Antike vorantreiben wollte mit seinem Sinn für die kreativen Schöpfungen des Menschen in Literatur, Kunst und Architektur. Sicher setzte der neue Papst alles daran, mit aller Macht die Welt der Römer und Griechen wieder aufleben zu lassen. Andreas hoffte, zumindest von dem Cusaner eine Antwort zu erhalten.

1459 – 1463

Das Paradies auf Erden

Eines Tages erreichte den Arzt im winterlichen Überlingen der lang ersehnte ausführliche Brief von Kardinal Nikolaus von Kues. Andreas begann zu lesen:

Februar 1459

»Mein verehrter Freund Andreas,

endlich finde ich die Zeit, auf Dein Schreiben zu antworten, welches mich vor einigen Wochen erreichte. Viel ist geschehen in den letzten Monaten, und ich möchte Dir der Reihe nach berichten.

Unser ehrwürdiger Heiliger Vater und langjähriger Freund Enea bat mich schon vor zwei Jahren inständig, als er selbst die Kardinalswürde annahm, nach Rom, in die Vaterstadt eines Kardinals, wie er es nannte, zu kommen. Doch war ich zu dieser Zeit noch zu sehr in die Konflikte meines Amtes als Bischof von Brixen mit Herzog Sigismund verwickelt, so dass ich dem Ersuchen des Kardinals nicht nachkommen konnte. Nach seiner Wahl zum Papst habe ich mich nun doch entschlossen, Brixen zu verlassen und dem Heiligen Vater zur Seite zu stehen. Als Generalvikar und apostolischer Legat bin ich der Stellvertreter des Papstes in kirchlichen und weltlichen Dingen und wohne im päpstlichen Palast.

Der Heilige Vater und ich haben viele Meinungsverschiedenheiten und heftige Diskussionen. Wenn Du die Wahrheit hören willst: Nichts von dem, was hier an der Kurie geschieht, gefällt mir. Alles ist korrumpiert. Niemand kommt in ausreichendem Maß seinem Amt nach. Auch die Kardinäle kümmern sich nicht genug um die Kirche. Es gibt keine Sorgfalt in der Liturgie. Alle haben nichts als Karriere und Habsucht im Sinn. Ich fühle mich hier überflüssig. Über meine Reformideen wird gelacht. Ich habe das auch Enea mitgeteilt, und weißt Du, was er antwortete:

Was auch immer an der Kurie auszusetzen sei, nicht der Kardinal, sondern er, der Papst, trage die Verantwortung für die Kirche.

Was soll ich dazu sagen? Wir kennen uns seit dem Basler Konzil. Haben gemeinsam Freud und Leid, Niederlage und Sieg ertragen. Unsere Diskussionen waren immer fruchtbar, auch in unserer Gegensätzlichkeit. Lebte einst er in unserem Land, so lebe ich jetzt in seinem Land.«

Andreas hielt kurz inne und blickte nach draußen, wo die Schneeflocken vom Himmel fielen. In Gedanken stellte er sich Nikolaus und Enea vor. Nikolaus, der Denker, der fromme, sittenstrenge Asket, durchgeistigt, von überempfindlichem Gerechtigkeitsgefühl. Enea dagegen, der einstige Lebemann mit der mediterranen Unbekümmertheit, der Schöngeist, der Selbstdarsteller, der Genießer, der Literat, der Philosoph, der sein Leben genoss. Jetzt war er Papst.

Doch eines hatten beide gemeinsam: Sie hatten sich als unbekannte junge Männer am Basler Konzil einen Namen gemacht und verfolgten von da an intuitiv und ehrgeizig einen Weg, der sie immer wieder trennte und zusammenführte, und beinahe gemeinsam erreichten sie ihre Ziele. Andreas las weiter:

»Der Papst plant einen Kreuzzug gegen die Türken, der in meinen Augen völlig sinnlos ist.«

Die Türken hatten Konstantinopel schon vor einigen Jahren zu Fall gebracht. Nikolaus deutete den Sieg der Türken als Strafe Gottes über die orthodoxe Bevölkerung, die den Beschluss vom Konzil von Ferrara und Florenz nicht annehmen wollte. Enea dagegen betrauerte in der Eroberung Konstantinopels vor allem den zweiten Tod Platons und Homers und den Untergang der Schätze der griechischen Wissenschaft und Theologie. Seine Heiligkeit machte sich jetzt aus Rache das Zustandekommen eines Krieges gegen die Türken zur Lebensaufgabe.

»Doch Du kennst sein Vertrauen in den Erfolg. Er lässt sich um nichts in der Welt von seinem Vorhaben abbringen.

Ein weiteres Projekt löst bei mir Kopfschütteln aus:

Mein lieber Freund Andreas, Du erinnerst Dich an unsere zahllosen Gespräche über das Leben, die Natur und über Städte und Stadtanlagen, seine genauen Beobachtungen an Häusern und Palästen und deren unterschiedliche Bauweise im Norden und im Süden. Pius plant jetzt als Papst ein gigantisches Bauunternehmen. Nicht in Rom, wie unser verstorbener Freund Papst Nikolaus V. Oh, nein!

Er plant, seine Geburtsstadt Corsignano niederzureißen und komplett neu aufzubauen. Dieser Ort, gelegen zwischen Siena und Perugia, liegt nicht am Weg von Florenz nach Rom, ist daher kaum bekannt und nicht einfach zu erreichen. Zurzeit ist der Papst auf dem Weg nach Corsignano, um den Bewohnern den Beschluss für den Abriss ihrer Stadt mitzuteilen. Arme Menschen werden umgesiedelt und gezwungen, ihre Häuser an die Kurialen zu verkaufen. Kardinäle und Bischöfe sollen dort ihre Paläste neu errichten, und zwar genau nach den Vorgaben eines idealen Stadtplanes. Für sich selbst plant er einen großen Palast mit erhöht liegendem Garten und einem überwältigenden Ausblick in die Natur. Er denkt dabei an die Villa des alten Plinius als Vorbild. Sein engster Berater für dieses Projekt ist natürlich unser Freund Leon Battista Alberti. Im Vertrauen sage ich Dir, dass er sich hierfür großer Summen aus dem päpstlichen Geheimfonds bedient. Und weißt Du, wie er seine neue Stadt nennen möchte? Pienza – nach sich selbst!

Auch wenn wir nicht immer gleicher Meinung sind, spüre ich, dass der Heilige Vater mich braucht, nach meinem Rat und meinem Wissen verlangt. Er bevorzugt mich sichtbar vor den Kardinalskollegen. Vor wenigen Wochen bestätigte er meine Stiftung des St. Nikolaus Hospitals in Kues, entzog es der Gewalt des Ortsbischofs und stellte es unter den Schutz und die Gerichtsbarkeit des Heiligen Stuhls.

Du weißt, das ist mein Projekt, in das mein gesamtes Vermögen fließt. Ich weigere mich, in Pienza einen Palast zu bauen, auch wenn Pius mich dazu drängt. Denn es liegt mir am Herzen, ein Bauwerk nicht für mich, sondern für die Bedürftigen zu errichten. In dem Hospital ist Platz für 33 abgearbeitete, unbescholtene Männer, sechs Geistliche, sechs Adlige, 21 Gemeine. Du solltest das Hospital sehen, es ist so gut wie fertig. Allein die Kapelle steckt noch im Rohbau. Sie ist voller harmonischer Proportionen. Ein vollkommenes Quadrat, wie Alberti uns empfohlen hat, bildet den Grundriss, an welches der Chor angehängt ist. Eine Säule als Symbol für den Schöpfer in der Mitte des Quadrats stützt das Gewölbe. Für all meine kostbaren Bücher habe ich eine Bibliothek, gleichfalls in der Form des vollkommenen Quadrats und mit einer Säule im Zentrum, errichten lassen.

Mein verehrter Andreas, ich schreib Dir dies alles, da auch uns eine zeitlebende Freundschaft zusammenhält und Du den Heiligen Vater persönlich kennst. Leider ist er im Moment so beschäftigt, dass er Dir nicht persönlich schreiben kann. Doch lässt er Dich herzlich grüßen.

Sei umarmt

Nikolaus«

Andreas hatte den Brief gebannt gelesen. Enea reichte es also nicht, sich einen Palast als Denkmal zu setzen, nein, er wollte tatsächlich eine ganze Stadt neu errichten. Was für ein Gedanke!

Die Idee fesselte den Deutschen. Am liebsten wäre er nach Rom gereist, um mit seinen Freunden über dieses Vorhaben zu diskutieren. Doch das war unmöglich. Daher beschloss er, sofort einen Brief an Nikolaus zu senden, damit dieser ihn ausführlicher über die Projekte informieren würde. Er teilte ihm mit, dass er selbst plane, einen Palast nach italienischem Vorbild zu bauen.

In den folgenden Wochen erfuhr Andreas, dass Enea seinerseits in seiner neuen Stadt eine Kirche nach deutschem Vorbild plante. Sie waren auf dem Weg, ihre Träume aus vergangenen Zeiten zu verwirklichen.

Aus den Briefwechseln ging hervor, dass der Leiter des päpstlichen Projekts der angesehene Baumeister Bernardo Rossellino war, der schon nach Albertis Entwurf die viel besprochene Fassade des Palazzo Ruccelai in Florenz ausgeführte hatte. Dieses Projekt musste inzwischen fertig gestellt sein. Auch für den verstorbenen Papst Nikolaus V. war Rossellino maßgeblich an den städtebaulichen Maßnahmen in Rom beteiligt.

Eines Tages erreichte Reichlin ein Schreiben, welches mit dem päpstlichen Siegel versehen war. Pius persönlich schrieb Andreas über sein Bauvorhaben. Der Medicus las die sorgfältigen und elegant geschriebenen lateinischen Zeilen des päpstlichen Schreibers:

Im April 1459

Verehrter Andreas,

ich habe gehört, Du interessierst Dich für das Bauprojekt in Corsignano, der Ort, der jetzt Pienza genannt wird.

Ich bin in Eile, und meine Glieder schmerzen von der Gicht. Das Reiten fällt mir schwer. Dennoch war ich auf dem Kongress in Mantua. Wir sind über Florenz geritten. Das Landhaus von Giovanni de Medici in Fiesole ist fertig. Leon Battista, der mich übrigens nach Mantua begleitete, ist voll des Lobes für die Harmonie seines Entwurfs. Giovanni de Medici ließ auch noch das Kloster San Girolamo in Fiesole bauen und ist gerade dabei, den neuen Kirchenbau in Auftrag zu geben. Das ist aber nichts gegen mein Projekt. Lese, was ich geplant habe: Wie einst Alexander der Große Alexandria gegründet hat, Rom am Geburtsort von Romulus errichtet wurde, Kaiser Konstantin Konstantinopel gegründet hat, so werde ich, Papst Pius, die Stadt Pienza erbauen, mit einem Dom, einem Rathaus, Stadttoren, Palästen für Kardinäle und Bischöfe und einem Palazzo für mich und meine Familie.

Mein Palast wird großartiger, als die Medici nur erahnen können. Alberti und ich planen eine Villa in der Stadt, nutzen die Vorteile des Stadtlebens und verbinden sie mit den Eigenschaften eines Landhauses. Die Aussicht und die Natur sind die Dirigenten unseres Entwurfs.

In Anbetracht Deiner Klugheit und Weisheit und Deines großen Interesses an der Baukunst gebe ich Dir gern eine genaue Beschreibung meines Palastes, so wie ich ihn mir vorstelle:

Der Palazzo steht auf quadratischem Grundriss und ist vollständig mit geglätteten Natursteinen verkleidet. Das Relief der einzelnen Quader ist nicht stärker als ein Finger. Die Steine ragen wie Würfel aus der

Fläche hervor. Es handelt sich um eine Fassade, die der Schauseite des Palazzo Rucellai in Florenz ähnlich ist. – Du erinnerst Dich sicher an die Ausführungen unseres Freundes Alberti über die Veranschaulichung der Macht des Bauherrn mit Hilfe der Schauseite seines Palastes.«

Selbstverständlich erinnerte sich Andreas daran. Schließlich plante auch er einen Bau, um der Nachwelt als bedeutender Doktor der Künste und der Medizin in Erinnerung zu bleiben. Er las weiter:

»Wer meinen Palast durch das Hauptportal im Norden betritt, kann das Peristyl, den Hof, den hinteren Portikus und den Garten bis zur rückwärtigen Begrenzung mit einem Blick erfassen und all diese Orte gemessenen Schrittes, ohne einmal den Fuß zu heben, durchschreiten. Wenn einige meinen, dass der größte Ruhmestitel eines Baus Helligkeit ist, wird man diesem Palast kein anderes Bauwerk vorziehen. Er genießt freien Ausblick nach allen vier Himmelsrichtungen. Der Blick aus den oberen Geschossen schweift über Hügel und Wälder bis hin zu den am fernen Horizont liegenden Städten.

Jenseits des Portikus blieb so viel Platz übrig, wie der Palast an Grundfläche beansprucht; dieses Terrain steht für den Garten zur Verfügung. Allerdings ist es alles andere als eben; ein schroffes Gelände muss überbrückt werden. Auf den Felssockel werden dicke Mauern gestellt, darüber Erde angehäuft, um das Terrain auszugleichen. Hier soll ein giardino pensile, ein hängender Garten mit Weinstöcken und Bäumen, entstehen. Um den Garten herum ziehen sich Sitzbänke aus Stein und eine brusthohe Mauer. Die Küche wird man beim Bau des Palastes aussparen. Für sie wird ein viereckiger Anbau von gleicher Höhe wie der Palast errichtet, und zwar neben der Zisterne in der Nordwestecke des Gartens.

Kannst Du Dir vorstellen, in welch einem Prachtbau ich meine Aufenthalte außerhalb von Rom verbringen werde?«

Enea hatte eine kleine Skizze beigelegt, aus der Andreas die harmonisch aufeinander abgestimmten Proportionen und Maße des Bauwerks entnehmen konnte. Es war an der Zeit, das Grundstück am Blutschenberg zu erweitern. In seiner Fantasie veranstaltete Reichlin bereits Gastmähler und Lesungen. Zwischen Buchsbäumen, Obstbäumen und Wasserspielen lustwandelten seine Freunde und genossen den wunderbaren Blick auf die Natur, den See, die gegenüber liegenden Hügel, die Weinreben und auf die Stadt mit dem Gotteshaus.

Es war nicht einfach, einen Baumeister zu finden, der die Planung und Ausführung des Vorhabens durchführen konnte. Schließlich waren der Stil und das Gedankengut, das in der Baukunst zum Ausdruck kommen sollte, etwas völlig Neues für Überlingen und Umgebung. Die Einzigen, die Erfahrung mit dem welschen, dem Stil nach der Art der Italiener hatten, waren die Erbauer des Hauses zur Katz in Konstanz. Denn Hans von Tetigkofen, Luitfried Muntprat, Hans und Jakob Appentegger, die reichen Konstanzer Händler und Kaufleute, hatten ja schon vor 20 Jahren florentinische Ideen mit in die Bischofsstadt am Bodensee gebracht. Zu den Bauleitern gehörten damals Meister Merk und Meister Konrad von Will.

Andreas reiste erneut mit Magdalena über den See, um das Projekt mit Meister Merk und Meister Konrad zu besprechen. Magdalena hoffte auf ein Zusammentreffen mit ihren Freundinnen. Da dieses nicht zustande kam, musste sie notgedrungen an dem Gespräch, welches sie eigentlich nicht interessierte, teilnehmen. Reichlin traf sich mit den Bauleitern im Haus zur Katz.

Der Überlinger Arzt erläuterte den beiden seine genauen Vorstellungen anhand einer Skizze, die er selbst nach dem Entwurf des Palazzo Piccolomini angefertigt hatte.

Mit dem Konstanzer Gesellschaftshaus hatte er die Möglichkeit, auf ein seltenes Vorbild zurückzugreifen und seine Vorstellungen den Handwerkern zu vermitteln, denn beide waren noch nie in Italien gewesen. Andreas bemühte sich, ihnen die Besonderheiten der italienischen Paläste zu erklären, und merkte schnell, dass manche Neuerung ein Un- und Missverständnis bei den Bauleuten hervorriefen. Dennoch legte Reichlin großen Wert auf die

Sonderwünsche, die seinen Palast vom Haus zur Katz deutlich unterscheiden sollten. Er griff dabei auf Ideen zurück, die Eneas' Palast auszeichneten: der quadratische, freistehende Bau, der terrassierte Garten, der Durchblick vom Eingang bis zum Garten und selbstverständlich die geglätteten, rhythmisch verlegten Steine der Fassade.

»Wir werden einen Teil der Anhöhe abtragen und den Keller für das Lagern des Weines ausheben. Die Erde wird für die Terrassierung des Gartens angeschüttet. Stützmauern dienen zur Befestigung. Das Haus wird so gebaut, dass man von der Straße mit der Kutsche in das Untergeschoss einfahren kann und von dort in den Hof gelangt. Im Erdgeschoss liegen einige Wirtschaftsräume und der Stall für meine Pferde.«

Inzwischen war Magdalenas Neugierde auf den neuen Palast geweckt worden, und sie verfolgte gebannt die Pläne ihres Vaters.

»Wo wird mein Zimmer liegen?« Sie wagte es, sich in das Gespräch einzumischen.

Andreas überging die Frage seiner Tochter und sprach zu Merk gewandt weiter:

»Im Ostflügel der beiden Obergeschosse werden meine Privatgemächer und die meiner zukünftigen Gemahlin sein, und zwar vollständig von der Dienerschaft getrennt. Meine Gemahlin braucht ein eigenes Schlafzimmer, damit sie mir bei Übelbefinden nicht lästig ist.«

Magdalena verzog keine Miene, denn Mädchen und Frauen waren es gewohnt, bei Männergesprächen als scheinbar nicht anwesend behandelt zu werden und im alltäglichen Leben einem Mann in keiner Weise zur Last fallen zu dürfen. Dennoch fragte sie sich insgeheim, ob, wann und wen ihr Vater wieder heiraten würde. Nie würde sie jedoch so dreist sein, ihn zu fragen.

»Mein Schlafgemach ist eher vornehm als groß, und ein Kamin mit Säulen nach Art der Alten soll es im Winter wärmen«, fuhr Andreas fort. »Eine Geheimtür mit einer kleinen, privaten Treppe soll mich ohne Wissen der Hausgenossen oder Dienstboten von dort aus in die Gemächer meiner Frau, in die Kapelle und den feuerfesten Raum darüber führen. In diesem Geheimraum bewahre ich meine Kostbarkeiten und meine Bücher auf. Er dient auch als meine Bibliothek.«

Andreas besaß zwar nicht so viele Bücher wie Nikolaus oder Enea, aber eine Bibliothek gehörte zu einem modernen Palast wie ein Buchsbaum in einen italienischen Garten. Auch das hatte er in Italien gelernt.

Nach dem Vorbild der Kapelle und der Bibliothek seines Freundes Kardinal Nikolaus Krebs in Kues wollte der Arzt sein kleines Gotteshaus und den Raum darüber durch eine zentrale Säule im Raum gliedern. Kapelle und Bibliothek würden, wie Vitruv es forderte, ebenfalls im Osten des Palastes liegen.

Andreas atmete tief durch, denn nun kam der für ihn bedeutendste Teil der Planung:

»Wir werden das Haus nach göttlichen Maßen errichten.«

Es war üblich, Kirchen nach heiligen Zahlen zu planen und zu bauen und damit der göttlichen Harmonie und Ordnung zu folgen. Denn der Kosmos hielt sich auch an bestimmte Zahlenverhältnisse. Aber das Wohnhaus eines Normalsterblichen, auch wenn er noch so wohlhabend und von hohem Ansehen war, nach heiligen Zahlen zu proportionieren, das war den Baumeistern noch nicht vorgekommen. Sie warfen einander verständnislose Blicke zu, wagten aber nicht, sich zu äußern, und hörten, was der Bauherr ihnen mitteilte:

»Wir werden die Kapelle und die Bibliothek darüber in den Formen des Quadrats errichten.«

Andreas dachte an Alberti, der ihn schon vor vielen Jahren auf die göttliche Vollkommenheit des Quadrats und des Kreises, in denen die wahre Schönheit lag, aufmerksam gemacht hatte. Anhand des vitruvianischen Mannes hatte er erläutert, dass Mensch und Quadrat die vollkommenen Formen hatten. Aber auch Aristoteles und Platon sahen die Architektur als Ordnung, Symmetrie und Begrenzung mathematisch verwirklichter Schönheit.

Wie oft hatten sie sich darüber unterhalten? Für Nikolaus war die Zahl das Urbild aller Dinge und die wichtigste Spur, die uns zur Weisheit führt; die Worte des Freundes klangen in Andreas' Ohren.

»Genau 24 Fuß wird der Innenraum des Gotteshauses in der Höhe, Breite und Tiefe messen.«

Die gleiche Harmonie wie beim Pantheon und der Aachener Pfalzkapelle, dachte Andreas für sich.

»Aus der zentralen Säule entspringen vier Rippen diagonal in die Ecken und vier gerade zur Wand. Sie unterteilen das Gewölbe in vier mal vier Quadrate mit einer Seitenlänge von jeweils zwölf Fuß.«

Als Baumeister waren Merk und sein Kollege vertraut mit den Zahlen eins, vier und zwölf und damit, dass die zentrale Säule für den einzigartigen Schöpfer, für Gott, stand. Aus diesem Zentrum entstand die Schöpfung, das Irdische: die vier Elemente, die vier Jahreszeiten, die vier Himmelsrichtungen, die vier Flüsse des Paradieses, die gesamte Erde. Das Kosmische bildete die Zahl zwölf mit den Tierkreiszeichen und den Monaten. Sie stand aber auch für die zwölf Apostel, die vom Leben des Gottessohnes, des Erlösers der Menschheit, berichteten.

»Die Kapelle wird uns die Maße für das übrige Gebäude geben.«

Denn, so hatte Alberti Vitruv zitiert, das anmutige Aussehen eines Gebäudes würde erzielt, wenn die Glieder des Bauwerks in klaren Verhältnissen von Höhe zur Breite und von Breite zur Länge stünden.

»Das Hauptgebäude wird dreimal so lang wie die Kapelle, und davon die Hälfte geben wir der Höhe des Hauses bis zur Traufe. Der Giebel wird genauso hoch sein wie das Haus bis zur Traufe, und damit haben wir auch für die Hausansicht die perfekte Form des Quadrats.«

Die Italiener pflegten keine Giebel-, sondern Flachdächer zu bauen. Doch in Deutschland war das steile Dach notwendig, damit die winterlichen Schneemassen abrutschen konnten. Außerdem würde das Haus ohne den Giebel in der Überlinger Dachlandschaft verschwinden. Tiefe, in die Fassade geschnittene Rundbogen, verteilt über die vier Dachgeschosse des Ostgiebels, sollten die Pracht des gen Himmel strebenden Palastes betonen.

»Der Hof wird im Süden an das Haus anschließen, den Übergang zum Garten bilden und nach Möglichkeit die gleiche Fläche wie das Gebäude einnehmen. Holzstützen werden die Dächer der seitlichen Anbauten tragen.«

Auf das zentrale Peristyl, den reich geschmückten Säulenhof, musste Andreas zugunsten des Giebeldaches verzichten.

Wie Enea wollte Reichlin die Küche aus dem Hauptkomplex auslagern und im westlichen Bereich der Anlage unterbringen.

»Auch die Innenräume werden in entsprechenden Verhältnissen zueinander proportioniert.«

Beim Betrachten, Betreten und Wohnen sollte die göttliche Harmonie erlebt werden.

»Ein großer, quer durch das Haus verlaufender Empfangsraum, der genau über der Durchfahrt liegt, trennt meine Privatgemächer vollständig von dem Festraum, der für die Allgemeinheit zugänglichen Treppe und dem westlichen Anbau für Dienerschaft und Küche. – Und jetzt kommt das Kostbarste«, erläuterte Reichlin weiter, »die Fassade wird mit einzelnen Quadersteinen verkleidet, aber nicht roh behauene, wie hier im Haus zur Katz, sondern ordentliche, gleichmäßig gearbeitete Steine. Die Fassade ist das Ornamentum, der wertvollste Schmuck des Hauses.«

Andreas erteilte Merk und Konrad den Auftrag, Garten- und Seitenansichten des Bauwerks nach dem Beispiel des Hauses zur Katz zu bauen, mit der Eckquaderung und den mit Quadersteinen eingefassten Fenstern, so wie auch Alberti es immer empfohlen hatte.

Bevor jedoch die Arbeiten beginnen konnten, benötigte Reichlin für den terrassierten Garten die drei Hofstatt auf dem Blutschenberg. Das fehlende Land gehörte ja dem Überlinger Spital, und er musste um die Zustimmung des Bürgermeisters, des Zunftmeisters und des Spitalpflegers, der inzwischen nicht mehr Keller, sondern Endras Horn hieß, buhlen. Es war dem Arzt klar, dass er bedacht verhandeln sollte, denn seine großartigen Baupläne züchteten Neid und Unmut. Sein Reichtum, seine Bildung, seine ausgiebige Beschäftigung mit den heidnischen Schriften erzeugten auch in Überlingen Feindseligkeiten und Argwohn. Es war also Umsicht geboten. Außerdem war jetzt genau der richtige Zeitpunkt für eine großzügige Stiftung an das Spital.

Einige Wochen später, am 5. Dezember, es war inzwischen frostig kalt geworden, saß der wohlgelehrte, vornehme Stadtphysikus, Dr. Andreas Reichlin, in seinen warmen Pelzmantel gehüllt, im Rathaus, den Herren von Stadt, Zunft und Spital gegenüber, hatte den Federkiel in der Hand und unterschieb den Vertrag mit folgendem Wortlaut:

»Ludwig Bibrach, Bürgermeister, Endras Horn, oberster Zunftmeister, Pfleger des Spitals und Hans Moser, Meister des genannten Spitals, verkaufen dem wohlgelehrten und weisen Meister Andreas Reichlin, Doktor der freien Künste und der Arznei, Bürger zu Überlingen, drei Hofstatt Weingarten des Spitals am Blutschenberg um 70 Pfund Pfennig.«

Die Zeit war reif, den Lebenstraum in die Tat umzusetzen.

In den kommenden Wochen wurde die Baustelle trotz winterlicher Kälte mit Hilfe von Seilen vermessen. Zahlreiche Tagelöhner waren, kaum dass der Frost sich verabschiedet hatte, damit beschäftigt, die Erdmassen für die Fundamente auszuheben. Ochsenwägen kamen, voll beladen mit Erde, Schutt und Geröll, angeächzt, um das Erdreich für den terrassierten Garten aufzuschütten. Schwere Steinblöcke wurden vom Molassesteinbruch im Westen der Stadt über holprige Wege die Gasse hinauf zur Baustelle transportiert. Immer wieder hörte man die Peitschen durch Überlingen knallen und die Fuhrleute lauthals die Zugtiere anschreien, die den Blutschenberg hinaufächzten. Oben angelangt, bearbeiteten zahlreiche Steinmetze die Werksteine mit Spitzhacke und Flacheisen. Jeder von ihnen hatte sein Zeichen und verewigte es am bearbeiteten Quader. Auf schweren Tragen transportierten die stöhnenden Hilfsarbeiter die fertig zugerichteten Steine zu den

Hebevorrichtungen. Die Werkzeuge krallten sich in die eingeschlagenen Zangenlöcher, und mit Seilwinden wurden die Steine und andere schwere Lasten gehoben. Mit dem Höherwerden des Mauerwerks wuchs das aus Holz und Hanfseilen errichtete Gerüst. Die Holme steckten in ausgesparten Löchern, die später mit passenden Steinen geschlossen wurden.

In den Wintermonaten der kommenden beiden Jahre wurden die Tannen und die Fichten für das Dach geschlagen. Ochsenfuhrwerke brachten die Stämme in die Stadt. Auf der Baustelle bohrten die Arbeiter die Dübellöcher und prüften sie auf Passgenauigkeit. Mit einer Winde an einem Tretrad wurden die Balken hochgezogen und oben zusammengesetzt und aufgerichtet. Aufwändig war das Zurichten der Dachlatten, die die Balken zusammenhalten sollten. Zahlreiche Ziegel mussten gebrannt werden.

Über Leergerüsten wurden die Kapelle und die Bibliothek gewölbt.

Je höher der Bau wuchs, desto lauter zerrissen sich die Überlinger das Maul über Andreas. Die Meinungen teilten sich, die Stadt war gespalten. Die einen waren entsetzt:

»Da kommt wieder eine Ladung Holz für den Reichlin«, flüsterte es in den Gassen.

»Was erlaubt sich der Stadtarzt, ein Haus gleich dem eines Fürsten zu bauen. Die Burg eines Herrschers entsteht auf dem Blutschenberg über der Stadt! Wir Überlinger sind stolz darauf, freie Reichsstadt und keinem Herrn untertan zu sein. Und jetzt kommt der Richilus und erlaubt sich, ein Haus zu bauen, welches beinahe höher als das Münster ist und die Stadt von allen Seiten beherrscht!«

Andere sahen voller Bewunderung, welch herrschaftliches Anwesen hier entstand. Andreas hatte ihnen in schweren Zeiten, bei Krankheit und Not, beigestanden, sie geheilt und getröstet und sich vorbildlich zu seinem Glauben an Gott bekannt. Sie sahen in Andreas' Haus ein Werk, welches durch Gottes Hand entstand und welches das Göttliche in seinen Händen betonte und unterstrich. Wenn nicht Andreas, wer sonst durfte sich mit einem Haus rühmen, welches beinahe genauso ins Auge fiel wie das sich noch im Bau befindliche Münster. Zahlreiche Stiftungen für Altäre, Kelche, Kerzenleuchter und Vieles mehr hatte er für das Gotteshaus geleistet. Er war Klosterarzt in der Reichsabtei Salem. Reichlin und seine Familie hatten ausgezeichnete Beziehungen zum Kaiserhaus in Wien. Und vor allem kannte er den Papst persönlich. Warum sollte das Haus nicht ein Symbol seiner Frömmigkeit und seiner herausragenden Bedeutung sein?

1464

Die Anklage

Andreas hatte schon vor einigen Jahren Georg Besserers Wunsch erfüllt und Barbara und ihre Mutter in ihrem Haus am See, gelegen im Westen der Stadt, nahe dem Zeughaus, besucht, um sie über den Zustand des Sohnes zu informieren. Die Mutter war in Tränen ausgesprochen, als der Arzt ihr mitteilte, dass Georg die Stadt verlassen und in ein anderes Leprosenhaus ziehen würde.

Barbara war damals noch ein Mädchen von ungefähr 15 Jahren. Sie zeigte sich adrett, freundlich und freute sich immer, wenn Andreas vorbeikam und nach dem Rechten sah. Der Arzt fand allmählich Gefallen an dem jungen Mädchen, welches sich mit seiner Tochter Elisabeth anfreundete und diese mit unbeschwerter Heiterkeit aus ihrer einsamen Welt zu locken vermochte. Bald ging Barbara im Hause Reichlin ein und aus.

Warum sollte er, wie viele andere Witwer, nicht auch eine junge Frau ehelichen? Seine großen Söhne waren außer Haus, und er hatte in seinem neuen Palast genug Platz für ein oder zwei weitere Kinder.

»Ich werde Barbara Besserer heiraten!«

Andreas platzte damit heraus, als seine Töchter Magdalena und Elisabeth in der Stube ihren Näharbeiten nachgingen. Er war selbst erstaunt über seine spontane Äußerung. Doch kehrte der Arzt soeben von einem Besuch auf der Baustelle zurück, und die Vorstellung von der Vollendung dieses wunderbaren Palastes beflügelte seine Stimmung. Ein solch kostbares Domizil ohne ein Eheweib, eine Hausfrau, welche es pflegte und in Ordnung hielt, welche den Hausherrn umsorgte und ihren ehelichen Pflichten nachkam, die Bediensteten organisierte, wäre wie der kostbarste Edelstein ohne Schliff.

»Verzeiht, Herr Vater, aber Barbara ist so alt wie Elisabeth,

Eure eigene Tochter!« Die Stimme Magdalenas klang vorwurfsvoll. Aber Andreas hatte eine Vorliebe für seine schöne Älteste, daher durfte sie sich diesen Einwand erlauben, ohne seinen Zorn zu entfachen.

»Viele Männer haben Frauen, die jünger sind als sie – warum nicht auch ich? Der Allmächtige hat es nicht verboten, eine jüngere Frau oder auch einen jüngeren Mann zu ehelichen.«

Andreas fiel auf, dass Elisabeth bleich geworden war. Plötzlich erhob sie sich und stürzte, ohne sich bei ihrem Vater für unpässlich zu erklären, aus dem Zimmer.

»Was hat Deine Schwester?«

»Oh Vater, ich glaube, sie hat selbst nach all den Jahren den Tod unserer Mutter nicht verschmerzt. Sie leidet ständig unter dem Verlust. Und jetzt wollt Ihr erneut heiraten, und dazu noch eine Frau, die so alt ist wie sie.«

»Aber die Jungfer Besserin ist ihre Freundin. Sie wird als meine Frau bei uns einziehen. Elisabeth und Barbara können als Freundinnen beieinander wohnen. Das müsste ihr doch gefallen!«

»Wisst Ihr, Vater, wenn ich demnächst aus dem Haus gehe, um den Hans zu heiraten, wäre sie die Herrin in dem neuen Palast. Wenn Ihr Barbara heiratet, wird die Besserin den Haushalt und das Personal führen. Elisabeth muss ihr dann gehorchen.«

Als der Name Hans fiel, huschte ein kurzes Lächeln über das Antlitz von Andreas. Ja, das hatte er gut eingefädelt. Für seine anmutige Tochter hätte er kaum eine bessere Partie finden können. Magdalena war dem Hans Jacob Blarer von Wartensee versprochen, einem Neffen seines Freundes Ulrich Blarer. Magdalena würde bald in dessen Schloss auf dem Rorschacherberg über dem Bodensee ziehen. Eine eheliche Verbindung zu dieser wohlhabenden, mächtigen und einflussreichen Familie konnte nur von Vorteil sein. Doch bei dem Gedanken an Elisabeth verdüsterte sich Andreas' Miene wieder. Trotz seines Vermögens konnte er bisher noch keinen geeigneten und willigen Ehemann für sie finden.

»Aber die Jungfer Besserin ist ein herzensguter Mensch. Sie wird Elisabeth und ihre Wünsche respektieren. Außerdem heiratet

Elisabeth auch bald, und dann wird sie ihre eigene Familie und den eigenen Hausstand haben!«

»Nun, da bin ich mir nicht sicher. Wen soll sie heiraten? Es gibt keinen Antrag. Sie ist zu eigensinnig und denkt zu viel, als dass sie ein treusorgendes, gehorsames Eheweib abgibt.«

»Aber Magdalena, wir haben Vermögen. Ich werde die richtige Partie finden, wenn es an der Zeit ist.«

»Vielleicht erwartet sie auch, dass Ihr Eure Hochzeitspläne mit ihr besprecht, Vater. Bitte redet mit Elisabeth darüber!«

»Sie ist eine Frau! Sie hat nichts zu erwarten!«

Damit war das Thema für Andreas beendet. Er würde die Besserin heiraten, mit oder ohne Zustimmung seiner Tochter. Der Umgang mit Elisabeth war nicht einfach. Schon als kleines Kind trieb ihr Starrsinn die Familienmitglieder zur Verzweiflung. Mit aller Macht versuchte das Mädchen, seinen Willen den anderen aufzudrängen. Nur mühsam konnten die Eltern ihr beibringen, sich an die Regeln im Haus zu halten. Als die Mutter starb, zu der sie trotz zahlreicher Auseinandersetzungen ein inniges Verhältnis hatte, zog sich Elisabeth völlig in ihre Welt zurück. Andreas hatte wenig Zugang zu ihr gefunden, und Elisabeth war eifersüchtig auf jede Frau, die sich dem berühmten Vater näherte.

Der Vormund von Barbara stimmte dem Antrag des Doktor Andreas Reichlin mit Wohlwollen zu, und das Mädchen selbst war in freudiger Erwartung. Auch ihr Bruder Klaus, der in diesem Jahr als Bürgermeister von Überlingen dem Rat der Stadt vorstand, war erfreut über die Neuigkeit, die Vermählung seiner Schwester betreffend. Allein der geeignete Termin sollte noch festgelegt werden.

Elisabeth aber begann, Barbara zu hassen. Sie wechselte die Straßenseite, wenn sie der einstigen Freundin begegnete, und redete mit dem Vater nur das Nötigste. Als Andreas Barbara mit ihrer Mutter und ihrem Vormund zu einem feierlichen Abendessen einlud, an dem auch Elisabeth zugetragen wurde, teilzunehmen, stürzte sie zu ihrem Vater in die Apotheke, als er gerade damit beschäftigt war, sein Arcanium anzurühren.

»Ich werde heute Abend nicht anwesend sein!«

»Oh doch, das wirst Du!«, antwortete der Arzt, ohne aufzublicken, während er das Glas in seiner Hand schüttelte.

»Nein, das werde ich nicht!« Elisabeth schüttelte heftig ihren Kopf.

»Du wirst Dich den Worten Deines Vaters nicht widersetzen!« Andreas Tonfall wurde rauer.

»Ihr könnt mich nicht zwingen, Vater!«, wagte Elisabeth trotzig zu widersprechen. Sie wusste, dass sie mit ihrer Antwort riskierte, Schläge im Gesicht zu spüren. Doch war ihr das in ihrem Zorn egal. Mochte er sie schlagen, wie ihm der Sinn stand. Sie würde lieber tot sein, als neben der Besserin zu sitzen!

»Oh doch, das kann ich! Du wirst neben Barbara sitzen und Dich freundlich mit ihr unterhalten!«

»Das kann ich nicht, Vater, und das will ich nicht!«

Wut überlagerte den Zorn bei der Vorstellung, neben ihrer ehemaligen Freundin, als zukünftiger Frau ihres Vaters, ihrer Stiefmutter und damit Herrin des Hauses, sitzen zu müssen.

»Du wirst Dich den Wünschen Deines Vaters nicht widersetzen. Sollte ich noch ein Widerwort hören, gehst Du ins Kloster!«

»Ich gehe nicht ins Kloster, und ich setze mich nicht neben diese verräterische, von Gott verdammte Hure!«, brach es aus ihr heraus. Als sie merkte, was sie gesagt hatte, spürte sie ihre Hand an ihrem Mund. Plötzlich wurde sie sich ihrer verbalen Entgleisung bewusst. Was für ein lästerliches Wort gegen das zukünftige Eheweib ihres Vaters war ihr in ihrem Zorn entglitten? – Sie konnte es selbst nicht fassen. Erschrocken und verzweifelt rannte sie mit Tränen in den Augen aus dem Haus.

Ehe Andreas sie packen und schlagen konnte, wie ihm der Sinn stand, war Elisabeth weg.

Nein, so konnte das nicht weitergehen. Elisabeth musste ins Kloster. Dort hatte sie die Möglichkeit, den Rest ihres Lebens für die soeben gefallenen, gotteslästerlichen Worte zu büßen.

Es musste nur noch die geeignete Anstalt für die schwererziehbare Tochter gefunden werden. Andreas dachte zunächst an das

Frauenkloster St. Peter an der Fahr in Konstanz. Einige seiner Freunde hatten in dem einst angesehenen, wohlhabenden Konvent mit der kostbaren Bibliothek, welches den Dominikanerinnen unterstand, ihre Töchter untergebracht. Doch das Monasterium war in den letzten Monaten in Verruf geraten. Bischof Burkhard von Randegg hatte in Gegenwart von Andreas darüber geklagt, dass sich die Klosterfrauen immer wieder außerhalb ihrer Mauern aufhielten und sich in Häusern von Laien dem Genuss hingaben. Diese Liederlichkeiten gipfelten darin, dass vor kurzem ein Konstanzer Bürger ins Kloster eingelassen worden war und mit einer Nonne Unzucht getrieben hatte.

Nein, an so einem Ort würde seine Tochter nicht genug Strenge und Fügsamkeit erfahren. Hierfür war allein die Rekluse bei St. Paul der richtige Ort. Reichlin wusste, dass im Inklusorium besonders strenge Sitten herrschten. Die Inklusen bekamen ihr Essen durch ein Fenster gereicht, waren vollkommen von der Außenwelt abgeschlossen, lebten in Verzicht und Enthaltsamkeit. Dort würde die undankbare Tochter Gottesfurcht lernen und ewig Buße tun. Elisabeth würde für eine ordentliche Stiftung ihres Vaters eine Einzelzelle erhalten, in der sie Zwiesprache mit Gott führen konnte.

Andreas blickte stolz auf die kostbare Fassade seines Hauses. Die Quadersteine waren regelmäßig behauen und verlegt worden. In wenigen Wochen konnte der Umzug in das neue Heim stattfinden. Der Arzt war auf dem Weg, die Stadt durch das Obertor zu verlassen, um zur Reichsabtei Salem zu gelangen. Man hatte nach ihm rufen lassen, da Abt Ludwig Oschwalt erkrankt war.

»Herr«, holte ihn plötzlich die Stimme eines abgehetzten Knechts auf einem schwer atmenden Gaul, welcher von seinem Reiter den geraden Berg hinauf zu Andreas' Palast getrieben worden war, in die Gegenwart. »Herr, ich suche Euch überall! Die Klosterfrau Margaretha Gürtlerin schickt nach Euch!«, keuchte er außer Atem. »Eure Tochter Elisabeth ist plötzlich schwer erkrankt – die Schwester befürchtet das Schlimmste.«

Andreas wurde mit einem Mal aus seinen Träumen gerissen. Er hatte Elisabeth vor einigen Tagen in die Rekluse gebracht. Sie hatte sich die Tage, Stunden und Minuten davor heftig gesträubt, war wie immer eigensinnig und zickig gewesen. Doch Andreas ließ sich nicht erweichen, auch wenn das Essen an jenem Abend mit den Besserers nicht wegen Elisabeth, sondern auf Grund einer Unpässlichkeit von Barbara ausgefallen war.

Die Kranke kann nicht Elisabeth sein, dachte Reichlin jetzt.

»Sicher ist das eine Verwechslung. Vor wenigen Tagen war sie kerngesund!«, antwortete er daher gelassen.

»Nein, Herr, verzeiht, dass ich widerspreche, aber ich empfehle Euch, so schnell wie möglich die Fähre nach Konstanz zu nehmen!«

»Es geht nicht. Der Reichsabt verlangt nach mir. Es ist schon spät, und ich muss vor Einbruch der Dunkelheit in Salem sein. Wisst ihr, woran meine Tochter erkrankt sein soll?«

»Nein, die Schwestern haben es mir nicht gesagt. Sie schickten mich mit der Botschaft, der Herr Medicus möge so schnell wie möglich kommen!«

»Ich werde Euch ein Mittel gegen Kopfschmerz und Fieber mitgeben. Bringt es der Klostervorsteherin, damit sie es meiner Tochter verabreicht!«

Aufziehender, dichter Nebel erschwerte die Sicht, als Reichlin in der Dämmerung gen Salem ritt. Der Reiter musste sein Pferd zügeln und umsichtig dirigieren, um dem dunklen Pfad zu folgen und Löchern im Boden, quer liegenden und hängenden Ästen sowie Baumstämmen rechtzeitig auszuweichen. Allein das Auftreten der Hufe, das Knacken des zertretenen Geästs und das Schnauben des Tieres waren zu hören. Endlich schälte sich die mächtige, düstere Silhouette der Klostermauern aus der Dunkelheit.

Am Tor angelangt, weckte Reichlin den eingenickten Pförtner. Aufgeschreckt und von Peinlichkeit berührt, entgegnete dieser, dass der Medicus im Kloster schon dringlich erwartet wurde.

»Der Abt schläft endlich!«, empfing Andreas dessen Sekretär.

»Heute Nacht könnt ihr nichts ausrichten. Den ganzen Tag hat ihn Kopfweh und Schwindel geschwächt. Er hatte einen glühenden, roten Kopf und konnte sich kaum auf den Beinen halten. Abt Ludwig hat zurzeit viel Ärger. Er ist überlastet und angespannt, und jetzt plagt ihn auch noch das hohe Fieber.«

»Welcher Kummer treibt den ehrwürdigen Abt?«, wollte Andreas wissen.

»Vielleicht habt Ihr gehört, dass viele der wohlhabenden Mönche nicht aus Frömmigkeit und Gottesfurcht in diesen geistlichen Mauern leben, sondern aus dem Streben nach einer guten Versorgung. Sie treiben sich in anderen Herrschaften herum und verbreiten, wie Ihr womöglich wisst, schlechte Reden über unseren ehrwürdigen Abt. Das bereitet ihm Kummer und Sorgen. Unserem Reichsprälat liegt Zucht und Ordnung im Kloster am Herzen, und er ist bestrebt, diesem Unwesen ein Ende zu bereiten. Sollte es ihm morgen besser gehen, so Gott will, wird er Euch sicherlich sein Leid klagen. – Ihr seht müde aus, Herr Richilus. Nehmt die Bettstatt im Gästetrakt, wir rufen Euch, wenn der Abt wach wird. Ein anstrengender Tag wartet.«

Was soll ich machen? Meine Tochter liegt angeblich sterbenskrank in der Rekluse, dachte Andreas für sich. Er wusste, dass das Unwohlsein seiner Tochter kein Argument war, den ehrwürdigen Abt seinem Schicksal zu überlassen.

Am nächsten Morgen herrschte in der Reichsabtei große Aufregung. Der Zustand des Klostervorstehers hatte sich dramatisch verschlechtert. Der Abt lag hochfiebrig und phantasierend in seinem Gemach. Man rechnete schon mit seinem Ableben. Die ihm treu ergebenen Mönche beteten unaufhörlich für sein Seelenheil. Andreas besah den Urin, ließ den Abt zur Ader und mischte sein berühmtes Arcanium gegen Kopfweh und Fieber. Er konnte und durfte das Krankenbett des ehrwürdigen Geistlichen nicht verlassen. Drei Tage lang behandelte der Arzt den Patienten. Währenddessen dachte er immer wieder an seine Tochter und hoffte, dass sich Elisabeth, sollte sie tatsächlich krank gewesen sein, inzwischen erholt hatte – man hätte sonst sicherlich wiederholt nach ihm rufen lassen...

Am vierten Morgen konnten Medicus, Mönche und Laienbrüder endlich aufatmen. Das Fieber senkte sich, Körper und Geist des Abtes erwachten zu neuem Leben. Andreas konnte jetzt guten Gewissens den sich erholenden Patienten seiner Genesung überlassen und beschloss, sich auf dem direkten Weg nach Konstanz zu Elisabeth zu begeben. Das Kloster besaß in Maurach eine eigene Schiffslände. Von dort setzte ihn der Fährmann über.

Als der Arzt das Boot in Konstanz verließ und die ersten bekannten Gesichter sah, spürte er, dass etwas nicht stimmte. Auf dem Weg durch die Straßen und Gassen zu St. Paul wichen die Bürger seinem Blick aus. Der Medicus war es gewohnt, ehrfurchtsvoll gegrüßt zu werden. Nur zögernd erwiderte man jetzt sein Kopfnicken. Kaum war er vorbeigeschritten, begannen die Leute, hinter seinem Rücken zu tuscheln.

»Gott sei Dank!«, dachte Andreas, als er Ulrich Blarer traf.

»Hallo, Andreas!«, begrüßte ihn dieser mit ungewöhnlich ernster Miene. »Mein Beileid, trag es mit Fassung, ich halte zu Dir!«

Andreas wusste zunächst mit dieser Begrüßung wenig anzufangen:

»Was heißt, ich habe Dein Beileid und Deine Unterstützung? Was ist passiert?«

»Berührt es Dich wirklich so wenig? Es kann doch nicht wahr sein, was die Leute reden!«, sagte Blarer ungläubig.

»Was berührt mich wenig, was reden die Leute?«

»Das Schicksal Deiner Tochter…«

»Du meinst Elisabeth! Sag es mir, was ist mit ihr?«

»Allmächtiger, Du weißt es noch nicht? Konstanz redet über nichts anderes, und Du weißt es nicht?«

»Nun sag endlich, was ist los!«

»Weißt Du, dass Deine Tochter krank war?«

»Ich weiß! Man ließ nach mir rufen.«

»Und warum bist Du nicht zu ihr geeilt? Vielleicht hättest Du als Arzt mit Deinem berühmten Mittel gegen die Pest sie retten können!«

»Meine Tochter ist…«, Andreas konnte das Wort nur leise aussprechen, »tot?«

»Ja, Andreas sie ist wohl an der Pestilenz gestorben!«

»An der Pestilenz?«

Was war hier los? Darüber hätte er informiert werden müssen.

»Komm mit in mein Haus, Andreas! Wir müssen miteinander reden!«

Andreas war dankbar für das Angebot des Freundes, weg von der Öffentlichkeit und aus dieser Gasse herauszukommen. Denn immer wieder hatten ihm Leute einen verachtenden Blick zugeworfen oder schamhaft weggeschaut. Auch Blarer schien sich allmählich unwohl dabei zu fühlen, öffentlich in der Gesellschaft des Reichlin gesehen zu werden.

Sie hatten beinahe das Blarersche Haus bei St. Stephan erreicht, als Clas Flar ihnen hoch zu Ross über den Weg ritt:

»Fahr zur Hölle, Du Rabenvater. Der Teufel möge Dich holen, Du scheinheiliger Medicus!« Verächtlich spuckte der Merzler vor Andreas auf den Boden.

»Du wirst Deine gerechte Strafe am Pranger erleben! Rutenhiebe werden Dich dorthin treiben. Das Volk wird belustigt sein und endlich das wahre Gesicht des Medicus Richilus erkennen!« Schadenfreude spiegelte sich in Flars Gesichtsausdruck, während er ohne Unterbrechung seinem über die Jahre angestauten Neid Luft machte: »Ich hab es schon immer gewusst, Gott straft diejenigen, welche sich von ihm abwenden und den Heidengöttern und deren Verehrern dienen. Ein gottesfürchtiger Mann lebt nicht in Saus und Braus, wie Du es tust, Reichlin! Er baut keinen Palast, der an Reichtum und Prunk den eines heiligen Gotteshauses übertrifft, und er stellt seinen von den Armen und Kranken erbeuteten Reichtum nicht zur Schau!«

Inzwischen blieben weitere Passanten stehen. Ihre Blicke schweiften zwischen dem Merzler und dem Medicus hin und her. Die Stimmung wurde mit jedem Wort des Flar feindseliger. Immer mehr Köpfe nickten bestätigend und bestärkten den Merzler in seiner Rede:

»Ja, der Herr Medicus hat lieber sein Haus gebaut und den Weibern nachgestellt, als sich um sein schwer leidendes Kind zu kümmern. Nicht nur das, er hat seinen ärztlichen Eid gebrochen: An Stelle der von Gott gewollten Nächstenliebe hat er sich von der kranken Tochter abgewendet. Ehrlos hat er sie gegen ihren Willen ins Kloster geschickt – und dazu noch todkrank. Dort ließ der ehrwürdige Medicus das hilflose Kind dahinsiechen.« Verachtung sprach aus den Worten des Flar. »Er ist nicht gekommen, als die gottesfürchtigen, frommen Schwestern nach ihm gerufen haben«, fuhr er fort. »Mütter, die ihre Kinder verlassen und umbringen, werden lebendig begraben. Auch über den Herrn Medicus wird gerichtet werden. Das Urteil des Allmächtigen ist bereits gefallen: Er hat das unschuldige, ehrfürchtige Lamm, Elisabeth Reichlin, zu sich geholt. Jetzt obliegt es dem Hohen Gericht unserer Stadt, gegen das schändliche Vergehen dieses unbarmherzigen Vaters und Arztes vorzugehen, ihn zu foltern und aus unserer Stadt zu verbannen. Abtrünnig ist er schon, seit er das Überlinger Bürgerrecht hat. In Zukunft braucht er unsere Stadt gar nicht mehr zu betreten!«

Dabei blickte Flar herausfordernd zu Ulrich Blarer, der in diesem Jahr als Reichsvogt dem Hohen Gericht vorsaß.

In Andreas begann es zu brodeln und zu kochen. Seine Hand zuckte. Blarer konnte ihn gerade noch zurückhalten, das Messer zu zücken.

»Bleib ruhig! Du kennst den Flar. Er will Dich provozieren«, gab er Andreas möglichst unauffällig zu verstehen. Zu Flar rief er dagegen laut:

»Haltet Euch zurück, Flar! Richilus ist nicht angeklagt! Hütet Euch vor Verleumdungen, auch darauf steht eine hohe Strafe!«

»Sehr wohl, Herr Reichsvogt. Doch wie Ihr seht, hat das Gottesgericht schon gesprochen! Ich hoffe, Ihr seid Euch im Klaren darüber, dass Ihr Euch in verbrecherischer Gesellschaft befindet. Hütet Euch vor der Hinterhältigkeit dieses Mannes! Unsere Stadt zählt auf Euer und der Herren Richter Urteil. Ärzte, die ihren Eid brechen und ihre Töchter dem Tode weihen, können wir nicht in der Stadt dulden!«

Mit diesen Worten spuckte Flar erneut vor Andreas aus, gab seinem Pferd die Sporen und ritt von dannen.

Als Reichlin den vorwurfsvollen Blicken der Konstanzer endlich entronnen war und in der Stube des Blarer saß, bemühte er sich, Ordnung in seine wirren Gedanken zu bringen und von Ulrich zu erfahren, was die letzten Tage geschehen war.

»Andreas, es tut mir leid, aber Du stehst unter Verdacht, Deine Tochter krank ins Kloster abgeschoben zu haben. Damit wirst Du als Arzt für ihren Tod verantwortlich gemacht. Und wie Flar sagte, damit werden Dir im Mund des Volkes zwei Verbrechen zur Last gelegt: Kindsabschiebung mit Todesfolge und Eidbruch. Und noch schlimmer: Sollte die Pest erneut in der ganzen Stadt ausbrechen, wird Dir auch hierfür vom Volk die Schuld zugeschoben werden.«

Andreas traute seinen Ohren nicht. Der Allmächtige hatte Elisabeth, die an der Pestilenz erkrankt war, zu sich geholt und er, ihr Vater, wurde beschuldigt, ihren Tod verursacht zu haben.

»Das kann nicht sein!«, hörte er sich selbst reden, ohne seine Gedanken unter Kontrolle zu haben. Er spürte ein heftiges Verkrampfen im Innern seines Herzens.

»Hüte Dich vor einer Anklage! Wenn Du vor das Blutgericht kommen solltest, muss ich, als Reichsvogt in diesem Jahr, die Verhandlung führen.«

»Ich kann nicht für etwas angeklagt werden, was ich nicht begangen habe. Elisabeth war nicht krank, als sie ins Kloster zog.«

»Ist sie denn freiwillig gegangen?«

»Nein, sie hat meine zukünftige Ehefrau beleidigt und sich gegen die Ehe gestellt. Es blieb mir nichts anderes übrig, als sie zu den Reklusen zu schicken. Sie hat sich ihrem Vater gegenüber respektlos verhalten.«

»Du musst nachweisen, dass sie gesund war, um den Verleumdungen ein Ende zu setzen, sonst kann es Dir tatsächlich geschehen, dass Du verurteilt wirst – und ein Urteil bei dieser Anklage… Du weißt, was das heißt! Der Rat ist seit Deinem Wegzug aus Konstanz nicht gut auf Dich zu sprechen – und sie fällen das Urteil gemeinsam mit den Richtern!«

Andreas fuhr zurück nach Überlingen. Die Anschuldigungen gegen ihn hatten sich in Windeseile über den See verbreitet. Auch hier, in der Reichsstadt, in welcher er das Bürgerrecht besaß, musste er sich rechtfertigen und vor einer Anklage schützen. Sein Haus, sein Lebenstraum, war beinahe fertiggestellt. Doch konnte er sich nicht mehr daran erfreuen. Missgunst und Neid blickten ihm aus den Augen der Überlinger entgegen. Selbst der Bürgermeister sprach Andreas darauf an, was an den Gerüchten wahr sei:

»Es wurde vor dem Rat Klage eingereicht, dass Ihr Eure Tochter krank ins Kloster abgeschoben habt, sie los haben wolltet, da sie Eurer künftigen Ehe im Wege stand. Ihr werdet beschuldigt, für ihren Tod verantwortlich zu sein!«

»Was soll das, wer sagt so etwas? Lasst mich mit dem Getratsche in Ruhe!« Wut und Entsetzen stiegen erneut in ihm hoch.

»Das ist nicht so einfach, Herr Medicus! Sowohl in Konstanz als auch hier in der Stadt zerreißen sich die Bürger das Maul über Euch. Ihr müsst Euch vor dem Stadtgericht verteidigen!«

»Heißt das, ich soll vor das Stadtgericht?«

»Ihr seid Bürger einer freien Reichsstadt. Es gilt gleiches Recht für alle. Ihr müsst Euch gegen die Anklage verteidigen.«

»Und wer hat mich angeklagt?«

»Darüber bin ich nicht informiert. Es ist mir nur bekannt, dass das Überlinger Ammanngericht Euch anhören wird.«

Andreas beschloss, da er im Kreuzfeuer zweier Städte stand, in den nächsten Tagen Hilfe am bischöflichen Hof in Konstanz zu suchen. Auch nach dem Tod des Bischofs Heinrich hatte er zu Jakob Gutenberg, dem Direktor für Rechtsangelegenheiten an der Kurie, in gutem Einvernehmen gestanden. Andreas schilderte dem Juristen schon am folgenden Tag die Angelegenheit.

»Die Schwestern des Inklusoriums sind die einzigen, die Deine Unschuld bezeugen können. Aber Du sagst, im Kloster herrscht die Pest? Dann werde ich keinen Zutritt erhalten!«, überlegte Gutenberg. »Nein, wir machen das anders. Ich werde eine Urkunde aufsetzen, und wir werden die Klosterfrauen von St. Paul bitten, den Inhalt zu beschwören.«

Zwei Tage später trafen sich Andreas Reichlin, Jakob Gutenberg und die von der Pest verschonten Klosterfrauen Anna Dörfin und Margaretha Gürtlerin. Gutenberg verlas den Inhalt der aufgesetzten Urkunde:

»Der vertrauenswürdige, gelehrte, hochberühmte Andreas Reichlin, Doktor der Künste und der Medizin, gibt Folgendes bekannt:

1. Er hatte eine Tochter Elisabeth,
2. welche er aus unten genannten Gründen den sehr religiösen Schwestern des Inklusoriums St. Paul in Konstanz in Obhut gab.
3. Sie ist dort gesund und unversehrt eingetreten.
4. Sie erklärte, dass ihr Vater sie wegen unzüchtiger Worte, welche sie über seine bevorstehende Ehe und das zukünftige Weib äußerte, gegen ihren Willen ins Kloster geschickt hatte.
5. In diesem Inklusorium ist die Pestilenz ausgebrochen.
6. Die Tochter erkrankte im Kloster an dieser Seuche und hat vor ihrem Tod die Sakramente empfangen.
7. Elisabeth Reichlin erklärte, dass ihr Vater an ihrem Tod unschuldig sei.

»Ja, das, was Elisabeth Reichlin, Gott hab sie selig, gesagt hat und auf dieser Urkunde niedergeschrieben ist, können wir vor Gottes Angesicht beschwören.«

Mit dieser Bestätigung befreiten die Klosterfrauen Andreas Reichlin von aller Schuld.

1464

Ende August, Überlingen am Bodensee

Jetzt stand Andreas auf dem Aussichtsplatz seines fertiggestellten Palastes. Das Gesicht des 62jährigen zeichneten tiefe Furchen der Trauer und des Schmerzes. Die vergangenen Monate hatten ihre Spuren hinterlassen. Sein Bruder Johann Heinrich, der in kaiserlichen Diensten stand, war unerwartet gestorben. Die Gerüchte um die eigene Person und den Tod seiner Tochter Elisabeth verebbten allmählich. Es wurde keine Anklage gegen den Medicus erhoben, da er mit der Urkunde seine Unschuld beweisen konnte. Doch all das hatte an Reichlin gezehrt.

Und heute ereilten ihn die nächsten Todesnachrichten. Andreas konnte es kaum glauben: Der Allmächtige hatte Papst Pius II. und seinen Freund Kardinal Nikolaus Krebs gleichzeitig zu sich gerufen.

Andreas hatte erfahren, dass das Stadtprojekt des Papstes in kürzester Zeit beinahe vollendet worden war. Sein Palast, der Dom, der Palast für den Bischof, das Rathaus – all das war schon so gut wie fertiggestellt und bildete eine vollkommene Einheit, ganz im Sinne des päpstlichen Bauherrn.

Was für ein Mann, der eine grandiose Vision in so kurzer Zeit umgesetzt hatte! Einen Palast und eine Kapelle hatte er selbst, Andreas Reichlin, auch schon gebaut. Überlingen könnte auch ein neues Rathaus gebrauchen, kam es ihm in den Sinn. Man sollte es ähnlich wie in Pienza bauen. Pius hatte es ihm beschrieben. So ließ der Arzt seinen Gedanken freien Lauf, und dabei entstand eine Stadt am See, erbaut nach den Ideen des Papstes, den Gedanken des Leon Battista Alberti und nach seinen eigenen Vorstellungen. Er dachte an die Zukunft und an seine Söhne, die ebenfalls weltoffen und mit hoher Intelligenz ausgestattet waren.

Der Älteste, Georg, war vor einigen Jahren zusammen mit seinem Bruder, Gott hatte auch Jakob schon zu sich geholt, nach Heidelberg gegangen, um sich dort den freien Künsten zu widmen. Jetzt studierte er in Padua das Kirchenrecht. Demnächst wollte er seine Studien des bürgerlichen Rechts in Pavìa fortsetzen.

Matthias sollte die Familientradition weiterführen und strebte ein Medizinstudium in Italien an. Clemens war der Jüngste und Anhänglichste. Andreas bezweifelte, dass er es eines Tages wagen würde, die Alpen zu überqueren, um in die Ferne zu reisen.

Inzwischen war es draußen dunkel geworden, Andreas schloss das Fenster, löschte die Kerze, begab sich in sein Schlafgemach und schlief im Glauben an die Zukunft seiner Söhne ein.

Nur kurz sollte seine Heirat mit Barbara Besserer dauern, denn schon wenige Monate nach der Hochzeit starben sie und ihr Kind bei der Geburt im Jahr 1466.

Epilog

Dreißig Jahre später

Bürgermeister Clemens Reichlin verließ das Rathaus. Er hatte nach der Sitzung zusammen mit den Räten einen Umtrunk gehalten. Anlass war die Vollendung des nördlichen Münsterturms und die Fertigstellung der Schnitzfiguren des Jakob Russ im großen Saal des neuen Überlinger Rathauses.

Clemens war begeistert von dem Werk des Meister Russ: Menschen waren im Rathaussaal versammelt, Bauern, Ritter, Freiherrn, Grafen, Bischöfe, Kurfürsten, Könige, Kaiser, aber auch Christus mit Maria und Johannes, sowie der Schutzherr der Stadt, der Heilige Nikolaus, der ihn an den Freund des Vaters, Nikolaus von Kues, erinnerte. Russ hatte das Holz zum Leben erweckt. Gefühle, Freude, Kummer, Stolz, Ehrfurcht sprachen aus den Gesichtern. So hatte Clemens sich die Ausstattung des Rathaussaals vorgestellt. Sicherlich kostete es den Bürgermeister einige Mühen, den Rat und auch den Bildhauer dazu zu überreden, Menschen niedrigen Stands, wie etwa den Bauern, eine eigene Skulptur zu widmen, waren es die Herren doch gewohnt, nur Heilige oder ehrwürdige Stifter als Andachtsfiguren für Kirchen in Auftrag zu geben. Einem Bauern im Ratssaal einen Ehrenplatz einzuräumen, das war ihrer Meinung nach ganz schön vermessen.

Clemens wünschte, sein Vater könnte das Werk von Russ sehen. Denn Andreas wäre begeistert gewesen. Vor vielen Jahren hatte der Medicus das Zeitliche gesegnet. Der berühmte Arzt erhielt einen angemessenen Ehrenplatz als letzte Ruhestätte. Er wurde im Bruderchor des Münsters der Reichsabtei Salem begraben. Der Schreiber des Totenbuchs charakterisierte ihn als vortreffliche Persönlichkeit und als herausragenden Doktor der Künste und der Medizin, der mehr als 40 Jahre lang umsichtig für das Kloster gesorgt hatte.

Die Pläne des Papstes zur Errichtung einer neuen Stadt hatten

Andreas nicht losgelassen. Der Arzt war reich und berühmt, konnte aber die Überlinger nicht überzeugen, ein neues Rathaus zu bauen, so wie Pius es veranlasst hatte. Reichlin diskutierte daher seine Vorstellungen zu möglichen Neu- und Umbauten in Überlingen mit seinem Sohn Clemens, der sich für die Pläne von Pius' Idealstadt genauso begeisterte wie sein Vater.

Dann im Jahre 1489, 12 Jahre nach dem Tod des Andreas, wählten die Ratsherren Clemens zum ersten Mal zum Bürgermeister. Im selben Jahr erhielt Überlingen Sitz und Stimme auf allen Reichstagen und wurde damit vollgültige Reichsstadt. In dieser Zeit stand der Ort in größter Blüte. Die Bürger hatten genug zu essen und waren wohlhabend. Der Anlass für einen neuen Rathausbau hätte nicht gelegener kommen können. Der jüngste Sohn des Andreas Reichlin nutzte die Gunst der Stunde und wollte endlich seines Vaters Vorhaben in konkrete Pläne umsetzen.

Clemens hatte die meiste Zeit seines Lebens in Überlingen verbracht. Schon früh wurde er in den Vorstand der vornehmen und einflussreichen Löwenzunft, der Zunft der Patrizier, gewählt. Bald gewann er als Ratsmitglied das Vertrauen der Bevölkerung, und schließlich hielt er als immer wieder neu gewählter Bürgermeister die Fäden der wohlhabenden Reichsstadt in der Hand.

Doch wie sollte das neue Rathaus aussehen? Die Beschreibung des Palazzo Comunale in Pienza war von Pius zu Andreas und von Andreas an seinen Sohn weitergegeben worden.

Ein vierachsiger quadratischer Bau mit einem Turm bildete die Grundform. Der Turm sollte im Erdgeschoss ein Gefängnis und im Obergeschoss, wie in Pienza, eine Uhr besitzen. Die Lage des Rathauses, als Riegel zwischen dem Marktplatz und dem neuen Kirchplatz, kostete Clemens im Rat keine Überredungskunst, da der Anbau an das alte Verwaltungsgebäude diese Lage vorgab. Allerdings war die Schau- und Eingangsseite des Palazzo Comunale in Pienza dem neuen Dom zugewendet. Clemens dagegen hatte mit seinen Räten die Ausrichtung zum Marktplatz diskutiert. Damit würden sie ihrer Herrschaft als Bürger über die Stadt deutlich Ausdruck verleihen. Und welche Fassadengestaltung konnte den Reichtum und die Bedeutung der Einwohner der freien Reichsstadt dem Fremden besser vor Augen halten als die Rustikafassade, wie sie am Haus des Vaters gestaltet worden war?

Auch Fremde sollten bei ihrer Ankunft in Überlingen den Wohlstand und die Bürgerherrschaft der Reichsstadt erkennen. Die Kaufleute und Händler landeten mit ihren Lastschiffen an der Gred, dem Kornhaus. Nach dem Verlassen der Boote begaben sie sich in eine Gasse, die zum Fischmarkt führte. Mit Blick auf die beeindruckende Rathausfassade erreichten sie den Platz. Gleich Fluchtlinien, führten die Häuserfronten mit ihren traufseitigen Dächern das Auge zum neuen Verwaltungssitz hin. Gegenüber, Richtung See, stand der mächtige Staffelgiebel des Kornhauses als Inbegriff für den florierenden Handel der Bürger. Andreas hätte die Harmonie, die den Platz durch das Zusammenspiel der umliegenden Gebäudefassaden mit der Freifläche ausstrahlte, beeindruckt. Es schien, als wäre das Zentrum der Stadt zu einem wunderbaren, großen Raum mit dem Himmel als Dach geworden.

Auf der anderen Seite des Rathauses, Richtung Münster, wurde der ehemalige Friedhof um das Gotteshaus für die Gestaltung eines weiteren Platzes geschlossen. Das Rathaus und der monumentale Kirchenchor bildeten hierfür die Grenzen.

Alberti hatte schon immer empfohlen, die Fenster und Ecken der Paläste mit Steinquadern einzufassen. Pius hatte dies in Pienza an den Neubauten so ausführen lassen. So zierte man, wie schon bei der Gartenseite des Reichlin-von-Meldeggpalastes, die Ecken und die Fenster der bescheiden gestalteten Rathausfassade Richtung Münster entsprechend. Hier wirkte der Bau eher wie ein kleiner Palast. Doch das mächtige Dach war höher und steiler als das der umliegenden Häuser.

Clemens sah noch mehr Veränderungen für die Stadt vor.

Die Fernhandelsstraße nach Überlingen führte über Pfullendorf und Aufkirch Richtung Marktplatz. Da die Fremden durch das Barfüßertor bei der Franziskanerkirche Einlass erhielten, sollte auch dieses durch einen Umbau in modernen Formen auf die Bedeutung der Stadt aufmerksam machen. Außerdem beschloss der junge Reichlin, auf dem Blutschenberg ein neues Haus für sich und seine Familie zu bauen. Zwar konnte er sich ein Bauwerk wie das des Vaters nicht leisten, aber auch er würde sich zumindest an Ecken und Fenstern einen entsprechenden Bauschmuck gönnen.

Die Brüder des Clemens, Georg und Matthias, hatten nach dem Tod ihres Vaters im Sommer des Jahres 1477 das Überlinger Bürgerrecht angenommen.

Georg war als angesehener, hochgebildeter Jurist beider Rechte nach seinem Studium in Italien in den Beraterkreis des inzwischen ebenfalls verstorbenen Bischofs von Konstanz, Herrmann III. von Breitenlandenberg, aufgenommen worden. Als ältester Sohn erbte er den Stadtpalast.

Nach Georgs Tod erbte Matthias, als ältester noch lebender Sohn, das Haus des Vaters. Auch er hatte mit seiner Tätigkeit als Arzt, enger Berater und Erzieher am Kaiserhof in Wien eine großartige Laufbahn hinter sich gebracht und war sogar für ein Jahr zum Rektor der Universität von Pavìa gewählt worden. Matthias hatte als Stadtarzt von Überlingen die Nachfolge des Andreas Richilus angetreten.

Seine Majestät, Kaiser Friedrich III., erwies Matthias vor einigen Jahren die große Ehre, ihn im Palast des Vaters zu besuchen. Das prächtige Bauwerk beeindruckte die Kaiserliche Hoheit dermaßen, dass er an der zentralen Säule in der Bibliothek über der Kapelle sein Signum AEIOU und das Jahr seines Besuches anbringen ließ.

Der Kaiser hatte Andreas als ausgezeichneten Arzt in Erinnerung behalten, kannte die Familie seit vielen Jahrzehnten und schätzte deren Treue, Zuverlässigkeit und Gewissenhaftigkeit. Noch zu Lebzeiten des Andreas bestätigte Seine Majestät dessen Wappen, einst das des Hans von Meldeggs, und zierte dieses darüberhinaus mit einer goldenen Krone. Andreas Reichlin hatte damit den Adelsbrief erhalten und war offiziell in den Adelsstand erhoben worden.

Auch Clemens' Brüder und Söhne sollten noch weitere Häuser am Blutschenberg errichten. Die Pracht und die beherrschende Stellung des Palastes des berühmten Medicus vom Bodensee sollte jedoch kein Patrizierhaus erreichen.

Die Verbindung nach Italien, zu den Päpsten und Kaisern prägte das Leben des Andreas Reichlin von Meldegg. In Überlingen am Bodensee zeugt nach über 550 Jahren das Haus des Arztes von der einstigen Macht, dem Reichtum und der Bedeutung des Geschlechts. Papst Pius, Leon Battista Alberti und der Kreis der Humanisten behielten also Recht, wenn sie sagten: »Aber da wir alle darin übereinstimmen, dass man der Nachwelt den Ruf der Weisheit und auch der Macht hinterlassen müsse, deshalb errichten wir große Bauten, um der Nachwelt groß zu erscheinen und um für künftige Zeiten ein Denkmal unserer Herkunft zu hinterlassen.«

Verehrter Leser,

der Medicus vom Bodensee, Andreas Reichlin von Meldegg (um 1402-1477), entführt den Leser in die aufregende Zeit des Umbruchs vom Mittelalter zur Neuzeit. Im 15. Jahrhundert bedroht noch immer die stete Mahnung an das Jüngste Gericht das irdische Dasein der Menschheit. In Italien dagegen entdeckt ein kleiner Kreis von Studenten, inspiriert durch die Lektüre der antiken Schriftsteller, den Genuss und die Freude am Leben. Die jungen Männer richten ihren Blick auf die Vollkommenheit des Menschen mit all seinen großartigen Schöpfungen. Andreas Reichlin kommt als Medizinstudent an der Universität von Padua in den Bann dieser Welterneuerer, die das vergessene Gedankengut ausgraben und mit eigenen Ideen anreichern. Bald erschaffen sie als Papst Pius II. und als Kardinal Nikolaus von Kues unter der Regie des Architekten Leon Battista Alberti ihr irdisches Paradies nach dem Vorbild der Alten. Auch Reichlin entdeckt die Leidenschaft für die Baukunst und erkennt, wie göttliche Harmonien dem Bauherrn Macht verleihen.

Die überlieferten Zitate von Papst Pius II., Kardinal Nikolaus von Kues und dem Universalgenie Leon Battista Alberti lassen Leben, Alltag und Charakter der Protagonisten lebendig werden. Orte der auf neuen wissenschaftlichen Erkenntnissen beruhenden Handlung sind Konstanz und Überlingen: Städte, in denen der Medicus gegen die Pest, die Lepra und die Gicht kämpfte. Außerdem wirkte Reichlin an den mittelalterlichen Universitäten von Heidelberg und Padua, in der Konzilsstadt Basel und im päpstlichen Rom.

Das Reichlin-von-Meldegghaus in Überlingen am Bodensee dient heute als Städtisches Museum. Es gilt als frühestes erhaltenes Beispiel eines Palastes nördlich der Alpen, welcher beherrschende Elemente der Renaissance trägt.

Marion Harder-Merkelbach

Literatur in Auswahl

Acta graduum academicorum Gymnasii Patavinum 1399-1813; Centro per la Storia dell'Università di Padova; Roma 1969

Alberti, Leon Battista: *Zehn Bücher über die Baukunst / De re aedificatoria*, Übers. Max Theuer; Darmstadt 2005 (Originalausgabe: Florenz 1485)

Arzt und Patient im Mittelalter: Zum 600. Geburtstag von Dr. Heinrich Münsinger (Ausst-Kat.); Münsingen 1997

Del Negro, Piero: *L'Università di Padova, Otto secoli di storia*; Padova 2001

Flasch, Kurt: *Nikolaus von Kues in seiner Zeit*; Stuttgart 2004

Harder-Merkelbach, Marion: *Das Reichlin-von-Meldegghaus. Eine Villa in der Stadt nach päpstlichem Vorbild*, in: 1100 Jahre Kunst und Architektur in Überlingen; Petersberg 2005

Krabusch, Hans (Hrsg.): *600 Jahre Ruprecht-Karls-Universität Heidelberg 1386-1986*; München 1986

Kramml, Peter F.: *Kaiser Friedrich III. und die Reichsstadt Konstanz (1440-1493). Die Bodenseemetropole am Ausgang des Mittelalters*; Sigmaringen 1985

Kortenkamp, Gottfried (Hrsg.): *Die Urkunden des St. Nikolaus-Hospitals in Bernkastel-Kues an der Mosel*; Trier 2004

Modigliani, Anna (Hrsg.): *Vita di Nicolo V. / Giannozzo Manetti (De vita aic gestis Nicolai V. summi pontificis – Tommaso Parentucelli, 1398-1455)*, Roma nel Rinascimento; Roma 1999

Maurer, Helmut: *Geschichte der Stadt Konstanz*; 1989/1996

Pieper, Jan: *Pienza, Der Entwurf einer humanistischen Weltsicht*; Stuttgart/London 1997

Pius II. / Piccolomini, Aeneas Silvius: *Commentarii rerum memorabilium*; Margret Meserve (Hrsg.); London o. J. (Originalausgabe: Rom 1584)

Plinius Caecilius Secundus, Gaius: *Sämtliche Briefe*; Stuttgart 1998

Toepke, Gustav: *Die Matrikel der Universität Heidelberg*; Heidelberg o. J.

Vitruv: *De Architectura Libri Decem, Zehn Bücher über die Architektur*; Hrsg. Curt Fensterbusch, Darmstadt 2008

Voigt, Georg: *Enea Silvio Piccolomini als Papst Pius II. und sein Zeitalter*; Berlin o. J.

Über die Autorin

Marion Harder-Merkelbach, geb. 1964 in Kempten. Studium in Freiburg, Florenz und Rom. Freiberuflich als promovierte Kunsthistorikerin in Überlingen am Bodensee tätig. Sie verfasst wissenschaftliche Arbeiten zur Architektur der Renaissance in Italien und Deutschland sowie zur Bildhauerei des Barock. 2003 erschien ihr Buch »Das Geheimnis des Honigschleckers. Joseph Anton Feuchtmayer, Ein Bildhauerleben am Bodensee«.